Chinese Classical

Poetry

Quiz Show

王国维○著　范雅○编著

中国诗词大会

人间词话

江苏人民出版社

图书在版编目（CIP）数据

人间词话 / 王国维著；范雅编著 . — 南京：江苏人民出版社，
2016.6

（含章文库）

ISBN 978-7-214-17541-0

Ⅰ.①人… Ⅱ.①王… ②范… Ⅲ.①词（文学）– 诗词研究
– 中国 – 古代 Ⅳ.① I207.23

中国版本图书馆 CIP 数据核字（2016）第 073189 号

书 名	人间词话
著 者	王国维
编 著 者	范 雅
责 任 编 辑	张晓薇
装 帧 设 计	象上设计
出 版 发 行	凤凰出版传媒股份有限公司
	江苏人民出版社
出 版 社 地 址	南京市湖南路 1 号 A 楼，邮编：210009
出 版 社 网 址	http://www.jspph.com
经 销	凤凰出版传媒股份有限公司
印 刷	北京旭丰源印刷技术有限公司
开 本	718mm×1000mm 1/16
印 张	19.5
字 数	326 千字
版 次	2016 年 6 月第 1 版 2017 年 4 月第 2 次印刷
标 准 书 号	ISBN 978-7-214-17541-0
定 价	35.00 元

（江苏人民出版社图书凡印装错误可向承印厂调换）

思静则心安

笔下文字如莲花般纯净，恰似思想若嫩荷之抽枝。

对王国维的感觉，在我眼中所见，他更像一个纯粹的艺术家，他对文学的感情更像是对待毕生的爱物，对于文字的精细，恰似他与生俱来的秉性。他的身上无一不散发出一种干净、高贵的气息，他是应该为了这些而存在的，他并不存在于人间，人间烟火之熏染，会教他的容颜黯淡，人间生活之俗世，会折损他的灵性自然。

他是静的，他敏锐的思想恰似一条阔大却默默流动的河流，具备了狂风暴雨的能力，但更多时候，是温柔以对。

温柔以对的是他的生。他的生平是极其简单的，除却正常的娶妻生子，我没有读到过关于他的任何绯闻。

狂风暴雨的是他的死。他平心静气地生活了许久，在 50 岁时，采取大风呼啸、大海奔腾般的超乎平常的死法——自沉。他的死虽是悄无声息地沉于塘底，对于世人却犹如一石激起千层浪。

异乎寻常的事情，总是被人以口舌纷之。于是很多人对他的死津津乐道、说三道四。

由于他与清室的关系，以及辫子的原因，很多人说他的死是殉清。

与他相关的政治是清室，但是对于清室，他在少年之时参加科举就显得很不乐意，却还是在科场坚持参加了考试。虽说为清朝之民，却不赞成清朝之政，辛亥革命之后，王国维便随罗振玉去了日本。

罗振玉和王国维的私交甚好，可惜王国维交友不慎。罗振玉精于政治、腐朽虚荣，但是在学术上却是非常支持王国维的，也可见王国维给人深刻印象的也正是他在学术上的天赋。这也是王国维和罗振玉交往的唯一吸引力。王国维的儿子曾经娶罗振玉的女儿为妻，但是王国维后期家里极其贫困，罗振玉的女儿居然回家居住，再不回王家，由此也能看出罗振玉的为人之庸俗势利。

回国之后再和清室有关系已经是 47 岁之时了。他奉溥仪之诏入值南书房，做了溥仪的师傅。

本就看不惯清室之政，心里更不愿意从政，也不具备从政能力与野心的王国维为何会入值南书房，成为溥仪的师傅呢？

除了罗振玉的关系之外，王国维是十分同情清室后来的遭遇的。更何况那时候的溥仪仅仅是一个十七八岁的少年，对王国维颇为尊重，这也是王国维安心于此的原因。

不少人立足于此，便认为王国维是清室的遗老。若是遗老便应时刻追随溥仪，但是王国维后来并没有随溥仪去天津，而是接受了清华的聘书，专心于自己的学问。

他反对科举，一生治学可以用"弃中亲西——中西合璧——皈依中学——中西合璧"的四段式简单说明。有此见识，又怎会迂腐地殉清？

也有说是因为北伐军攻入华北之前夕，正是王国维自沉的时候，他选择死是因为惧怕国民革命军。从来就拒绝党派之争，拒绝政治之伪善的王国维若是因为害怕这个而自沉的话，那恰恰说明这不是王国维自沉的理由。如果他惧怕国民革命军的迫害，那他早就能够利用自己手中的资源，为自己经营一个极好的人事和学术氛围，为国民革命军的到来做好准备。

1927 年 6 月的那天，已经成为一个永不可改变的、悲伤的日子，王国维先生投颐和园昆明湖自尽。那个时候颐和园的门票已经很贵，要一块大洋，正是因为门票贵，所以在此地的人少，等到先生被人救起，早已断气。昆明湖的水其实是很浅的，薄薄的水铺在上面，下面更多的是污泥和烂草，他竟是被烂草和污泥堵住了呼吸而亡。一个在自己的学术生涯中沉浸了漫长岁月的人，何以要用这种窝囊悲凉的方式结束自己的生命？

殉清、怕死、怕穷，还有很多很多各种各样的说法，那些口水犹如漫天黄沙，阵势虽空洞却慑人。一个学贯中西、精心于学问之人，怎会为了这些凡尘俗事想不开，又怎会为这些世俗之事而自杀？

此正所谓以小人之心度君子之腹。压制他人之后，才能凸显出自己的存在；或者压制他人之后，才能安慰自己的无能；抑或污蔑他人之后，才能满足自己的卑下。

王国维在其遗书中说：

> 五十之年，只欠一死，经此世变，义无再辱。我死后，当草草棺敛，即行槁葬于清华茔地，汝等不能南归，亦可暂于城内居住。汝兄亦不必奔丧，因道路不通，渠又不曾出门故也。书籍可托陈、吴二先生处理。家人自有人料理，必不至不能南归。我虽无财产分文遗汝等，然苟谨慎勤俭，亦必不至饿死也。

> 五月初二日父字

"五十之年，只欠一死。"何为五十之年，只欠一死？难不成所有的彻悟要以死明生？还是太钟情于一件事情，执着一种情感，偏执一片纯净，死对于这样的纯粹恰恰是殊荣与归宿？

在众说纷纭的死因中，王国维先生的朋友陈寅恪的说法似乎更合情理，于众多功利世俗的猜测之中，我更愿意赞成陈寅恪的。

陈寅恪先生是王国维先生的同事及朋友，他认为王国维是死于自己的学术信仰。人生之苦聚，"无欲"以求"解脱"，如此死法，似乎更合乎他在《人间词话》中的"壮美"一说。

王国维先生"死于文化"的提法更叫我心安些，以至于在想到先生死的惨景时不会太过悲哀。

遗书之中的"经此世变，义无再辱"又是什么意思呢？静安先生所害怕的应该是时局的变化，这些变化对自己的精神会有所侮辱，这样的感觉是世人不曾有的。

生存中，活着的状态，更多是大众本能的反应。

而王国维之精神世界，是唯美的，倾近于完美主义。他的情感总是因为温情而细腻，他在清华任教的时候，还时常担心着溥仪的生死，也仅仅就是老师对自己学生的关心，再无其他。

静安先生之情真，情真乃出，情真乃为。

王国维深受叔本华哲学的影响，加上骨子里的悲观主义，似乎他更懂得人性中的原罪，这些懂得，叫他在精神中步步退让。

叔本华就曾说过："人是自食的狼。"恰似中国有句老话："自作孽，不可活。"

王国维的步步退让，是让自己完全地站在利益纷争之外，他的学术研究便是他精神的栖息地。

他曾说过："我们自己消失在空无之中，如同水珠消失在大海里。"

人生繁杂，应以静观之。

人是无法脱离人自身这个特殊的身份的。

不管你再超脱，再大彻大悟，人的欲望总是叫你逃不出这样的桎梏。

不管如何，最终都是空无——黑暗。

静安先生醉心于自身纯洁、内心的干净，所以受不了世道变迁的侮辱。

清室被推翻，新政府一样教王国维失望，"义无再辱"就是不愿意再改变自己的原则，不愿意再受到精神上的羞辱。

他的坚持，正是他脱离苦海的方式，而殊不知，他的方式也恰是他的苦海。

他的纯粹正是促成他自沉的主观原因。

这个世界上有纯粹的人，但很少。

何为纯粹的人？总是坚持自己，在很多事情上脱离于世人之人，脱离于禁锢所有人的传统道德的人，也就是总是按照自己的方式来活，完全活在自己世界中的人，它和自私毫无关系，它完全是凭着自己感情来的。

他生活在我们的周围，却又似乎和很多人撇清了关系，但是他这撇清的关系也是存在于这众人的基础之上的，周围明明是成就了他，可是却硬生生地成为了他特殊的背景。

纯粹的人其实并非是不敏感无欲望，生于浊世，却有着一颗七窍玲珑心，这样的心怎么又会是不敏感的呢？多少本是纯粹的人过于注重他人的看法，害怕标新立异，害怕成为滔滔口水污蔑的对象，唯恐成为大众暴力的戕杀对象。

纯粹的人在这世间往往会在世俗的沼泽里，渐渐被黑色的污泥淹没，活着最终变成了在臭泥巴里缓慢腐烂。

而真正拥有了纯粹人生的人，对俗世从不低头，成就了自身作为的人，有了不凡的人生，才能在存活的岁月中有不凡的人生经验。用高贵去生活一生与用不断妥协去生活一生的人，我想这样的人生总是有区别的：一个人内心肮脏，双眼总是怀着不可告人的欲望；一个人心净而貌安，眼睛清亮，恰若一片莲花之盛开。

再读先生之遗书："五十之年，只欠一死，经此世变，义无再辱。我死后，当草草棺敛，即行槁葬于清华茔地，汝等不能南归，亦可暂于城内居住。汝兄亦不必奔丧，因道路不通，渠又不曾出门故也。书籍可托陈、吴二先生处理。家人自有人料理，必不至不能南归。我虽无财产分文遗汝等，然苟谨慎勤俭，亦必不至饿死也。"

无论怎么读遗书中之内容，都看不出这是一位将死之人要留下来的话。语气沉着冷静，并无悲戚之意。

似乎这死对他来说是顺其自然、心安理得之事情。

思自静之，生又何惧，死又何憾？

是由：王国维先生，思静而心安。

目录

上篇

目录

目录

目录

下篇

目录

目录

上 篇

　　经过王国维亲手删改的 64 则《人间词话》内容精神明辨、细致具体。读上篇的文字，犹如和一位严谨的学者交流品词鉴词的诗情画意，在他的文字中，你会看见一个纯净并且可以谓之为人生寄托与信仰的文学世界，这个世界正为你缓缓地打开了一扇精致的大门。

001 有境格自高

词以境界为最上。有境界则自成高格，自有名句。五代北宋之
词所以独绝者在此。

王国维用"境界"评词本是来源于唐朝王昌龄论词"物境""情境""意境"之说。
他将其"意境"理解为"境界"。按我的理解，这"境界"一说所谈的应该是一个人
在其词作中所表现出来的人生境界，它不仅仅是艺术，还是哲学。正如一个人要是
心术不正，那写出来的必定成不了大气候，因为文字总是不知不觉地透露一个人的
内心世界，不管你所写的是坦荡之词，还是要用文字来遮掩你的内心。你写的是坦

荡之词，显露的就是你坦荡的心；你要靠文字来粉饰自己或者遮掩内心，那文字最终显露的就是你的虚荣之心或遮掩的自卑。不仅仅在词中如此，在任何人的文字中都是这样。

真正有人生境界的人才能写出震撼人心的作品。这样的作品，并不是要世人抬头仰视，心里默念着：这是多么高尚，我是多么卑贱。

和一个人接触久了，你会渐渐摸清他的性格，而一个人的文字也恰似他性格的流露，不管你如何改变，文字却如影随形，如同一面时时反照你的镜子。

王国维先生是早就明白了文字与人的关系的。所谓文学即人学。他所提出的"境界"之说比"意境"更开阔更准确，"意境"仅仅是词所营造的氛围，所表达的情感，而"境界"则是从词里铺展开来的个人活在人生中的大智慧！

有境界是人生中的一种纯粹。纯粹不是如平常人所说的单一，或者用简单就可以概括的去伪存真，纯粹指的是精神世界里的干净，这样的干净才能够散发出真正的智慧，博大之境界。

真正好的作品是可以跟人的心灵对话的，是能够提升人心境界的。这种作品必定是在生活中获得了大智慧，自我获得了救赎，才能够影响他人，先自救才能够救人。

有境格自高，有境乃是文字中真正的高贵之气。

⑩② 真假无须辨

有造境，有写境，此理想与写实二派之所由分。

然二者颇难分别。因大诗人所造之境，必合乎自然，所写之境，亦必邻于理想故也。

"有造境，有写境，此理想与写实二派之所由分。"由这句话观之，"造境"与"写境"分别对应的是西方的"理想派"和"写实派"，我更乐意将其称为浪漫和现实。

不明文学之人，当他不能明了之时，总是喜欢将文学称为是"假的"，殊不知只是他的生活经验或者修养水平尚未达到这样的一个高度。如果仅仅以"真假"评定文学，那是对我们所听到的"谣言"的评定。

其实，文学都是假的，但是文学又都是真的。

我们看文学作品，它仅仅是一个人的表达，即使是个真实的事件在被转述之后，也会蒙上转述人的个人色彩在里面，哪怕是微弱的。所以，在我上第一堂新闻课的时候，我的老师就告诉我这个世界不存在真相。真相和绝对的真理一样，注定是悖论。

不管是现实的"写境"还是浪漫的"造境"，它都是虚构和幻想的。不过它的本质是我们现实人生的表达和述说。这样的表达和述说都是真诚的，我们觉得它其实是我们心灵的再现。

⓪⓪③ 物我需两忘

有有我之境，有无我之境。"泪眼问花花不语，乱红飞过秋千去""可堪孤馆闭春寒，杜鹃声里斜阳暮"，有我之境也。"采菊东篱下，悠然见南山""寒波澹澹起，白鸟悠悠下"，无我之境也。有我之境，以我观物，故物皆著我之色彩。无我之境，以物观物，故不知何者为我，何者为物。古人为词，写有我之境者为多，然未始不能写无我之境，此在豪杰之士能自树立耳。

"古人为词，写有我之境者为多，然未始不能写无我之境，此在豪杰之士能自树立耳。"从此则评论当中，可以看出王国维先生最崇尚的乃是自然、朴素之美，莫与之争。"自然"和我当初最欣赏王国维的纯粹是如出一辙的，人性之美，也是莫如自然。人的心总是被各种欲望争夺着，当它不健康、不平衡的时候，它就会亢奋、狂躁、峻急……。甚至走进黑暗。可是它也能够犹如一条潺潺流出的溪流，发出悦耳自然的声响。

王国维在这一则评论中最欣赏陶渊明的："采菊东篱下，悠然见南山。"心远地自偏，心融于南山，眼见菊花，鼻嗅花香，不骄不躁，不慌不忙，此是人生自在悠闲的大境界。似乎人就是这自然景物散发出来的气质，不需要浓墨重彩，好似一个人高兴便要狂叫，一个人悲伤便要号啕，一个人在心智成熟后绝不会如此简单地表达情感。"无我之境，以物观物，故不知何者为我，何者为物。"因为早已物我两忘。

"有我之境，以我观物，故物皆著我之色彩。无我之境，以物观物，故不知何者为我，何者为物。古人为词，写有我之境者为多，然未始不能写无我之境，此在豪杰之士能自树立耳。"

其中最后一句就很明显地点出了他的喜好，古人的词，有我之境的写法是很多的，那么写无我之境的就显得稀少了，而正是写这些无我之境的才是写词中的真豪杰。

"有我之境，以我观物，故物皆著我之色彩。"在我看来，不仅仅是对词的理解如此，在任何文章中都是这样的。哪怕一个人在说话，讲故事，甚至写日记的时候，都可以从他的话语和文字中感受到他的个人气息。更何况，文字和语言在人们的运用中，除却交流，更多的还是表现自己的方式。既然是表现自己，又怎么不着上自己的色彩呢。"泪眼问花花不语，乱红飞过秋千去。"此句正是作者强烈感情的流露，并且对于自己的感受附着在他物上非常明显，眼睛是泪眼，可见其伤心，伤心极了去问花，花本就是不说话的，这个时候却因为自己的伤心而去怪罪于植物的本性。"可堪孤馆闭春寒，杜鹃声里斜阳暮。"此句也是作者的心情不佳，所见皆是阴冷萧条之境。这些文字所传递的都是些大悲大喜之情，是我们平常生活之中的喜怒哀乐最简单自然的流露，而词人却用他漂亮的表达方式将我们的这些情感传递得更准确，更容易引起我们的共鸣，这些共鸣往往是对作者当时遭遇的同情，或是对作者心情的理解，读后便会觉得原来这样的心情，我们都是如此真切地体验过，而词人将这样的感情最准确地倾吐出来，好的文字起到一种帮助我们表达的作用。

像这样的文字只要多加演练，那么只要具备一定文字功底的人是很容易达到这个水平的。很明显的例子就是《红楼梦》中的一个情节——香菱学诗，一个没有上过几天学的香菱，在熟读了一些诗歌，在林黛玉的指点下，从不会作诗的她也能像

模像样地开始写诗了，而且还不乏精彩得令林黛玉欣赏的诗句。

但我认为这些都是匠心，正是王国维先生所说的："有我之境，以我观物，故物皆著我之色彩。"你读它，你会跟着它悲伤甚至自怨自艾以至消沉，你会跟它欢喜甚至心跳激动以至亢奋。这样的文字，太多的个人情感在里面，也就是相当于太多的人间烟火在里面，它再生动，再能点触到你的情感，可是它是躁动的、变化的，不能给你安静，不能给你人生的祥和与心灵的平静。

物我两忘的境界是暗含哲理的人生大智慧，一个悟透生活的人才能够真正融入生活，才能够真实地享受、把握生活。我所说的悟透并非就是那种所谓的有些人把"看淡了""看透了"天天挂在嘴边，可是稍稍一遇到点事情便觉得自己的人生堕入万劫不复深渊之人。这样的人是假天真、伪智慧。

真正懂得生活的人，是珍惜自己、珍惜他人、珍惜时光的人，他的活，少了功名利禄的计较，多的是清心寡欲的悠闲。

ⓞ④ 贵在静中得

无我之境，人惟于静中得之。有我之境，于由动之静时得之。故一优美，一宏壮也。

此则评论看似没有王国维先生的喜好在里面，其实在上一则里已经有所暗示，正如王国维先生所提："无我之境，人惟于静中得之。有我之境，于由动之静时得之。故一优美，一宏壮也。"

这一则，粗看起来，好似王国维先生对于自己先前提到的有我之境和无我之境的喜好又将其态度模糊化。实质上是没有，此则后两句："有我之境，于由动之静时得之。故一优美，一宏壮也。"所说的有我之境也是在由动到静的时候才能够得到的。人被欲望逼到一定的极限，那么这时的情感表达必定是对之前激动的状态以静的方式使其得到，于是我们才能得到这样一种用静的方式来表达人生悲喜的动。

写字本身就是思。

人生若是挣扎于欲望，必定是动的，虽说宏壮，却也揪心折磨，有着人生悲欢离合的复杂；而静就是一种优美了，超越了欲望折磨之后的平静，这样的静不是麻木，而是成熟与超脱，自由静穆的面容，不管那容颜有多苍老，他都充满着典雅和高贵。

005 道法缘自然

> 自然中之物，互相关系，互相限制。然其写之于文学及美术中也，必遗其关系、限制之处，故虽写实家，亦理想家也。又虽如何虚构之境，其材料必求之于自然，而其构造，亦必从自然之法则。故虽理想家，亦写实家也。

"问君能有几多愁，恰似一江春水向东流。"这是国破山河的李煜身为赵光义虏臣的昔日君王的哀愁。只要轻吟此句，便是无限的哀愁抽心而来，恰若滚滚春水，蜿蜒不绝，磅礴浓烈。

"花明月暗笼轻雾，今宵好向郎边去。刬袜步香阶，手提金缕鞋。画堂南畔见，一向偎人颤。奴为出来难，教君恣意怜。"这是小周后见到李煜后情窦初开，晚上悄悄地跑出来和他幽会，因为害怕走路弄出声响被人发现，于是手提着鞋子，光着脚丫，奔向约会地点，突然四周出现了一点动静，不由得惊吓了她。这般小女子在情爱中的天真娇态叫李煜见了不由得心中更生怜惜。每每读到这首《菩萨蛮》的时候总是被小周后的娇嗔之态所打动，要是自己是男子的话，也会无限爱怜这位女子的吧。这首词很多人喜欢，因为词中真实准确地传达出了一位女子年轻娇羞的爱情，尽管这个时候小周后和李煜的约会是在大周后病重的时候，小周后乃是大周后的妹妹，当时得宠的是大周后，偏巧大周后病重，小周后入宫照料陪伴，与李煜产生情愫。按照常理来说，此时的小周后和李煜偷情，是有点不近人情的，但是很多人在读这首词的时候就将其大周后病重的背景忽略了。可见准确传达出的人性之美是能够对读者起着引导作用的，精确精美的作品能够引导读者感受人间的至情至性。

因此作品中最自然的情感便是最真实的情感。这样的自然发自内心的情感不需要强势的诉说。它不同于偶像剧和琼瑶剧，它是人心中最自然的表达，一个姿势，一个眼神，眼角眉梢间别样的韵味显露于其中，就犹如真实的自然地活以及表演般地活。这样的活又犹如女子的悲伤，有的悲伤一哭二闹三上吊，而有的悲伤只是一弯微笑，一滴眼泪。如果细细体会，便会发现其真诚往往是不需要夸张的。这道理就是王国维的"自然中之物，互相关系，互相限制。然其写之于文学及美术中也，必遗其关系、限制之处，故虽写实家，亦理想家也。又虽如何虚构之境，其材料必求之于自然，而其构造，亦必从自然之法则。故虽理想家，亦写实家也"。不管是写实家还是理想家，这些东西都是从自然真实的生活中得到的。

也就是说，现实生活中的一些琐碎，一些规律，往往限制着文学作品和美术作品的创作。所以在创作的时候往往会将这些限制、阻碍创作的地方忽略，将素材按照自己想要表达的情感集中来组织，剔除掉生活中粗糙的地方，这样方称其为文艺作品。所以，采用这样的方式，虽说你写的是生活，但是由于你在收集编排素材的时候，按照你所想表达的意愿去粗存精，这就说明了你所创造的东西，更多地赋予了你自身的情感，所以王国维说即使是写实家，表达的还是理想的东西。但是后面的东西又有意思了，"又虽如何虚构之境，其材料必求之于自然，而其构造，亦必从自然之法则。故虽理想家，亦写实家也"。创作者尽管想表达自己想要表达的理想的东西，但是为求自己的情感真实感人，受到大众的认可，又必须从自然中求取真实素材，在之后的写作和组织中也是要按照自然生活的规律去编写创作的，所以即便是理想家，也是一个写实家。这真可谓是《红楼梦》中的"假作真时真亦假，无为有处有还无"。

此节开头所举后主李煜词中的例子，正是想诠释出王国维先生的意思。真诚的情感会穿过重重岁月，在你真正懂得的时候抚慰你的心，引起你的共鸣；而那些虚张声势的表演，为吸引眼球、追求流行的偶像剧和情感剧，干瘪的表白，尽管是声泪俱下，但是做作得叫人不自在。在每一次我看琼瑶的电视剧，禁不住全身发冷，这些矫揉造作的作品，犹如餐巾纸，一页撕去后便再也不会翻回来。人的真实情感是任何作品的灵魂，文字色彩只是外在的框架，无论你想表达什么，我们都需要从中看到一颗真诚地描绘自然的心。

⑥ 实情虚景乃境

境非独谓景物也。喜怒哀乐，亦人心中之一境界。故能写真景物、真感情者，谓之有境界。否则谓之无境界。

在第三节里王国维就强调过境界分为两种："有我之境，以我观物，故物皆著我之色彩。无我之境，以物观物，故不知何者为我，何者为物。"王国维非常强调自己提出的境界的说法，这段话的意思是说，境并非就是单纯的景物。境界存于人的心中，那就是人的喜怒哀乐。何为真景物，就是在作者笔下饱含了作者情感的景物，这样的景物才可以说它是有境界的，否则就是没有境界。

这一节还是在强调作者写作时候的真情实感问题。在我的拙见里，境的意思，还是一个"活"字，活乃活灵活现之意。情境情境，"境"虽说是偏于物，但是这里更侧重于情的注入，有情的注入，才能有境，也就是境界之成，乃是情景交融，物我融合，也是一个"真"字。人的感情在创作中更起着重要作用，

一个麻木冷漠、对生活缺乏感情的人，是无法使笔下的文字生动的。

对于演员何赛飞，大家应该不陌生。她曾经是一名越剧演员，有次，我在电视上看到她表演《十八相送》，她扮演的是祝英台，茅威涛扮演的是梁山伯，最后的台词，一般都是这样唱的：

男：贤弟替我来做媒，

　　但未知千金是哪一位？

女：就是我家小九妹，

　　未知你梁兄可喜爱？

但是何赛飞在唱的时候，回答梁山伯："哎呀，就是我——哎呀就是我家小九妹，未知你梁兄可喜爱？"她比一般的唱法中，多唱了一句"就是我"，仅仅就这一句，将祝英台想要对梁山伯表明身份的心迹演绎得淋漓尽致。这一句将其娇嗔的，急欲表白却又要掩饰的复杂情感真实地呈现在观众面前。这才是真情感、真景物，事物有天性，人有天真，这便是创造出的真境界。

所以这样的真，不仅仅是事物表面现象的真，更是一种情感的真诚，合乎自然，发自内心。喜怒哀乐，情以物迁，既是现实主义，却又是浪漫主义。寄托情感的物是现实主义的，而情感是浪漫主义的。景随情动，情迁景移。

⑦ 境于一字中

"红杏枝头春意闹"，著一"闹"字，而境界全出。"云破月
来花弄影"，著一"弄"字，而境界全出矣。

提起宋祁的《玉楼春》，可能很多人不知道，但是一提到这句："红杏枝头春意
闹"，便是大街小巷之人都耳熟能详的。可见诗歌不仅仅是高雅之人能够欣赏的，只
要是动人之语便能打动人心。这句"红杏枝头春意闹"前面几句都是平淡无奇的，
只凭后面一个"闹"字就充足了它散布开去的魅力。

玉楼春

宋祁

东城渐觉风光好，縠皱波纹迎客棹。绿杨烟外晓寒轻，红杏枝头春
意闹。

浮生长恨欢娱少，肯爱千金轻一笑。为君持酒劝斜阳，且向花间留
晚照。

春天悄然而来，东城的景色也越来越美丽，清风拂过湖面，湖面起了一片波纹，
好像女子清脆的笑颜在迎接踏春而来的客人。这便是"东城渐觉风光好，縠皱波纹
迎客棹"的意境了。从整首词来看，头两句只是全词的铺垫。

"绿杨烟外晓寒轻"这一句紧接而来，"绿杨烟外"指的是刚刚抽出新芽的杨柳，
只有初春的杨柳才能给人如烟之感，浅浅地展在枝条上是淡淡的青黄，如云消、如
雾散，其实此句中的"晓寒轻"读起来也是分外美丽的，"晓寒轻"指的是虽是初春

了还有轻微的寒意，可一用白话将它解释清楚便失去了它原有的美感，"晓寒轻"音韵上就给人轻柔温爽之感，好像深闺的少女，给你偶然一瞥的惊喜，这惊喜又是只可在心里暗自欢欣的、不可告人的快乐。正所谓有"年少一段风流事，只许佳人独自知"的味道。这是春天的气息渐渐扑来，冬天的寒意渐渐退去带来的清新感受。既是众所周知的，却又是个人极其敏感的细致。

"红杏枝头春意闹"，刚才是杨柳青黄，紧接着就是红杏枝头，如烟杨柳给人的感觉是静的，红杏枝头给人的感觉就是动的；如果杨柳青黄给人的感觉是清淡素静的，而红杏枝头给人的感觉就是浓烈欢快的。这浓浓的春意虽然并没有完全地打破冬天的寒意，但是有些地方毕竟是春意浓厚起来了，看着一片红杏灿烂，正是热烈的春天在此显现。但如果仅仅就写"红杏枝头"其表达肯定是薄弱的，所有妙趣全在一个"闹"，"闹"字写出了花开得热烈，阳光下的灼灼其华。所谓只是一字，便尽显风流。

后面的词就更好理解了。"浮生长恨欢娱少，肯爱千金轻一笑。为君持酒劝斜阳，且向花间留晚照。"我们的这一生常常为自己在生命中得到的快乐太少感到遗憾，其实哪里是这样，不过太过于看重利益得失，自己的心也就失去了微笑的能力。我端着酒杯在夕阳中规劝你，让我们在这繁花吐艳的春意中尽情享受这美丽的夕阳吧！全词本是先景后情，点睛的"闹"字便将一切蕴含其中，一个字用得精准，后面的文字虽好，但也好似给一个天生丽质的女子扑粉描红，做了不必要的事情。

宋祁的"闹"字用得好，而张先的"弄"字用得更好。

天仙子

张先

《水调》数声持酒听，午醉醒来愁未醒。送春春去几时回？临晚镜，伤流景，往事后期空记省。

沙上并禽池上暝，云破月来花弄影。重重帘幕密遮灯，风不定，人初静，明日落红应满径。

这首词是张先在年迈之时所作。临老伤春，借酒浇愁，宿醉之后，酒已醒，愁又添。"送春春去几时回？"每一年的春天都会如约到来，可是自己已是白发之年，自己的青春如时光的流逝，消逝在每一个春天里。"临晚镜，伤流景，往事后期空记省。"两句反用杜牧诗句："自悲临晓镜，谁与惜流年？"缱绻寂寞惆怅之情难以排遣，看到镜中自己憔悴苍老，更添伤感。

"沙上并禽池上暝，云破月来花弄影。重重帘幕密遮灯，风不定，人初静，明日落红应满径。"下阕的景实质是作者外出排遣愁情的过程。淡淡哀愁却在"云破月来花弄影"一句中得到一点欣悦。天即将灰暗下来，水禽在池边沙岸上并眠。作者在留意到水禽并眠的同时也暗示了此刻心灵的孤寂，正是留意水禽并眠，才更加体会到自己的形单影只。夜晚降临，并没有提到月亮。忽如而至的月亮出来得有惊喜之感，好像是云层破裂，月亮才得以显现，花在微风中微微颤动，这月光下颤动的花影，就像是花朵自己抚弄影子一样。这哀愁之中出现这样的美感，是非常自然的。下阕的词，本身就带着作者出去寻找的意思。

不过这样的喜悦是转瞬即逝的。"重重帘幕密遮灯，风不定，人初静，明日落红应满径。"作者进了屋子，因为风的关系，着急遮住灯焰，这样的春风，教作者担心的不只是灯，而是这风起后，那么今天在花园看到刚刚盛放的花恐怕明早就将是片片落红了。

整首词中，不知不觉就叫人记挂的还是那句："云破月来花弄影。"此句中的"破"是用得极其妙的，云层破裂，月亮显现，不知道是云层自己薄了淡了，还是月亮的光亮扯破了它。而后面的一个"弄"字更妙。弄这个动作是花发出的，好似柔情倾泻，浑然天成，这样的美为我们讲述得极其自然。

⑧ 大小非优劣

境界有大小，不以是而分优劣。"细雨鱼儿出，微风燕子斜"，何遽不若"落日照大旗，马鸣风萧萧"。"宝帘闲挂小银钩"，何遽不若"雾失楼台，月迷津渡"也。

词里的境界是有区别的，有的境界是宏大的，壮怀激烈，比如"大江东去，浪淘尽，千古风流人物"；有的境界是精细的，委婉缠绵，比如"寻寻觅觅，冷冷清清，凄凄惨惨戚戚"。这些都是不同类型的境界。而很多人在读词的时候，很喜欢以自己的偏好去评价一首词的优劣，大丈夫往往喜欢豪迈之词，而小女子往往喜欢情浓之词。其实，这样的争论是没有必要的，犹如百花各有其美，而你却非要评出哪一朵花是最美的。王国维认为境界没有高低之分，因为只要是美，就没有贵贱。美只是一种境界，很多时候只是个人的感受。

王国维在举出的例子中，特别地举出了同一位作者不同风格蕴含着不同意境的作品，我们若去细细品读这样的作品，能不能凭借其中营造的意境去评价哪篇要优秀些呢？

《水槛遣心二首》其一

杜甫

去郭轩楹敞，无村眺望赊。澄江平少岸，幽树晚多花。

细雨鱼儿出，微风燕子斜。城中十万户，此地两三家。

"去郭轩楹敞，无村眺望赊。"开头两句写的是我们非常熟悉的杜甫草堂的环境，当时杜甫的居住地远离县城，远离了市井的喧嚣，并且这一路望去，旁边并没有村庄房屋阻挡视线，于是眼界就极为开阔。

正是因为开篇已经点明眼界开阔，之后的四句集中写的就是开阔所见之境。其中"澄江平少岸"是很好理解的，这句写江，古来长江的意象总是给人以苏轼的"大江东去，浪淘尽，千古风流人物"的豪气，但是此句读起来并没有多少波澜壮阔之感，相反却有一种温婉之感，清亮的江水，浩浩荡荡，溢满平川，远远望去，似乎已经和江岸融为一体。这景是远望的结果，我们在远望江河的时候，江河在我们的视线中是平的，好似长在平地之中，眼中漫涨着这浩荡的江水，真实自然犹如清新的空气扑面而来。远景如此，那么近景有远景的铺垫，就更好理解了。"幽树晚多花"即是杜甫草堂，那周围有着青翠的树木站立在黄昏之中，姹紫嫣红的花朵繁盛一片。

其中最叫人称赞的是接下来的两句，读完之后便会觉得原来杜甫竟是这样一个有着生活小情调的人。那种对生活精细的体会，真诚地表露无遗。"细雨鱼儿出，微风燕子斜。"五六句的字面意思极好理解：毛毛的细雨如丝，对着大地情意绵绵而来，惊起水面的涟漪，鱼儿却因这惊扰悄悄地出来了。微微的风儿中有着燕子倾斜的身影飞过。可是，要怎样一个细致、敏感的人才能写出这样再朴实不过，却又再亲切、再真实不过的句子呢？"细雨鱼儿出"，鱼儿是因为细雨的滴落才出来的，而燕子倾斜的身影却是因为这轻柔的风儿吹着的缘故。我们知道如果下大雨，鱼儿便沉底不出；如果刮大风，燕儿便承受不了。细雨的召唤，鱼儿才出来，鱼儿舔舐着细雨，更见温柔；而尽管燕子被风吹斜了身姿，却是不愿离去的，因这是撩人之风，而燕儿的身姿娇小，在风中斜着，犹如女人扭动着腰肢，更见玲珑俊俏。而细雨、微风，都是些平常的物事，不比金银权贵，我们是极其容易感受到的，可这样的轻柔的感觉却不易得到。那么从这样的句子里，其实也可以读出杜甫当时的心情，当时杜甫刚刚定居杜甫草堂，长期的颠沛流离，而今刚获安身之所，心情大好，那么文字中流露出的，自然也是一些对生活满足的情感。杜甫常怀一颗忧国忧民之心，而对自己的生活，只要是细雨和微风就满足了，闲适之意，悠然而现。

"城中十万户，此地两三家。"尾联实质是对比，讲出自己住得僻静，还有一丝得意之情，正是因为我住得离城远，才能享受到这"细雨鱼儿出，微风燕子斜"的闲适安静。

这是王国维举出的杜甫作品中的其一：闲适境界。

而提出了下面的与之相对比的另一首诗：

后出塞五首·其二

杜甫

朝进东门营，暮上河阳桥。落日照大旗，马鸣风萧萧。

平沙列万幕，部伍各见招。中天悬明月，令严夜寂寥。

悲笳数声动，壮士惨不骄。借问大将谁，恐是霍嫖姚。

这首诗歌理解起来是非常容易的，从一个新兵的感受角度来写。"朝进东门营，暮上河阳桥。"早晨到军营报到，晚上就已随军出征到了河阳桥。有些新兵刚到军营，初生不适应的感慨，这样的感慨是人之常情。"落日照大旗，马鸣风萧萧。"写的是傍晚还在行军，天色已暮，落日西沉，马鸣风萧，自然该是宿营的时候了。"平沙列万幕，部伍各见招。"两句便描写了队伍在沙地宿营，写出了军队的纪律和军风。"中天悬明月，令严夜寂寥。悲笳数声动，壮士惨不骄。"写军队在月夜宿营，明月高悬于墨黑的天空，军队里悄无声息，越是在荒漠之边，越是想念家乡，宿营的军队死寂一般，突然传出的笳声显得格外悲戚，这笳声里的哀切其实就是行军士兵的心声，于是凄惨之氛围便出来了。其中新兵在这样军纪严明的队伍中，很想知道自己的统帅究竟是谁呢？但是碍于这样严明的纪律，又不敢问，于是在心中回答自己，统帅恐怕应该是像霍去病那样的将领吧。

整首诗中最有力量的话乃是："落日照大旗，马鸣风萧萧。"仅此一句，全诗的气场就出来了。诗句中采取的意象"落日"放在此处，正增添了一丝苍凉之情，这苍凉的落日和大漠的萧条是相吻合的，很熟悉的诗句还有："大漠孤烟直，长河落日圆。"这都是意象传达的固定情感，落日照在大旗之上，有了落日的映照，大旗给人的感觉不再是威风凛凛，而是分外的伤感，这代表着征战的旗帜仿佛象征一条不归路。此时的马鸣声飘荡风中，更有壮阔之感，但这壮阔是悲壮。杜甫还有诗云："无边落木萧萧下，不尽长江滚滚来。"《诗经·小雅·车攻》也有"萧萧马鸣，悠悠旆旌"。

这是王国维举出的杜甫作品中的其二：悲壮境界。

闲适境界和悲壮境界，这两种风格迥异的境界，都是出自杜甫的笔下，而有些人却偏偏认为悲壮境界是出征为国，站在这样的高度看轻个人闲适心境的境界。其实两种境界从美的欣赏角度来说，都是人为再现的美感，从纯享受、纯审美的角度来说的话，这样的美感能够一分高下吗？

浣溪沙
秦观

漠漠轻寒上小楼，晓阴无赖似穷秋，淡烟流水画屏幽。

自在飞花轻似梦，无边丝雨细如愁，宝帘闲挂小银钩。

"漠漠轻寒上小楼，晓阴无赖似穷秋，淡烟流水画屏幽。"词的上阕并没有具体的人物出现，只是写一个女子在轻寒漠漠之时独上小楼，哀叹这没有尽头的秋天总是阴沉天气，画屏上的淡烟流水越发显得幽暗深远。

"自在飞花轻似梦，无边丝雨细如愁，宝帘闲挂小银钩。"梦就是飞花，因此在梦中总是自在轻盈的，愁如这细雨无边绵长。用挂钩将窗帘挂起，不过是一个闲致无聊的动作，然而就是这一个"闲"准确写出了女子的闺情，她或许是悠闲

的、或许是慵懒的、或许还有着淡淡的哀愁。心不在焉的时候，很多事情总是做得没来由，即使是做了，或许也没有意识。深闺中春心萌动，却深陷情感秋天的少女又何尝不是如此呢？虽没有具体的人物出现，但是读起来却有着仿佛眼前就有一位深闺之中的少女的感觉，这正是抓住了典型的情感，加上细腻的描写而有的传神之笔。

踏莎行
秦观

雾失楼台，月迷津渡，桃源望断无寻处。可堪孤馆闭春寒，杜鹃声里斜阳暮。

驿寄梅花，鱼传尺素，砌成此恨无重数。郴江幸自绕郴山，为谁流下潇湘去！

此首也是秦观的绝唱，"雾失楼台，月迷津渡"。雾色浓重使眼睛看不见楼台，月色迷蒙使渡口迷离恍惚，开头营造出迷茫之氛围，而最后两句："郴江幸自绕郴山，为谁流下潇湘去！"集中体现的幽怨之情完全可以和"问君能有几多愁，恰似一江春水向东流"相媲美。都是以水喻愁，"问君能有几多愁，恰似一江春水向东流"的情感是外在的，直接表露出来的浓重得解不开的愁情，而秦词的愁情也多，却是含蓄的，而这含蓄里更见曲折。真是借着追问这流水，包含了自己的万里不尽之情。

秦观的两首词都是写愁，一是闺怨之愁，一是失意之愁。能说哪种愁不好，哪种愁要胜一筹吗？各有其态罢了。

⑨ 境界为本也

严沧浪《诗话》谓:"盛唐诸公,唯在兴趣。羚羊挂角,无迹可求。故其妙处,透彻玲珑,不可凑泊。如空中之音、相中之色、水中之月、镜中之象,言有尽而意无穷。"余谓:北宋以前之词,亦复如是。然沧浪所谓兴趣,阮亭所谓神韵,犹不过道其面目,不若鄙人拈出"境界"二字,为探其本也。

"诗者,吟咏情性也。"这是宋严羽在《沧浪诗话》中提出的主张,人写诗作词全是一时兴起,强调的是创作乃是兴趣之说。阮亭则强调的是诗词的神韵。王国维谈到这两人的提法的时候,沾沾自喜道:"这两人所说的兴趣和神韵之说,只不过说到事情的表面,而我的境界一说却是说到事情的本质。"

其实,细品一下,王国维的沾沾自喜是相当有底气的。严沧浪强调兴趣,而王阮亭强调的是神韵。写诗之前需要兴趣,诗歌写成之后乃看神韵。兴趣乃是诗

前，神韵乃是诗后。不管是强调兴趣还是强调神韵，都是片面的。其实更多的，严王二人不过是各执一面，如若谈到创作只强调兴趣性情之说，那么诗歌成品之后的神韵就空虚了；若是只强调神韵，那作品就显得轻浮了。更何况，兴趣和神韵更多的都是个人主观的感受，若是片面强调，则格调就不高了。

王国维所谓的"境界"之说，将诗词的种种融合为一个整体，或者说，本身就是从整体去感知的，抓到的东西更全面。他的"境界"学说是"全"，却又是一个整体上的"虚"，因为它是具体的，说它是具体的却又是虚幻的，而这虚幻却又是可以感知的，而它却又只能感知，它跟下节的"气象"有一定的关联之处。这样的感受也只有"境界"二字能够概括，用"兴趣"来概括嫌太粗太糙，"神韵"来概括的话又太薄，唯"境界"二字最恰当。

【注】

严羽，自号沧浪逋客，南宋诗人，著有《沧浪诗话》。

王士禛，号阮亭，别号渔洋山人，清代诗人，著有《衍波词》及词话《花草蒙拾》。

⑩ 气象乃诗品

太白纯以气象胜。"西风残照，汉家陵阙"，寥寥八字，遂关千古登临之口。后世唯范文正之《渔家傲》，夏英公之《喜迁莺》，差足继武，然气象已不逮矣。

诗词有气象，就犹如人有气场，一首诗词读完之后它会在你的脑海立刻营造一种情感氛围，周围浮腾起诗词的情感境界，犹如舌之尝味，酸甜苦辣之分明。王国维欣赏李白的诗歌就是欣赏他诗歌的气象。他列举了李白、范仲淹和夏竦三人诗歌中的气象来比较，认为李白诗歌中的气象是后人所不能比的。所以，他称赞李白的诗歌是纯粹的凭借"气象"胜出。

或许这和人的个性是有关系的，李白诗歌中的豪情和浪漫是他性情的——体现，他是"仰天大笑出门去，我辈岂是蓬蒿人"的自负之人，渴望受到重视，却又不愿受一丁点的委屈和束缚，于是他才能在诗歌中极力抒发自己内心的豪情壮志以及那些倜傥风流。

先来看这一节中王国维提到的李白以气象胜的诗。

忆秦娥

李白

箫声咽，秦娥梦断秦楼月。秦楼月，年年柳色，灞陵伤别。

乐游原上清秋节，咸阳古道音尘绝。音尘绝，西风残照，汉家陵阙。

萧声幽咽，惊醒梦中的秦娥，秦娥是谁呢？秦娥本指的是古代秦国的女子弄玉，好吹箫，在词中，这里应该就是一位平常的女子了，或许是一名秦姓的女子。秦楼上，挂着一弦月亮，这月亮年年照着路边的柳树，看着这世人的悲伤，朝夕重复。乐游原上，早已冷落了清秋节，咸阳古道上，荒芜了你的归路，如今音讯全无。只剩这冷冷西风吹拂，落阳残照，还有那些汉朝就遗留了下来的宫阙和坟墓。本词先是伤情，之后悲国，前面出现的意象"萧声""柳色""月影"都是凄凄之物，但是后面出现的"咸阳古道""西风残照""汉家陵阙"一下就将境界衬托得开阔起来，由悲而壮，仅是一句："西风残照，汉家陵阙。"真是言有尽而意无穷，风月不惊，道出所有的感受，但是却又不动声色，无限感慨。王国维称其"寥寥八字，遂关千古登临之口"。在李白的诗歌里，这一胜出的气象，已成绝唱，让后来之人望尘莫及，难以超越。

描写这一方面的词，后来叫王国维看重的是范仲淹和夏竦，但是王国维依旧认为范和夏难以超越李白词中的气象，不过是"差足继武"。

渔家傲·秋思
范仲淹

塞下秋来风景异，衡阳雁去无留意。四面边声连角起。千嶂里，长烟落日孤城闭。

浊酒一杯家万里，燕然未勒归无计。羌管悠悠霜满地。人不寐，将军白发征夫泪！

秋来的塞下，风景已经改变，衡阳之雁挥翅离去，毫无眷留之意。四面哀声阵阵，落日如烟，孤城关闭。离家万里，浊酒一杯，回家的打算是不可能的。白发若霜，羌声悠悠，倍增凄凉。哪里能够安然睡去呢？充盈眼中的是将军的白发和征夫的眼泪。相比起李白词中的意象来说，范仲淹词中的意象也算得上都是开阔的，也能算得上是气象浑茫了。但是细品其意象：塞下秋来、千嶂、长烟落日、家万里等等，虽是悲戚开阔，却总是嫌放开得宽了些，感觉这是些堆砌的意象，并且这些意象比较松散，没有一个方向感，仅仅是悲戚，更多的还是个人情怀的抒发。从意象的取向来说，"四面边声"没有"西风残照"来得壮阔，"四面边声"更多的是悲凉。

最后的一句"将军白发征夫泪"相比起"西风残照，汉家陵阙"来，前句略嫌得拘谨，好像仅仅局限于一种情怀，而后句完全打开了一个新的局面，开拓了一个广阔的境界，雄浑苍茫。

喜迁莺
夏竦

> 霞散绮，月沉钩。帘卷未央楼。夜凉河汉截天流，宫阙锁清秋。
>
> 瑶阶曙，金盘露。凤髓香和烟雾。三千珠翠拥宸游，水殿按凉州。

霞光似绮般散去，月若钩沉，悄然隐现于晴空。这一"散"字，一"沉"字，将月亮破空而出的氛围描绘出来了。这样的黄昏必是太阳刚刚降落，天空中的晚霞将散未散，月亮就犹如雪亮的弯刀挤破云霞而出了。后句"帘卷未央楼"很快就转移到了自己要说的话题上，这首词讲的是皇帝的私生活。"夜凉河汉截天流"中的"截"字写出了夜色的壮美，银河之中，素月流天，虽是描写皇宫私生活的诗歌，但是难掩横绝一陈的豪迈。"宫阙锁清秋"点出皇宫之地。"瑶阶曙，金盘露。凤髓香和烟雾。"读起来已是清香软玉，以为此词就此罢了。谁知后面的："三千珠翠拥宸游，水殿按凉州。"读起来可以叫人感受到汪洋浩荡的十足霸气，在这个良辰佳日，后宫佳丽三千，簇拥着皇帝，这刻画的虽说是艳情的镜头，但是皇帝可不就是摆这谱吗？这不就是皇帝的气势吗？这也是大手笔的描写啊，也就是有气场的诗词。

但是这三首诗词，从气象来说的话，王国维觉得相比起来，范仲淹和夏竦的词是赶不上李白的，但是夏竦的词又比不上范仲淹。大概是夏竦的"三千珠翠"的脂粉香太重，比不上"四面边声"来得宏大，而"四面边声"又比不上"西风残照"的苍茫壮阔。但是单纯以气象来相比三首词，朝代的影响也在里面吧，唐诗宋词，诗庄词媚，有着这样一个环境的影响在里面，气象毕竟是不同的。

011　一池春水皱

张皋文谓："飞卿之词，深美闳约。"余谓：此四字唯冯正中
足以当之。刘融斋谓："飞卿精妙绝人"，差近之耳。

文字大约要靠心去触摸，才能够触其肌肤，触其肌肤之后才能贯透其表里。"深
美闳约"是指辞章美丽并有深意，文字简约却又有宏大的境界。此节王国维认为温
庭筠比不上冯延巳就在这四字上面。温庭筠担不上"深美闳约"，倒是刘熙载的"精
妙绝人"这四字适合温庭筠。

我感悟于王国维对文字的体会之细，能够有如此之细致体会的人物，也只有这
样一个如此执着，如此敏感，如此精细之人才能触到的。

"精妙绝人"和"深美闳约"，拈这两词把温庭筠和冯延巳来比较，会感受这两
个词与此二人的贴切之处。

怀才不遇总是和那些有名的诗人相关，温庭筠就是这样一位诗人，年少聪慧，
善鼓琴吹笛，尤长于诗词。《旧唐书》本传中说他："士行尘杂，不修边幅，能逐弦
吹之音，为侧艳之词。"《北梦琐言》说温庭筠："才思艳丽，工于小赋，每入试，押
官韵作赋，凡八叉手而八韵成。"这才华能够和那个生死之间七步成诗的曹植的才华
相媲美了。

温庭筠虽说有才华，却是屡试不中，这人似乎一生都在做着老好人的事情，常
常参加考试的时候，帮助他人作弊。传闻，有一次考试，他曾经帮助了八个人作弊。
好像是因为帮人作弊，断了自己的官运，55 岁之后，他也就再不参加考试。后来，
也就做了一个小官，清高孤傲，不愿巴结，后来潦倒致死。死前也是极为凄凉。因
穷迫行乞，深夜被巡逻的兵丁抽打耳光，将牙齿都打掉了。年轻时候仗着才华横溢，

清高孤傲，老时竟无一人帮忙，穷困潦倒，声名狼藉。

在情感方面，他也是个老好人，很多人说到温庭筠，一定会联想到鱼玄机。鱼玄机是温庭筠的学生，温庭筠得意之时，不仅教授鱼玄机作诗，还时常救济她和她母亲的生活。待到鱼玄机对温庭筠表达思慕之情，温庭筠却觉得自己年龄大，并且相貌丑陋，鱼玄机却是一个花样女子，应该有自己的幸福，便擅自做媒，将鱼玄机嫁与李亿。说是嫁与李亿，也是与李亿做妾，后来鱼玄机被李亿的妻子打得头破血流，赶出李家。后来鱼玄机进了道观，也就破罐子破摔，将道观变成一个风流场，年龄大了之后，嫉妒自己的侍女年轻，而将其打死，后来事情被揭露出来，不得善终。这样的故事，凡是女性读到的话，大多是要怪罪温庭筠的，鱼玄机的悲剧，都怪这个不解风情、不明情爱之人。

荣格说过性格决定命运，说得一点都不错，这样一个外表魁梧，除却骨子里的清高孤傲，也就是个柔弱之人，怎能担当人生的大气魄。而除去了诗词中的才华，也就是外在"精妙绝人"，难有"深美闳约"之味了。

虽说冯延巳的词是受到温庭筠花间派的影响，但是却被王国维定义为"深美闳约"，虽说他的词也是男女之情较多，但是情感更加真挚，不像以浓妆艳辞来吸引人，虽说有着闺怨诗词的哀伤，但是这哀伤中有生长出来的一股新生的力量，散发着清新自然的味道。

并非以地位来评论词人的才华，只是在某些时候，一个人的地位还是能够影响到他的修为。

冯延巳在年少之时就因为多才多艺，先皇让他陪伴太子李璟。后来李璟掌权，冯延巳也得到了重用，李璟称帝，冯延巳爬到了宰相的位置，在政海沉浮，宰相之位几上几下。尽管他的人品总是受人非议，但是他的为政之才的确不好叫人恭维。据说他曾说过这样一段话："先主李昇丧师数千人，就吃不下饭，叹息十天半月，一个地道的田舍翁，怎能成就天下的大事。当今主上（李璟），数万军队在外打仗，也不放在心上，照样不停地宴乐击鞠，这才是真正的英雄主。"（据马令《南唐书·冯延巳传》）如此荒唐之言，可堪某帝说的老百姓没饭吃，怎么不吃肉呢？

但是不能不说，这样一个总是处于高位的环境，给予了冯延巳更宽广的眼界，我不是肯定或者宣扬词人需要一个很好的地位，只是在相比起温庭筠的风格成就的区别时，隐然觉得有一些影响。

并且似乎这个朝代的人，文学才华总是悬浮在政治能力之上。李璟就喜欢他的多才多艺，这点连他的政敌都十分佩服，可见他的才华的确是技压群雄。并且这个人很幽默，能言善辩，相比起一味的清高孤傲来说，对自身的创作应该是更有灵感的。所以他的词承于花间词，和温庭筠所写的一样，都是男欢女爱，但是读起来却有一股清丽的委婉。

当读到他所写的"风乍起，吹皱一池春水"的时候，便觉得的确和温庭筠是不同的，似乎一种暧昧不明的忧伤，轻存雨中，却又难从明了，渐渐如烟雾散了，却又时刻有股轻微的弦在承受某一刻的到来。而在温词里面，我读不出来这样一种淤积心中，却又有能够舒展的空间，温词里的情感似乎更紧致一些，好似早已描摹好了的精致，只是欣赏，却有发散的柔情，可以深入人心。

【注】

张惠言，字皋文，清词人。编有《词选》，其《词选·序》："唐之词人，温庭筠最高，其言深美闳约。"

温庭筠，字飞卿，晚唐词人。

冯延巳，字正中，南唐词人。

刘熙载，字融斋，清代学者，其《艺概》卷四《词曲概》："温飞卿词精妙绝人，然类不出乎绮怨。"

⑫ 深致乃优美

"画屏金鹧鸪"，飞卿语也，其词品似之。"弦上黄莺语"，
端己语也，其词品亦似之。正中词品，若欲于其词句中求之，则
"和泪试严妆"，殆近之欤？

"画屏金鹧鸪""弦上黄莺语""和泪试严妆"这三句词细细读来，便会觉得三句
其实有着深意蕴含在里面。"画屏金鹧鸪"，画屏上的用金丝银线绣的鹧鸪，极尽华
美，却是难以展翅而飞，犹如一枝塑料花，外表好看，却是早已失去生命才换得的
美丽，尽管美丽，它却是没有生机的。

"弦上黄莺语"，鸟语花香的俏丽，声声入耳，清新自然，每一声鸣叫，都是来
自生活的歌声，它是鲜活的生命。

"和泪试严妆"，强颜欢笑，尽管外在极尽华美，却是内心凄苦磅礴，这样的
情感又来得深重得多了，它不仅具有生命，还有浓重的情怀于此，欲笑实哀，欲
舒实郁。

"画屏金鹧鸪"是温庭筠词里的一句，王国维觉得这句话适合用来形容温词的风
格；"弦上黄莺语"是韦庄诗词里的一句，王国维觉得这句话最适合来形容韦庄诗词
的风格；"和泪试严妆"恰恰适合来形容冯延巳词的风格。

不得不佩服王国维的功力，他的眼睛似乎总是能够明察秋毫地发现这些风格
相似的词人不同的地方。他好像一位鉴宝大师，对每首词都能一语中的点出它的
贵气。

我之前在读这三位词人的作品之时，从来没有去这样细细比较过。在读到这一
章《人间词话》的时候，也就是仅仅从这三首诗词的角度去评析感受，就能略微明

其细微的差异。

更漏子

温庭筠

柳丝长，春雨细。花外漏声迢递。惊塞雁，起城乌。画屏金鹧鸪。

香雾薄，透帘幕。惆怅谢家池阁。红烛背，绣帘垂。梦长君不知。

纤柳细长，情丝万缕，春雨如娑，细细密密。花外的更漏声一声重过一声。雁起，城乌，这画屏上的金线所织成的金鹧鸪。燃起这熏室之香，薄薄的烟雾缭绕，透过了帘幕，青烟袅袅。这满满重重的惆怅啊，这谢家池阁啊。红烛啊，尽情地燃烧吧，而这绣帘轻轻地垂下，似乎已经在说夜已深沉，人快睡去。长长的梦中，对你的思念，君能否知晓呢？

这首词写的是女子对郎君深沉的思念。在我初读这首词，尝试着用散文诗般的语言将它的美复制的时候，觉得里面的东西都是断的。我没有办法找到一条主要的线索来用我的文字编织出词的华美。其实词里面的意象：塞雁、城乌、画屏金鹧鸪。这三个意象的出现，是非常突兀的，也是有着巨大的跳跃性。温词所选用的意象没有按照女子的情感流露来写，反而它是率性的，堆砌的，一大堆精美绝伦的意象在你眼前，没有明确的感情的线索在其左右。他没有情感的细腻描绘，他就用一些意象，让你从这样的意象里客观地明了一个事实，那就是这个女子在哀伤。他没办法叫你去身临其境地体味悲伤，只是隔靴搔痒地看见悲伤。

这也是花间词的风格，华美浓丽却少真性情，温词是里面最具代表性的之一。造就温词特色的还有一个很显著的原因就是，温庭筠写词之时，正是词初起之时，那时候的词不过就是歌姬酒女的唱曲，而且作为一个外表粗犷，实质上又不愿在外人面前流露情感的人，他所写的词有这样的风格也是很正常的。

温庭筠也写过感情外露的词，但是读起来还是觉得温词将情感隐藏起来，我们读起来感觉自然些。比如那首很受世人争议的《忆江南》："梳洗罢，独倚望江楼，过尽千帆皆不是，斜晖脉脉水悠悠，肠断白蘋洲。"朱光潜就曾批评过此首温词写情过于显。也就是说，诗词一般写景要更多地贯穿自己的情感，而如果是单独的抒情，那么情感不可过于外露，要让读者自己在字里行间细细品读出。那么温词的这首《忆江南》的最后一句"肠断白蘋洲"就将其情感表达得过于明显，给人弄巧成拙之感。读起这首词来，前面的"过尽千帆皆不是"中的"过尽"已有惆怅之意，后面的一句点实的句子"肠断白蘋洲"的确有将其悲伤之韵味嚼尽之意，也确实觉得温庭筠将情感表达得过于实在，觉得失去了美感。读起来的感觉就如同一个沉默冷峻之人，突然热烈，教人回不过神来，没有感动，只是尴尬，所以温词中的抒情，还不如他的始终站在词外做一个冷眼看客般写"画屏金鹧鸪"来得自然。

菩萨蛮

韦庄

红楼别夜堪惆怅，香灯半卷流苏帐。残月出门时，美人和泪辞。

琵琶金翠羽，弦上黄莺语。劝我早归家，绿窗人似花。

红楼的告别之夜哪里能够忍受这惆怅，香灯尽管点燃，半卷诗书兀自读着，这装饰着流苏的睡帘之帐也轻挽着。残月照着我的恋人出门，那么月圆的时候他便会回来了么？美人满眼斟泪，却还要向他辞行。"琵琶金翠羽，弦上黄莺语。"昔日这美色美音，一声声地催促着这远离之人早日归家，绿窗下的等待的人儿似花。

说实话，将这两首词对比起来读，读过温庭筠的，之后再读韦庄的，我突然觉得脑海灵动一闪，灵光一现，有种清新纯粹小女人的情怀迎面而来。并非就是说温庭筠写的就不是小女人的情怀，而是我在读韦庄词的时候，觉得这样的一个形象生动、丰满了起来，她好像变成了一个俏皮的姑娘，有血有肉地站在我的面前，我更能自然地接受她，读这首词，就好像听到一个闺中女子对着你诉其心怀。

"琵琶金翠羽，弦上黄莺语。"这句与"画屏金鹧鸪"其实读起来都微微有华美之感。但是，却还是觉得前句灵动自然，清新之气教此句活了起来。金翠羽是琵琶的装饰物，后面跟着的弦上黄莺语，或许可以理解为，离别之际，美人手执琵琶，清歌一曲，如黄莺之语般地歌未完，却早已双泪垂。也或许，这柄琵琶就是两人曾经花前月下的常用之物，所以后面的"劝我早归家，绿窗人似花"也是接得极其自然。君需怜我似怜花，王国维就有诗云："阅尽天涯离别苦，不道归来，零落花如许。"再来比较"画屏金鹧鸪"也就是一句华美，一个姿势摆在那里，只得其外，不知其内，好像一件奢侈品，只能观赏，无法感受，因为它的美犹如展示厅里的摆设，只是词人外在的客观描绘。所以对比起来，我更喜欢前句："琵琶金翠羽，弦上黄莺语。"轻轻读一下前句便是极有感觉的，如初发芙蓉，明亮纯净，它是自然的，不做作的。

分析了温词和韦词，我们再来细细地分析冯延巳。因为在王国维的《人间词话》中，对于三者的比较，对冯延巳似乎更多赞誉。

菩萨蛮
冯延巳

娇鬟堆枕钗横凤，溶溶春水杨花梦。红烛泪阑干，翠屏烟浪寒。

锦壶催画箭，玉佩天涯远。和泪试严妆，落梅飞晓霜。

娇媚的发鬟只是堆积在枕上，无心梳理，凤钗横陈。杨花一梦，溶溶春水，芳心流沛。红烛流泪，眼中难掩悲伤，看着翠屏上一片晓寒烟波。锦壶空催画箭，那个佩戴着玉佩的人远在天涯。涂上艳妆，愿能掩饰这怕人看穿的哀愁。轻落之梅恰若是纷飞的晓霜。

读完韦词，再看冯词，似乎觉得更进一步。韦词写的是一个男女之情的别离故事，我们可以从中读出些许情节。但是冯词，只是一读，你便知道是女子在思念男子。若说韦词是带有情节的故事，而冯词就是一个十分生动的细节刻画。冯词就是抓住这一点，女子闺怨的"怨"字。我们读韦庄的《菩萨蛮》，可以知道讲的是男女分别了，女子思念男子，并且盼望男子回去，男子回忆此前两人的恩爱，于是想到离别之时，女子对男子的叮咛，你一定要早点回来啊，等待你的人正如花一样，期待你的欣赏。而冯词里面的情节全无，就是一个内容，全是思念，由思及怨，怨而至哀，已是哀怨断肠，却还要遮掩，抚泪强欢。

所以冯词和韦词相比起从客观的角度来抒写情感的温词来，冯词和韦词更多的是从主观的角度来抒写闺怨题材，抒写情感。所以冯词比韦词更生动，情感充沛，是活的。不像温词，虽然辞藻华丽，却无情感滋润，是干瘪的。

同是从情感的主观角度抒写，韦词宽阔，冯词比之韦词，又更细腻，更精致，外在浓丽，却是极尽哀愁。

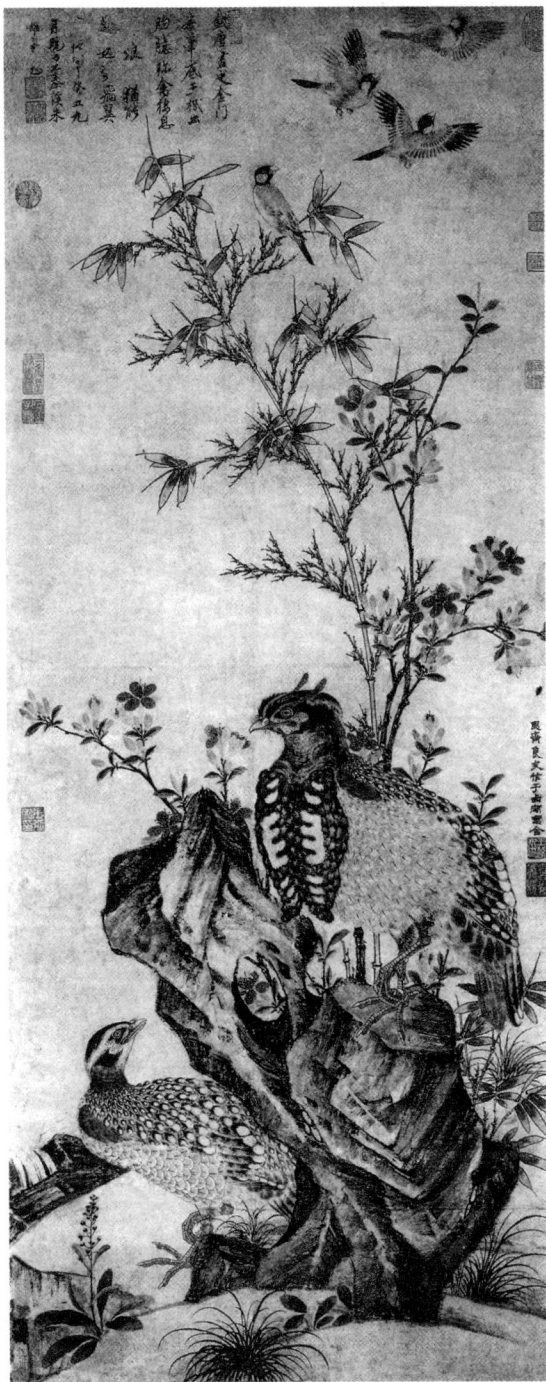

然而这是王国维读这三人词后，在这三人的词中拈出一句做这三人词风格的概括。大致可以这样理解：温词华美却客观无个性；韦词清丽较为主观重写情；冯词主观外浓丽内哀愁。

尽管他所推崇的是冯词，实质上，在我看来，我读冯词，更多的是读出了冯词的氛围。这里暂且不多谈，后文会详细分解。此时对于韦词，我却是偏爱一首，这一首韦词，我觉得针对于冯词的外浓丽内哀愁，却是有胜之而无不及。而明白了这一首，也就明白了韦词的境界，也就能够明白为何韦词会偏居冯词下位的原因了。本质上词还是跟写词人的心境是一样的，也就是跟前文的王国维先生的境界之说有着关联之处。

菩萨蛮

韦庄

劝君今夜须沉醉，
樽前莫话明朝事。珍重
主人心，酒深情亦深。
须愁春漏短，莫诉
金杯满。遇酒且呵呵，
人生能几何。

此首词意思浅显，不过是喝酒的时候，主客之间劝来劝去。但是最后一句"遇酒且呵呵，人生能几何"细细一读，也还能读出几分"和泪试严妆"之感，两句都是遮掩自己情感的意思。

"遇酒且呵呵"就是在觥筹交错之时，也是自己情感的强颜欢笑之际。"和泪试严妆"也是用浓丽的妆饰来掩饰自己的悲伤。可是"遇酒且呵呵，人生能几何"中的"呵呵"二字，读起来十分的口语化，更无辞藻上的精致，却是叫人心中不胜悲凉之意。整句表达的就是俗世喧嚣、内心寂寞、人生苦短、强颜欢笑。所以，但此首韦词，我觉得是能够胜却冯词的。"遇酒且呵呵，人生能几何"中朴素的字眼，正是冯词的浓丽，即便是浓丽中的哀愁也是无法企及的。正所谓："朴素之美，莫之与争。"而所谓的境界也是由此而出。

【注】

韦庄，字端己，五代前蜀词人。

013 人正不易得

南唐中主词："菡萏香销翠叶残，西风愁起绿波间"，大有众芳芜秽，美人迟暮之感。乃古今独赏其"细雨梦回鸡塞远，小楼吹彻玉笙寒"，故知解人正不易得。

提到南唐中主李璟，其实并不陌生，他和冯延巳的关系非常密切，冯延巳就是李璟的臣子。从李璟做太子之时，冯延巳就已跟随其左右。而李璟的这首被王国维摘句而评的《山花子》也与冯延巳的"风乍起，吹皱一池春水"有着一个小故事：

有一次，君臣二人出游。冯延巳写道："风乍起，吹皱一池春水。"李璟戏弄冯延巳道："吹皱一池春水，干卿何事？"冯延巳连忙低下头讨好道："臣的句子不如陛下的句子：'小楼吹彻玉笙寒。'"元宗听后便很高兴。

通过这则故事，很多人觉得冯延巳对李璟的"小楼吹彻玉笙寒"的赞美完全是出于对皇帝的溜须拍马。但是，从后人对李璟的《山花子》的评价，最后一句"细雨梦回鸡塞远，小楼吹彻玉笙寒"的喜欢与赞同，可见冯延巳的眼光还是比较独到的。除却其中的君臣关系，冯延巳也算是识货之人，懂得李璟词中美妙的地方。

然而，王国维的《人间词话》中此节并没有延循古人的思路，他并不欣赏向来为众人所津津乐道的："细雨梦回鸡塞远，小楼吹彻玉笙寒。"此句有着似隐却明的愁情，似真似幻的愁情，身心不仅随着此句沉寂，即使沉陷其中，却也是很容易拉回现实，一种如梦的真实的切肤体验。这种说不清道不明的美感，也是世人历来欣赏此句的原因。而王国维欣赏的却是前句"菡萏香销翠叶残，西风愁起绿波间"。他对此句的评价是"大有众芳芜秽，美人迟暮之感"。也就是说，他从此句里面感受到了众芳的香消玉殒，美人的悲秋幽怨。

山花子

李璟

菡萏香销翠叶残，西风愁起绿波间。还与韶光共憔悴，不堪看。

细雨梦回鸡塞远，小楼吹彻玉笙寒。多少泪珠无限恨，倚阑干。

起句"菡萏香销翠叶残，西风愁起绿波间"中的"菡萏"是荷花，荷又名"芙蕖"，其花名"菡萏"，果实称为"莲子"，根为"藕"。整句的意思是：秋风过后，荷花已经褪去盛夏的明媚，枯萎凋零到一片荒芜，花已销，绿叶已残。只是在西风轻起的湖面，翻起阵阵涟漪。这就是一幅秋季残荷图。

为何王国维对此句情有独钟，我觉得大概是对于自己身世的共鸣。荷花本就是出淤泥而不染的，王国维本质上是一个精神和生活上都非常干净之人，越是固执于一种生活方式，他是越不能接受周遭的变故的。所以，王国维至死也没有剪掉脑后的那一条辫子。这种事情后来成为很多人攻击他是"清朝遗老"的凭据。李璟词中的荷花已残，如此纯洁明净之物，也不过是如此下场，在夏天烈日里灼灼其芳华，低调之中难以掩盖着自身的热烈和贞节。可是在秋风萧瑟之中，也难免落得叶枯花销的下场，只剩下这秋风吹起湖中绿波阵阵。其实，《红楼梦》中的林妹妹也是有着这样的体会的，她在评价李商隐的诗歌时，说到自己并不太喜欢李商隐的诗，但是唯独对一句"留得残荷听雨声"深有体会。"留得残荷听雨声"既表现了林妹妹晚上总是失眠，才听到雨打残荷的声音，再次，在雨打残荷的声音中，还有着对自己的悲悯，荷已残，雨打在枯荷上有声，这枯荷早已丧失自己的容颜却还要经受着雨打风吹，而自己这早就无依无靠的一生，又要遭受怎样的吹打呢？

这也是极其敏感之人才能够感受到的。王国维觉得此句"大有众芳芜秽，美人迟暮之感"。道出对美好事物消逝的无限哀愁惋惜之感。读到这点评不仅让人黯然神伤，一点淡愁即出，更是万千哀怨遗憾蕴于其中。屈原在《离骚》中也说过："惟草木之零落兮，恐美人之迟暮。"这样的辛酸，我觉得很符合王国维的心境。王国维的怀才不遇以及生不逢时，都在这句子里有所体现。

一个人思想纯净，也难免会多经受命运的挫折，或许这样的挫折在王国维的眼中已经算不上挫折，怀才不遇又有何干系，他总是能够在思想上超越俗世的利害关系，专心致志地完成自己的学术，实际上这又是一个人行为干净的体现。而这样的行为方式，却是看透世事行情之后所做的一种选择，这样兀自的穿透世事孤独之后的抉择，很难说里面没有经受过孤独考验之后的辛酸和放弃之后的遗憾。而后的人生观里受到西方哲学家叔本华的影响，越发地显现出骨子里的悲观主义思想，所以对此句的感受才会如此深刻。

所以越是超越，越是悲悯。

越是超越俗世，对人间美好的消逝就越是悲悯。

那么这样看来，王国维对此句的欣赏胜于对世人常赞的句子的欣赏也就不足为奇了。不过，对于诗词的鉴赏，也本就是仁者见仁、智者见智的事情，不过个人的情感经历对此句引起的反应不一而已。

接着来看下一句："还与韶光共憔悴，不堪看。"荷已残，人又何尝不是呢？韶光易逝，早已与残荷一般憔悴，风烛残年对此秋风残荷，情何以堪？

下一句："细雨梦回鸡塞远，小楼吹彻玉笙寒。"其一"细雨梦回鸡塞远"中的"鸡塞"到底是何地，已经无法考据清楚，其实，分析诗词若是将其变成考古学，也就索然无味了。姑且就当作它是一个地方好了。其实，里面关键的是"细雨梦回"，指的是细雨惊醒了睡梦，相比起荷残来说，夜也残，梦也残。"小楼吹彻玉笙寒"，小楼上的笙声也是愈加的清寒，也或许是吹曲人的心意凄凉，不免使得曲声清寒。

"多少泪珠无限恨？倚阑干。"这才是词人道明心情的句子，人生之中多少的悲欢多少的遗憾，也只能一人依凭着栏杆，独对残年。

将这首词分析下来，我也越发地喜欢这句："菡萏香销翠叶残，西风愁起绿波间"了。

词的魂魄真是文字和所读之人的心灵感应所得。

【注】

李璟，字伯玉，南唐中主，词人。

⑭ 神秀出国色

温飞卿之词，句秀也。韦端己之词，骨秀也。李重光之词，神秀
也。

王国维所说的："温飞卿之词，句秀也。"也就是说温庭筠的词是"画屏金鹧鸪"为代表的"精艳绝人"，凭借的是以辞藻华美取胜。

菩萨蛮·其一

温庭筠

小山重叠金明灭，鬓云欲度香腮雪。懒起画娥眉，弄妆梳洗迟。

照花前后镜，花面交相映。新帖绣罗襦，双双金鹧鸪。

重重叠叠的山上日光明灭，如云的发鬓、似雪的香腮。慵懒的女子懒得画娥眉，早妆梳洗迟。鲜花前、明镜后，人面花面交相映。穿的是绣花的罗襦，上面有着一对金鹧鸪。

里面的意象：鬓云、香腮、绣罗襦、金鹧鸪。这些意象从字面上看，都犹如一张张华美的锦卷，极尽艳丽。然后，一系列的意象铺陈下来，只是意象的堆砌，并没有一条情感的主线索在里面，只有眼前之物，并无脉络分明。

菩萨蛮·其二

温庭筠

水晶帘里玻璃枕，暖香惹梦鸳鸯锦。江山柳如烟，雁飞残月天。

藕丝秋色浅，人胜参差剪。双鬓隔香红，玉钗头上凤。

水晶帘里的玻璃枕，暖香惹梦的鸳鸯锦。江山上绿柳如烟，大雁飞过残月天。藕丝犹如浅浅的秋色，人参差若剪。双鬓隔着香红，玉钗头上的金风。

依旧是意象的堆砌，水晶帘、玻璃枕、鸳鸯锦、柳、雁、残月天等，和前首一样，也没有主观上的明确的情感脉络。

菩萨蛮·其三

温庭筠

夜来皓月才当午，重帘悄悄无人语。深处麝烟长，卧时留薄妆。

当年还自惜，往事那堪忆。花露月明残，锦衾知晓寒。

至午夜，才月圆若皓。重重帘帐层层放，墨夜悄悄无人语。帘幕深处麝香长长地燃烧，睡觉之时依旧留着微薄的妆。当年的青春年华，谁不珍惜呢？只是往事却不堪回首。花上渐渐沾满露水，锦绣的衾被不敌晓寒的夜。

第三首似乎有一句表达情感："当年还自惜，往事那堪忆。"对往事的追忆和遗

憾以及后句的"花露月明残，锦衾知晓寒"里面隐约有着形单影只，个人之力不敌孤单寒冷之感。可情感依旧表达得不太明显，似乎是景物的陪衬性暗示。也就是说，这些情感是从景物中摸索出来的，也就是客观的景物依旧是主要的线索，而不是个人的情感作为文章的主要层次。

所以，王国维说："温飞卿之词，句秀也。"全词都是实打实的描写，尽是实景，很难理会里面的情感，或者说里面的情感实在是太含蓄隐晦了。

王国维说："韦端己之词，骨秀也。"骨骼俊秀，不仅仅是语言美丽，并且深情款款，发自内心，宛如"弦上黄莺语"般的清丽。

端己的词比起飞卿的词，靠的是喷涌于胸的情感取胜。飞卿的词里，总好像压抑般地把情感扣得死死的，而端己的词恰恰是将情感释放出来，读起来叫人觉得情真意切，情真字秀。

比如我们将温飞卿的词《更漏子》与韦端己的《菩萨蛮》来比较就可清楚二者风格的差别。

更漏子

温飞卿

柳丝长，春雨细。花外漏声迢递。惊塞雁，起城乌。画屏金鹧鸪。

香雾薄，透帘幕。惆怅谢家池阁。红烛背，绣帘垂。梦长君不知。

这首词，我在前面已经分析过，之所以将其提出来与端己的词作比较，是因为飞卿的这首《更漏子》的最后一句已经化白描为抒情，虽说是一个简短的抒情，也不失为一句对情感的表达。"梦长君不知"，长长的夜，做着长长的梦，这么长的梦都是对你的相思，而你到底知道不知道呢？其实这个句子写得是非常幽怨缠绵的，为什么说是长梦呢，因为睡不着觉，那么梦就显得长了，梦长也就显得夜长了。而夜长了，那么长的夜，整夜的都是对你的思念，这思念也显得长了。

可是这一句在温飞卿的《更漏子》里面并不显得特别出众，因为前面的意象，像柳丝、春雨、雁、金鹧鸪、红烛等等堆得太满，并没有对末句情感的铺垫之笔，叫人一下子接受这样一句情感的直接抒发，显得太突兀。

而在端己的词里面，你是绝不会有如此之感的。我选择了韦端己的《菩萨蛮》五首之一，其中末句"忆君君不知"和温词的"梦长君不知"有相似之处。先看整首词：

菩萨蛮
韦庄

洛阳城里风光好，洛阳才子他乡老。柳暗魏王堤，此时心转迷。桃花春水渌，水上鸳鸯浴。凝恨对残辉，忆君君不知。

洛阳城里风光无限，洛阳的才子却年老他乡。连用两个"洛阳"，强调对洛阳的特殊情感，既然是对洛阳如此眷念，就应该长居洛阳，但是却年老他乡，其中的遗憾之情呼之欲出。昔日洛阳魏王堤上春柳明暗，此时心思满怀凄迷。眼前可爱的深红、浅红的桃花，红艳春水渌，水上鸳鸯成双浴。此句恰有由眼前之景，想到了思念之人。眼前是如此可人的桃花以及羡煞旁人的双双对对的鸳鸯，正在享受这大好春色，想必是洛阳的春色更加迷人吧，而这洛阳的才子却是身在他乡，佳人不能相伴。所以结尾的"凝恨对残辉，忆君君不知"乃是由上之情景情感的遗憾而来，"凝恨"本就是这些遗憾啊。"对残辉"表示遗憾无人相诉，这样的愁情，除了那个思念对象，远在洛阳一样独自一人面对春色的佳人之外，又有何人能够相诉呢？在这样的春色里，只能将这遗憾空对残辉。"忆君君不知"想念你的时候，你知道不知道呢？如此曲折回复的情感，在最后一句表现得淋漓尽致，也是前面情感铺垫之后，后面才得来的厚重。

同样的句式，但是不同的人表达出来便是别样的情怀。这也是温庭筠和韦庄之"句秀"与"骨秀"的区别。

下面我们再来理解王国维评价李后主的："李重光之词，神秀也。"神秀，从字面意义上理解，神采飞扬，秀美异常。我觉得李后主是一位纯情若贾宝玉的人物，比如亡国之前，完全地沉迷于欢乐，亡国后却又有如此多的悲哀，虽说平时和大周后的感情甚佳，但在大周后病重之时，却也和小周后暗生情愫，并且还瞒着病重的大周后和小周后频频约会，还有对小周后的"奴为出来难，叫郎恣意怜"。这句话就是说小周后啊，你瞒着众人出来和我约会，你的惊慌失措全被我看到了，你越是这样越是叫人想放纵任性地怜爱你呀。多么真实的偷情之语。从李后主的词里，完全能够感受到他的内心，所以，他写的词都是真的，是人真实的情感，比如后来亡国之后，身为赵光义的囚臣，他却还要写出"故国不堪回首月明中，雕栏玉砌应犹在，只是朱颜改"这样一些怀念的词句，引来杀身之祸。可这样的东西，却是李后主心里想表达的情感，这个人是任性的，并且行为处事总是跟随着自己的内心，不加掩饰地表达在词里，尽管是率性，却是非常真实的。真的东西才会叫人不厌恶，真的东西才会叫人只是知会地笑而不语。越是读李后主的词，就越能感知到一颗任性却是纯真的心。

从三人的抒情中可以看出"句秀""骨秀""神秀"的区别。温庭筠的一句干瘪瘪的"梦长君不知"不置可否，姑且算为抒情。韦端已的"忆君君不知"情真意切，比起温词来说，情感的闸门已经打开，情感的奔流也若绵绵之江水拥有力量。但是李后主的抒情，随便拈一句"自是人生长恨水长东"出来便具有惊人的力量，比起"忆君君不知"以及其他篇章里的"未老莫还乡，还乡须断肠"不知道要胜出多少。若说韦端已是"开"，那么李后主就是"阔"。

如果说温庭筠的词是理性的现实主义，那么韦端已的词就是现实与浪漫的结合，而到了李后主这里就是完全地率性而作了，词里全是自己纯真的情感，丝毫无造作，神采飞扬，感慨深，气象远，写尽世间之爱欢情怨。

【注】

李煜，字重光，南唐后主，词人。

015 后主之情调

词至李后主而眼界始大，感慨遂深，遂变伶工之词而为士大夫之词。周介存置诸温、韦之下，可为颠倒黑白矣。"自是人生长恨水长东""流水落花春去也，天上人间"。《金荃》《浣花》能有此气象耶？

王国维认为词到李后主的手中才真正变得灵性起来，真情实感，却毫不虚伪，感慨深切。词本是乐工们弹唱的曲子，李后主写词，却是将只具娱乐性质的词变成了士大夫文人抒情达意的文体。可以说后主为北宋词繁荣时代的到来奠定了基础。

王国维在此节里提到了周介存，还说到了周介存对温飞卿、韦端己和李后主的评价。

周介存是晚清的词人，他在《介存斋论词杂著》里有此叙述："毛嫱、西施，天下美妇人也。严妆佳，淡妆亦佳，粗服乱头，不掩国色。飞卿，严妆也。端己，淡妆也。后主，则粗服乱头矣。"这段话的意思是说：温飞卿的词就是严妆，虽然好看，但是妆饰过重，无法给人亲近之感，更何况妆饰过多过重，还会给人虚假之感。韦端己的词则是淡妆，依旧是有所掩饰，无法纯真。而李后主的词则是粗服乱头，尽管是粗服乱头，却是不掩国色。也就是李后主的词毫无修饰，却愈发显出它的端庄秀美，这样的美丽是天然的，那些外在的修饰反而起到不好的作用，毫不做作，毫无虚伪，越是无加修饰的朴素，越是真诚，越是美得惊人。

然而王国维在此节中说周介存的这段话是颠倒黑白。不过，按照王国维对李后主的评价，再看周介存的评价，可以知道他们的想法其实是一致的。王国维在对周介存此段话的理解上有误会之处，大概是对"粗服乱头"之词的误会。其实，周介存说得很清楚，李后主的词是"粗服乱头，难掩国色"。也就是承认李后主的词美即便是粗服乱头也不能遮掩的美。

王国维在此节的最后一处说到李后主的词，其中的两句，"自是人生长恨水长东"，"落花流水春去也，天上人间"。这两句词的气象是《金荃》《浣花》望尘莫及的。《金荃》乃是温庭筠（字飞卿）的词集，也做《金荃集》。

《浣花》是韦庄（字端己）的词集，也叫《浣花集》。

值得注意的是，王国维此时又提出了用"气象"这个标准来评判词。"气象"用"境界"来解释的话，也就是境界雄阔、宏大、浑茫。也就是说，李后主的词已经和温韦的词大不一样了。如果说温词和韦词还是局限于花间词的写法，也就是一直局限在伶工乐人的唱词艳曲之中，哪怕韦词和冯词后来的意境也逐渐凸现，仍然不及李后主的发自身心的词。当然，后主的词感慨之深，或许和他的身世遭遇有关，但是历经人世苦难的人，古往今来多了，可是李后主却能发人之绝唱，也和个人的天赋是分不开的。当然，这和他的性情也是分不开的。读后主的词，总是声情并茂、表里如一，一首词也是一支泣血的歌。

相见欢
李煜

林花谢了春红，太匆匆，无奈朝来寒雨晚来风。

胭脂泪，留人醉，几时重？自是人生长恨水长东！

林花凋谢，春日之艳红不见。时光飞逝太匆匆。早上的寒雨，晚上的凉风。花若胭脂集露珠，人面似花沾满泪，留人醉，而这样的日子不会再重来。人生长长的遗憾犹如江水之东流。

李后主的词是要细细品味的。

第一句"林花谢了春红"。"谢"是凋谢之意，而"了"是全，完，尽。"春"是最美好的季节，"红"是花最娇贵漂亮的色彩。春红的完全凋谢，读起来叫人觉得心中顿有所失，头句情感的丝缕已随景致牵引出来了。

因此，李后主的词，景与情水乳交融，真乃是"一切景语皆情语"。但是读来之后，又会觉得，这词里的意境岂是一个简单的"情"可以概括。表面上写的是林花凋谢，实质上又何尝不是在感叹人生的短暂呢，相比到自身，昔日帝王的繁华早已不再，只落得为他朝囚臣的身份，又是何等悲凉凄惨。这是由此句的自然之境，推及到自身。那么，我们还可以从自身推及到世间万物，生生灭灭之道理，亦是一样。从词的首句便具有气象，也就是开阔的境界，丝毫不再局限于花间词的小打小闹。

接下来的一句"太匆匆"，其实也就是一句对时间之快的感叹，然后接在"林花谢了春红"之后，是再真挚自然不过了。是因为感叹美好消逝，心中哀伤，才会有对这时间消逝之快的惋惜。"太匆匆"是何其口语化、日常化的句子，而在李后主这里却能化腐朽为神奇。一句"太匆匆"将时光流逝变化的叹惋表达得真实而传神。

并且"林花谢了春红，太匆匆"都是极其朴素、没有修饰的句子，但是李后主词的妙处在"谢了"的"了"字和"春红"等字。"太匆匆"的口语化，更是肺腑之言。

"无奈朝来寒雨晚来风"其实是相对于前面的林花之凋零来说的。好花易受到风雨的摧残，生命中更是充满了无常的变数。

"胭脂泪，留人醉，几时重？"悲苦愁情紧接而来。曾经的美好，人面桃花，互留相醉的日子什么时候会再回来呢？作者在追忆往事的时候，自己其实已经清楚明白生命的无常，所以尽管对往事极其沉醉，却是"几时重"，点明迷途之人，花落难再开，往事难再返。

而最后一句，完全是神来之笔，具有沉瀣千里的气势，顺畅勃发。往事的美好，叫人沉醉痴迷，这样的愁情难解，却又无可奈何，人生中有多少的时光如此呢？自是人生长恨水长东啊。

全词气贯如一、声情合一。这首词不仅仅是亡国之君的感叹，更多地上升到了人生哲学的境界。

浪淘沙
李煜

帘外雨潺潺，春意阑珊，罗衾不耐五更寒。梦里不知身是客，一晌贪欢。

独自莫凭阑，无限江山，别时容易见时难。流水落花春去也，天上人间。

窗外就是春天，潇潇小雨尽显得这新生的却又有着惊寒的气息。锦被耐不住这五更的寒冷。一切又回到了梦中，回到了从前，不在当下，不在屈辱里，纵情贪欢。

梦醒却是他人之客，孤身一人，面对这无限江山。悠悠往事，别时容易见时难。一切都已经不再一样，永远都回不去了。悲欢荣辱，短暂若瞬的天上人间。

依旧是亡国之君的辛酸血泪，赤子之心的字字真言。

016 难为赤子心

词人者，不失其赤子之心者也。故生于深宫之中，长于妇人之手，是后主为人君所短处，亦即为词人所长处。

它是纯粹的。

它的纯粹发乎情感，情感表现在词中。

这感动着世人的后主之词，他所有的词，王国维认为都饱含着一颗赤子之心。

赤子之心，就是童心。

"绝假纯真，最初一念之本心。"这是李卓吾的《童心说》中对童心的定义。只说真话，童言无忌，坦露自我，这是王国维为词人所定义的赤子之心。

李煜生于深宫之中，长于妇人之手。作为国君，本是一切权力利益的中心，应该熟知权术，但由于他生于深宫之中，长于妇人之手，涉世不深，正是因为这样的成长环境，才使李煜没有被世俗所熏染，能够在词中尽显自己性情中的纯真华美。

所以生于深宫之中，长于妇人之手，是他当国君的短处，却恰恰成就了他作为一名好词人的长处。

生于深宫，必定是荣华富贵，应有尽有，想什么便能得到什么。帝王之家的繁华教他的生活不识忧患，根本不需要涉及世事，也不需要涉及利益艰辛，一切都是顺其自然的，一切都是他的，尽管如此，也是恰恰如此，恰若贾宝玉，他的心是极其干净的，深刻地体验自我，体验着周遭，他直言不讳地在词里倾诉着自己的悲喜和纯粹。而在亡国之后，作为他朝的阶下囚，他的情感也就随着命运的转变，变得激流磅礴，而这样的情感更多的是一种自然的状态。这也是李后主词中的震撼之处，也是有着赤子之心的缘故。

赤子之心的纯真，其中的"真"其实在王国维的身上也是有所体现的，大概这也是他看重李煜的原因之一吧。他在评论《红楼梦》时就曾说过："唯美之为物，不与吾人之利益相关系；而吾人观美时，亦不知有一己之利害。"这段引文的意思是：美丽的东西，不会跟我们的利益相关联；我们欣赏美的时候，也不会是因为这些东西与自身利害相关。强调不管是审美，还是创作，都是纯粹真性情的东西。叔本华就说过诗人都是大孩子，天才与儿童的共同点"主要表现在天真和崇高的单纯上"。

赤子之心是以自然之眼观物，用直观感受世界，之后再用文学的方式表达出来。正所谓："妙手造文，能使其纷沓之情思，为极自然之表现，望之不啻为真实之暴露。"我们可以从汉古诗十九首之二《青青河畔草》来看：

青青河畔草

青青河畔草，郁郁园中柳。盈盈楼上女，皎皎当窗牖。娥娥红粉妆，纤纤出素手。昔为娼家女，今为荡子妇。荡子行不归，空床难独守。

从词的本义上来看，这是一首极其淫亵之诗，但是却深得多人喜欢，因为里面怀着一颗赤子之心，乃"真"性情。

"青青河畔草，郁郁园中柳。"开句就是一片春色的气息，河畔之青草，园中之绿柳。不知道为何很多诗歌写春天的时候，都爱用到"青草""绿柳"这个意象，或许"青草"经春天而发出，本身就是含情而出，随着季节由寒转暖而来，名曰"青草"，"青"和"情"又是谐音。而"绿柳"也是随着春天就会发出嫩芽的植物，而"柳"和"留"字也是谐音的。其中之意，不言而喻。

"盈盈楼上女，皎皎当窗牖。"在这样的一个春日里，有着一位妙龄女子，步履轻盈，有着雪白的皮肤，却因为思念被困于阁楼之上，依靠在窗户前，望眼欲穿。

"娥娥红粉妆，纤纤出素手。"精心修饰的妆容，宛若红粉新娘，素手纤纤伸出窗外，这双手里似乎在招觅着什么。招觅着什么呢？这无限的柔情。一个思春之女子已经勾勒出来了。

"昔为娼家女，今为荡子妇。"从此句可以看出，这名倚窗等待的女子曾经是一个烟花女子，而今已经是嫁作他人妇。

"荡子行不归，空床难独守。"此句彻底解答了前句"蛾蛾红粉妆，纤纤出素手"的出素手的答案了。因为所嫁之人迟迟不归家，难耐寂寞，空空床帏，一人不易独守。

从这样一首诗中，这开着的窗户，这蛾蛾的红妆，这双伸出窗外的纤细白嫩的手，还有这张空空已久的床。

似乎这字里行间，我们可以读出来一种危险气息，这位女子的等待以及撞见这位女子等待的男子，一路行色匆匆却又抬头一瞥即见春色的路人等等，可是作者并没有直接告诉我们，这里即将要发生怎样的事情。是一场偷情呢？还是这位从良后嫁作他人妇的女子的继续望穿秋水恨断肠的等待呢？

一片春色，一张粉脸，一双素手，一张空床，能给人更多的答案和暗示以及一片桃花湿地的幻想。

然而这样的答案和暗示似乎是不需要明示的，因为这样的欲望又是何其的真实。

越是这样的真实，我们才越感觉到了一个充满了自我的人的存在，存其自我，才能现其真情。

李后主的词也是如此，尽管他的题材比较狭窄，这也是他一直为人诟病的把柄。那些批评之人总是觉得李后主的词毫无男人之气，还说亡国后李后主的词中无一不流露出对从前奢靡生活的向往，这其实也是没有读懂之人的粗浅评论。李后主词的题材的确狭窄，但是在这方面，他的词却是开拓得最深，后来还有李清照和纳兰容若可以与之媲美，他在这样的生活中的感受是最深的，所以才有后来的表达之深之真。

在政治上的失败造就了在词的创作上的纯真，杜绝了政治上的复杂，简练了词中的纯粹，所以，生于深宫之中，长于妇人之手，是李后主将从政的短处变成了作词的长处。

⓿⓫⓿ 后主性情真

客观之诗人，不可不多阅世。阅世愈深，则材料愈丰富，愈变化，《水浒》《红楼梦》之作者是也。主观之诗人，不必多阅世。阅世愈浅，则性情愈真，李后主是也。

对王国维先生的这一则，古往今来所阅之人，可谓是争论颇多。

王国维先生在第十三则曾说过："故知解人正不易得。"

其实，这句话呢，放在此处真正是再合适不过了。似乎在此时，也明白了一个人在高处的寂寞。高处的寂寞是一种叫人不得不坚守的情操。而坚守的这份情操却又在现实生活之中被按到了极低之处，那便是无人理解之苦楚。无人理解之苦楚，正是思想上高处不胜寒的代价。既然如此，那也就懒得申辩了，若如此，也是自身的选择，便缄默闭口吧，越是缄默闭口，其实越是了解自身。《人间词话》中的文字，既是随性之说，也是肺腑之说，只是无法细说，细说似乎无味，而这般随性之说，却又有如此多的人不太甚解。

这则文字的遭遇，似乎也是王国维先生在现实之中的遭遇。

这则文字是说：《水浒传》和《红楼梦》的作者是客观诗人的代表，阅世颇深，世间人情世故的材料收集丰富，方成其大作。而主观诗人就不同了，大可不必涉世过深，更不必经受过多世事，阅世愈浅，在性情上就越真，最具代表性的人物，就是李后主。

不少人认为王国维先生此节的结论是错误的，那就是诗人哪里需要有主观和客观之分，认为过分强调主观和客观，那么主观的诗人就割断了和现实生活的联系，既然已经割断了和现实生活的联系，哪里还会表达真情实感呢？这是我在查阅资料后总结出的第一种否定王国维先生此节的观点。

还有不少人认为，王国维所推出的主观诗人的代表李煜，明明在人生的后面就经历了亡国之痛，沦为宋朝之囚臣的命运。这样的经历还不叫涉世之深吗？况且，王国维你在下节就写了李后主是以血书者。所谓以血书者，试问"不多阅世"的"主观诗人"，怎能有这样深切的感情？你王国维这不是自相矛盾吗？这是第二种否定王国维先生此节的观点。

当然，以上这两种观点都是比较老的观点，想要读懂王国维不容易啊，资料都翻烂了。

下面这种观点，尽管是当今的牛人所写的，但我还是不太认同，此观点是袁行霈提出来的，我读大学时中文系的教材就是他组织编写的。

袁行霈先生在1980年第四期上的《文学评论》上的文章《论意境》是这么说的："其实，不论'客观'或是'主观'之诗人，没有丰富的生活阅历，都不可能写出优秀的作品。文学创作当然要出自真情，但这真情是在社会实践中培育的，并不是天生就有的。而性情的真伪则取决于诗人的写作态度，诗人忠实于生活、忠实于艺术、忠实于读者，就有真性情的表现，这同阅世深浅并无关系。"

明白了他人对王国维先生的观点，对比于这样的观点，似乎总有些骨鲠在喉的感觉。遭受误会般的，不解释不痛快地堵着，那么，我们来仔细鉴赏这一节吧。

此节，有一个非常重要的定义，那就是王国维将诗人划分为主观诗人和客观诗人两种类型。按理说，这里既是将诗人归类的话，以下就应该全举诗人的例子，但是王国维所举的客观诗人的代表却是《水浒传》和《红楼梦》的作者施耐庵和曹雪芹。众所周知，施耐庵和曹雪芹是小说作者，却被王国维先生归到了诗人的行列。而后面所举的主观诗人的代表却是李后主，严格地说，李后主是写词的，顶多算得上是主观词人，也不能说是主观诗人。尽管有着"词乃诗之余也"，那么通过这条可以讲通主观诗人的定义，但是对于前面的两位小说家也定义为诗人，王国维岂不是犯了文体不分的大错了？

在王国维的《文学小言》中有一段话："文学中有二原质焉：曰景，曰情。前者以描写自然及人生之事实为主，后者则吾人对此种事实之精神的态度也。故前者客观的，后者主观的也；前者知识的，后者感情的也。"

我们从这段话，可以看出王国维区分"主观"和"客观"的前提是，他并非仅仅是从诗人这个文学作者的类别来分的。他的前提是整个"文学"。他已经说得很清楚了："文学中有二原质焉：曰景，曰情。"所以，这里的诗人乃是所有的进行文学创作的文人们。

假设我们从王国维先生的《文学小言》中的摘录是正确的，那么我们就继续做如下的理解。

客观诗人是以描写社会现实为主的，而主观诗人是以抒发主体自身情感为主的。

他们的区别就是描写的角度不一样而已。

那么根据自身所擅长表达的方向，对于社会阅历的要求也不一样，因为客观诗人要表现现实，要熟悉民情，要洞幽察微，他笔下的世界才越和真实世界接近。而主观诗人呢，强调个人情感的抒发，过多的阅世是对于自身澎湃不可束缚之情感的牵绊，主观诗人笔下全是个人情绪、情感，靠着文学载体和文学功底将它上升到审美的高度。

其实，话说到这个地方，似乎还是不甚明了。的确，这样的解释，极尽鄙人在课堂上之功力，好似在跟学生讲课传授知识般言说，还不能批驳我们刚才所列举出的专家学者们对王国维先生此节观点的否定。

他们说王国维先生将客观和主观割裂开来，殊不知凡是创作之人不可能是纯粹主观，必受到客观现实的影响；更不可能纯客观，必是以主观思想来表达。

这个世界上纯粹的东西是没有的，社会就是一个大染缸，所谓的纯粹的主客观，犹如绝对的真理一样，犹如一个纯粹的干净的道德上毫无斑点的人一样，那样的真理是谬论，那样的人是石头造的无欲无求的佛像，完全是无稽之谈。王国维所说的主观和客观，并非是纯粹意义上的主客观，而是表达方式上的主客观。

也就是说此文人笔下的世界，更多的是现实主义的呢，还是浪漫主义（或许在此说浪漫主义不恰当，但是这样说更容易明白）的呢？如果更多的是现实主义的，那么这位文人的表达方式就是客观诗人式的，比如杜甫之类的。如果更多的是情感倾泻式的，好像浪漫主义的，那么这位文人的表达方式就是主观诗人式的。其实，我们当代有一位非常成功的主观诗人，引领了网络小说表达方式，她就是安妮宝贝。她的小说情节非常少，但是每一段文字似乎都是由情而生，字字含泪、句句含怨，字里行间透着卿本集才华与美貌于一身的绝代佳人，却是无知心之人待见、心疼的那份凄美，不知道安慰了多少美少女青春期的忧伤，引起了多少美少男发育期的苦闷，这位"主观

诗人"打败了多少的纯文学创作者啊！

　　他们说王国维先生所列举出的主观代表诗人李后主，之所以情真，正是因为阅世越浅。那么李后主亡国后的词更是感人，这不是经历人世苦难所得吗？不正是阅世更深吗？

　　粗看这样的理解似乎没有什么错啊，但是这么理解的人，其实犯了一个逻辑错误。就是一个人的阅世之深和一个人的经历不是一回事。所谓的阅世之深是深谙世间的人情世故，当然一个人经历越丰富，对一个人的阅世也是有影响的，但是不等于一个人经历了人间荣辱贵贱，就说这个人就是一个阅世很深，深深懂得"世事洞明皆学问，人情练达即文章"的境界了。那么李后主就是这样的一个代表，为什么王国维要一再地强调词人"生于深宫之中，长于妇人之手"呢？那是因为这样的成长环境对于他的单纯性格有着很深的影响，正是因为没有接触社会，所以他的帝业一击即溃，正是因为他涉世不深，即便是成为他朝之囚臣，也还是在词中毫不避讳地倾吐自己的真情实感，他的词真，在他亡国之后的词，情感更真，和下一节的"血书者"没有丝毫的矛盾。正是因为涉世不深，成为他朝囚徒之后的字字血言、情真意切，那句"故国不堪回首月明中"被赵光义读后，觉得他还在怀念过去的国君生活，赐他毒酒一杯。也就是在词中表达的情感毫不掩饰，才为他招来了杀身之祸啊。所以阅世愈浅是指李后主尽管经历了人世的变幻，却还是保持着一颗真挚的心，丝毫不被这样的世事变幻改变了自己的性情。所以，主观诗人越是涉世不深，阅世愈浅，客观世界没有破坏他的至情至性，那么对于自己主观之表达越是纯真。

而《红楼梦》的作者如果不是自身对于社会的生活规则有着自己的一番研究，有着对这人间厚黑学的一番阅历，怎会为我们描绘出那么一个精细精微、研究不尽、百读不厌的《红楼梦》？哪里会总结出"世事洞明皆学问，人情练达即文章"？若不是对人间一出出悲喜剧洞悉在心，又有所超越的话，哪里会在《红楼梦》中写出"满纸荒唐言，一把辛酸泪"的总结呢？所以一再强调，客观诗人越是阅世愈深，所写越是生活的精致摹本。

而袁行霈先生的那段话，其中前半段的"其实，不论'客观'或是'主观'之诗人，没有丰富的生活阅历，都不可能写出优秀的作品。文学创作当然要出自真情，但这真情是在社会实践中培育的，并不是天生就有的"，我们在界定王国维先生的"主观"和"客观"之定义的时候就已经说得很清楚了。

后半段的："而性情的真伪则取决于诗人的写作态度，诗人忠实于生活、忠实于艺术、忠实于读者，就有真性情的表现，这同阅世深浅并无关系。"我觉得，袁行霈先生没有读懂王国维先生此节真正的意思，颇有些在王国维先生面前班门弄斧的味道了。

⑱ 爱以血书者

尼采谓:"一切文学,余爱以血书者。"后主之词,真所谓以血书者也。宋道君皇帝《燕山亭》词亦略似之。然道君不过自道生世之感,后主则俨有释迦、基督担荷人类罪恶之意,其大小固不同矣。

万水千山去也,知故国他梦何处?

赵佶和李煜,同是亡国之君,《燕山亭》和《虞美人》同是绝命之词。然而,两词的境界却是大不一样。

王国维认为只有李后主的词才是真正的泣血之作,而同是亡国之君命运的赵佶的词,不过是感叹自身命运的悲苦之词,达不到李煜的境界。

李后主的词,不仅仅是以血书言,王国维还认为,此人的词还达到了释迦、基督的高度,他的词中关注的不再是个人的疾苦,而是天下苍生所有的苦楚。在自己的词中,李煜把自己变成了一个终生受难自己承受的对象,年少之时的便尝人间之欢,中年之后才能透彻人间之悲。之后,才能大彻大悟,不再仅仅局限于自身的患难,而是退到了众生的角度,感叹世事变幻,人间无常,众生皆苦。这也是血的经历写成的血写之书。

靖康之耻,宋朝的两个皇帝,宋徽宗赵佶和儿子宋钦宗皆被金人俘虏。赵佶在金人那里,受尽了屈辱折磨,被封为"昏德公"。在被金人北掳的途中,宋徽宗看见路旁的杏花繁盛,不仅触景生情,悲从中来,写下了《燕山亭》,此词之后,宋徽宗不久就死于五国城。

人说,人之将死,其言也善。不管他是君王,还是老百姓。

昔日权倾天下的君王,谁料一日沦为阶下囚,悲戚之情和任何人一样。一出悲喜而已，英雄美人交替，杏花泪落，泪落洗菩提。

燕山亭

赵佶

裁翦冰绡，轻叠数重，冷淡胭脂匀注。新样靓妆，艳溢香融，羞杀蕊珠宫女。易得雕零，更多少无情风雨。愁苦。闲院落凄凉，几番春暮。

凭寄离恨重重，这双燕，何曾会人言语。天遥地远，万水千山，知他故宫何处。怎不思量？除梦里有时曾去。无据。和梦也有时不做。

上阕，杏花艳丽，层层叠叠，浓浓淡淡，别样靓妆，香气融融，叫美丽的宫女都觉得羞愧。赵佶在描写杏花之美的时候，又写到了杏花生存的一个环境，杏花固然美丽，却没有一个惜花之人，更何况杏花本就是娇弱之花，无情之风雨摧残得过快，这风残雨横的庭院，能够留得几番好春色。言外之意，也就是说我那昔日当皇帝的好日子，真是犹如这风雨之中杏花之命运，经不起几番风雨，看我如今的遭遇，堂堂的一国之皇帝，也竟成了阶下之囚。

"凭寄离恨重重，这双燕，何曾会人言语。天遥地远，万水千山，知他故宫何处。怎不思量？除梦里有时曾去。无据。和梦也、新来不做。"

下阕，空空地凭寄这愁情啊，这飞去的成双成对的燕子，又哪里会与人说话，知人心事呢？千里迢迢，万水千山，昔日故国佳梦又在何处？叫人如何不去思念以往的日子呢？只是在梦中，才能见到曾经的华丽生活。而眼下这情景，是一点重回往昔的希望都没有了，只有这无穷无尽的愁苦，这愁苦啊！浓重啊！无法化解啊！曾经还能梦回故国，获取安慰，而今的状况，毫无方向可去，连梦都将自己抛弃了，接纳自己，包容自己的，只是这无边的也无人知晓的愁情。

但从这首词的感情上来分析，这的确是一首绝命之词。做皇帝做到了这个份上，也的确算得上是够悲哀的。但是此词之中，皇帝并没有对自己的政治行为作任何忏悔，只是在感叹自己的命运之悲，而这悲也倒是真正的凄苦无奈，好似一人将死之时的呜咽与哀号。

这呜咽与哀号之中，他的情是真的，也是悲的，但是比起李后主的词，缺少了一些气势。

也就是说，赵佶的呜咽与哀号之言，只是为自己的皇帝命运，好像在抱怨老天爷将自己在芸芸众生之中点为皇帝，却又叫自己成为金人之囚不满一样。似乎在说，老天爷，你任命我为真龙天子，却又把我变成他人之囚，你也忒刻薄了点吧？你这不是在故意戏弄我吗？所以，赵佶的呜咽与哀号，看起来凄凄惨惨戚戚，其实只是在为自己此时的境地悲哀。

我们再来仔细品读李煜的《虞美人》：

虞美人
李煜

春花秋月何时了，往事知多少？小楼昨夜又东风，故国不堪回首月明中。

雕阑玉砌应犹在，只是朱颜改。问君能有几多愁，恰似一江春水向东流。

上阕开篇之句，俞平伯就说过此句乃是："奇语劈空而下，以传诵久，视若恒言也。"我们仔细品味第一句话，就能够明白俞平伯所说的"视若恒言也"的意思。"春花"与"秋月"，你会发现这是词中经常用到的意象，这样常用的意象，似乎包含的恰恰是宇宙万物之意。年年春至，岁岁花开，月月有圆，长存之，互消之，无尽也，无穷也。仅仅是一句"春花秋月"就写出了时间之永恒，而万物之无常，而这无常却恰恰是这永恒的组成。这生于深宫之中，长于妇人之手的李煜，不过就是轻吟词一句，就写出了此等风范，更何况这些词都全是自身的直观感受，正所谓的浑然天成也。而"何时了"，正是写出了作为一个普通之人，面对这万物之无常、时间之永恒的无奈之情。春花秋月无穷无尽，无尽无休，而人呢？人的年华却是："年年岁岁花相似，岁岁年年人不同。"

"往事知多少"这一句，已经将自身的悲苦之情全牵了出来，去日苦多，长逝不返，这里既可以看做是自己的苦悲，又何尝不是芸芸众生之苦悲，也是传承上句"何时了"之意了。

"小楼昨夜又东风"，又写出了"东风"，点明此时之季正是春。而"东风"之前的"又"再一次突出了时光之变幻。紧接着的"故国不堪回首月明中"，鲜明地强调了亡国之君的遭遇。也正是源于自身之遭遇，而道破世间变幻之真谛。这是赵佶的单纯的个人之悲所赶不上李煜的地方。

后主的写己即是写世，写世源自写己。前文之"春花秋月"对应后文之"小楼昨夜又东风，故国不堪回首月明中"，又平添了一份凄苦哀愁。

"雕阑玉砌应犹在，只是朱颜改。"昔日之欢娱，也只有雕栏玉砌能够验证，而今朱颜已改，时境已迁，和前面的"不堪回首"其实又是照应的。而故国的雕栏玉砌在，只是人的容颜改变，地位也改变了。这里又何尝不是在悲叹，世事变幻无常，人生美好总是短暂易逝。

哀叹自身之苦，恰是芸芸众生之苦。所以才有后面的大气磅礴之语："问君能有几多愁，恰似一江春水向东流。"人生的悲愁几许，这本身就是无法言说的，说得太实，称斤论两就显得假。而这一江的春水，不舍昼夜，滚滚东流，恰似后主的满腔悲情，也是短暂的人生，面对这不舍昼夜世事变幻的无奈之痛啊。

这样的感受，又岂不是带血之书呢？这样的悲情，又岂不是承载了芸芸众生生命之无奈悲苦呢？

019 开北宋风气

冯正中词虽不失五代风格而堂庑特大，开北宋一代风气。与中、后二主词皆在《花间》范围之外，宜《花间集》中不登其只字也。

《花间集》为五代后蜀赵崇祚编，收录晚唐、五代词人温庭筠、皇甫松、韦庄等十八家词四百九十八首，无冯延巳及李璟、李煜词。

龙沐勋《唐宋名家词选》："案《花间集》多西蜀词人，不采二主及正中词，当由道里隔绝，又年岁不相及有以致然。非因流派不同，遂尔遗置也。王说非是。"

一种捕捉，乃是全心灵之感受。

一种感受，集生命之经历与情怀。

那么，这一种境界，才不是一事一物可局限。

这才是宋词最开始的样貌，也是最先从唐诗里站立起来的风貌。

在王国维的眼中，冯延巳、李璟与李煜是这方面的代表，而且王国维认为，正是因为冯延巳的词中已经渐渐消减了艳丽之气，所以才开了北宋之词的意境，境界宏大，气势恢宏。

此节又转到了冯延巳的身上，王国维在前面就对冯词下了"深美闳约"的定论，这里又一次强调冯延巳的词开了北宋之风气。

花间词出现得比较早，是唐五代的作品，也就是最开始写词的时候，那个时候的词更多的还是歌伶们演唱的曲目，所以艳丽之气非常浓重。

在冯延巳的作品中，已经渐渐在浓丽中略见俊朗高远的句子。正是因为冯词与之后的李璟、李煜的词，在词的风格中，都去除了那些艳丽之气，而有了清新爽朗之感，也才有了不将这三人之词，加入《花间集》的原因。

冯词的清丽和俊秀，从我们耳熟能详的"吹皱一池春水"可知。我们再从冯词的代表作《鹊踏枝》来分析，捋一捋冯词中的清丽俊朗之气。

鹊踏枝

冯延巳

谁道闲情抛掷久？每到春来，惆怅还依旧。日日花前长病酒，不辞镜里朱颜瘦。

河畔青芜堤上柳，为问新愁，何事年年有？独立小桥风满袖，平林新月人归后。

"谁道闲情抛掷久？"首句读起来，似乎有一种字面上的意义，顿时使整首词鲜活起来。这样一句写出了一种百转千回，一种柔肠寸断，对闲情处处挣扎试图遗忘，却又是时时将其心思折磨之挣扎。而这情却又是别有意味的，是闲情，不少人将这"闲情"定义为作者的相思之情，其实，结合下文的词句看，似乎强烈的相思之情又不是很明显，这是一种可有可无，时隐时现，本以为早已忘却，却又时时环绕周围，莫须有、没来由的淡淡愁情，是文人的一股莫名的惆怅。而句末的"久"字，也写出了作者在意识到自己被这样的愁情折磨时，其实自己已经被折磨了很久，或者说，以前一直无意识地在这样一种闲情的折磨之下。而句首的"谁道"有点明了，这样的闲情，似乎是一般人都不在乎，而实质上却是自己无可摆脱的。

"每到春来，惆怅还依旧。"春来之时，正是闲情引起惆怅之时。春来万物复苏，正是情感随着生命疯长之时。很多人在此，因为"惆怅"二字，以及前句的"闲情"，便将这样的惆怅理解为一股相思之意。其实，这恰恰是按照艳词的方式来理解冯词的方法。这里的惆怅，恰恰是一种随着春来，说不清、道不明的迷惘，一种随身而存的相思，只是这相思之物既可以是某人，却又是任何一人都不可能带来的安慰，一种从生命中抽丝而出的，淡淡的发着幽香，却又抹着罂粟的孤独。

"日日花前长病酒，不辞镜里朱颜瘦。"正是因为这样的愁情无法排遣，所以日日站在花前，这美丽的花，是何其的艳丽，却还是无法安慰，就像是佳人明艳的脸庞，却也无法洞悉我的心事。那么这心事也就全全交付与酒来解忧愁吧。正是这日日病酒，才会菱花镜里朱颜瘦。可是在这个地方的"不辞"二字，在此时确切地回答了前文的"抛弃闲情"的犹豫。

"河畔青芜堤上柳",春来绿柳青芽,河畔遍接,无限柔情。后面的"为问新愁,何事年年有?"才是河畔青芜的真正意思。河畔之青柳,是每一年春天的标志,而自己此时随着春天而来的愁情,哪里又是新的呢?前文已经说到"谁道闲情抛掷久"了,真是旧愁未消,又添新愁。还是这愁不过是每年都尾随春天如期而至的愁呢?

"独立小桥风满袖",既然愁情如许,那么作为这愁情的载体,作者又是如何做的呢?"独立"的他是一个人,无人分担,其实也是找不到分担,我们很多时候其实也是这样,有些忧伤就是属于纯粹个人的独特感觉,没有任何人可以帮你分担。独立于小桥之上,桥本是过往之路,却也曾载着离别之情。满袖的寒风,也正如这被寂寞孤单侵蚀的心。

"平林新月人归后",何样的寂寞,会叫人独立寒桥,直至新月之后呢?

这种情怀已经脱离温庭筠艳词之中的男女之情了,而冯词粗看起来恰似是男女之情,然而细细读来,却又有一股道不清说不明的情感,难以解脱,长久存在的惆怅,将这样的惆怅细细剥离的话,似乎是一个人站立于人群中,尽管是熙熙攘攘、喧嚣热闹,却又有一份无人可解之寂寞孤独消散开来。

【注】

堂庑特大,指境界开阔,气势恢宏。

⓪⓶⓪ 池边梅自早

　　正中词除《鹊踏枝》《菩萨蛮》十数阕最煊赫外，如《醉花间》之"高树鹊衔巢，斜月明寒草"，余谓：韦苏州之"流萤渡高阁"、孟襄阳之"疏雨滴梧桐"，不能过也。

　　清新爽朗，脱离词最初的艳气。

　　这样的气质，似乎总是被王国维认同的。

　　词，乃是诗之余也。而冯延巳《醉花间》中的这两句："高树鹊衔巢，斜月明寒草。"王国维认为其中的俊朗清爽之气，和韦苏州之"流萤渡高阁"及孟襄阳之"疏雨滴梧桐"，这三句中的清雅风骨是可以媲美的。

　　王国维在前面就已经说过了，冯词虽说也是常写男女之情，却有一种心灵上的迷茫孤寂之感，往往能够从浓词艳曲中，抽出一丝清丽之气，流露出一股俊朗高远的神韵。

醉花间
冯延巳

　　晴雪小园春未到。池边梅自早。高树鹊衔巢，斜月明寒草。

　　山川风景好，自古金陵道。少年看却老。相逢莫厌醉金杯，别离多，欢会少。

　　雪在晴天是亮的，春天还未到，而池边的梅花星点开放，暗示这清寒却早春的萌迹。高树上鹊衔泥做巢，斜月里明光中草带寒。

山川风景姣好，自古金陵道别离。等待的人从少年到人老。相逢之时不要厌倦金杯之醉，请尽情地畅饮吧。别离之后，欢聚不知是何时。

这首《醉花间》的确算得上是词里面的清丽之作了。其中的"高树鹊衔巢，斜月明寒草"配合着整首词来看，给人一种寒日里的隐隐忧患，却又是境界深广的。

寺居独夜寄崔主簿

韦应物

幽人寂无寐，木叶纷纷落。寒雨暗深更，流萤度高阁。

坐使青灯晓，还伤夏衣薄。宁知岁方晏，离居更萧索。

睡不着的夜，似乎总是清幽的。这清幽中，似乎又踩着万千人的梦。梦外的木叶纷纷随树而落。

夏末的寒雨深更而落，飞舞的萤火虫到了阁楼高处。青灯相伴，夏衣夜深显得单薄了。明知一个年岁季度变更度过，离居更添萧瑟之意。

这一诗一词，王国维觉得可以相提并论的是"高树鹊衔巢"和"流萤度高阁"。高树上的鹊衔泥做巢，生孤寒之意。胡乱飞舞的萤火虫飞渡到了高高的楼阁，在这细雨之夜，或许是这萤火虫才使得这阁楼的高度更叫人看得清吧。这高高之阁楼，风雨飘摇之中，楼中之人情何以堪。这两句都是清爽俊秀之笔。冯词的这句可以和韦诗媲美。

孟浩然的这句"微云淡河汉，疏雨滴梧桐"本为联诗之句。就是很多诗人

在一起凑热闹的时候，相互要玩一个卖弄文采的游戏，赋诗作会，一个人说了一句之后，下一个人就接下一句。当孟浩然接了"微云淡河汉，疏雨滴梧桐"时，满座都叫好，觉得这句诗真是清丽风格中的绝句，听了孟浩然的句子之后，都搁置下毛笔不写了，因为最好的句子孟浩然已经摆出来了，自己再写如果写不了这么好，那不就是丢人吗？

孟浩然的"疏雨滴梧桐"和冯延巳的"斜月明寒草"，都是外景描写，在这外景描写中，透出明致清远的意境。

微微云朵清淡了河汉之间，本是不知道雨来的，而这滴在梧桐树上的重重水滴声，一声声，道明了这雨的疏重程度。

一弯斜月下的簇簇芳草，在明月的白光照射下，好似打了一层霜，显得更加的凄冷冰凉了，深带寒意了，隐藏了春天的气息。

三句都呈现清新爽朗的气息，体现了诗词是完全可以相通相融的。

⑦ "出"字何人道

　　欧九《浣溪沙》词："绿杨楼外出秋千。"晁补之谓："只一
'出'字，便后人所不能道。"余谓：此本于正中《上行杯》词
"柳外秋千出画墙"，但欧语尤工耳。

　　红杏枝头春意闹。此句仅一"闹"字，便风流自出。

　　云破月来花弄影。此句仅一"弄"字，便柔情自现。

　　绿杨楼外出秋千。此句仅一"出"字，便劲健神旺。而这个"出"便是王国维
此节的重点观照的字眼。

浣溪沙
欧阳修

　　堤上游人逐画船，拍堤春水四垂天。绿杨楼外出秋千。

　　白发戴花君莫笑，《六幺》催拍盏频传。人生何处似樽前。

　　"堤上游人逐画船，拍堤春水四垂天。"一派春天的景色，游人纷纷逐船游江，
春水一遍又一遍地拍打着堤岸，春水周围就是四面的天，蔚蓝之天，碧绿之水，蔚
蓝之天是四面的墙壁，碧绿之水是底，四面的天就好像垂直在水面上一样。这里的
比喻真是新奇瑰丽，并且有着恢弘的气势。

　　"绿杨楼外出秋千"这句乃是千古绝句。长满了绿杨的阁楼突然飘出了一弯秋
千。这一弯秋千却是万种柔情，千般风韵。在这样的春日里，阁楼深处并非寂寞，
也有人在赏玩着春色，在秋千上荡得欢畅，给这春天又增添了一丝风情。这秋千恰

恰是春色的掩露。

"白发戴花君莫笑，《六幺》催拍盏频传。人生何处似樽前。"在这样的春色之下，词人纵情欢乐，发白却戴红花，不惧他人笑话，船上依旧是音乐阵阵，觥筹交错，人生哪一刻的欢乐比得上现在呢？也就是珍惜眼前，尽享春色之意了。这里是欧阳修的旷达和乐观于此的心境。

北宋的文学家晁补之谓："只一'出'字，便后人所不能道。"就是说欧阳修这首词里的"出"字厉害啊，后人没有能比得上的。

王国维找到冯延巳的《上行杯》，里面也有一句含"出"字的词，但是这两句词，他更喜欢的是欧阳修写的。

上行杯
冯延巳

落梅著雨消残粉，云重烟轻寒食近。罗幕遮香，柳外秋千出画墙。

春山颠倒钗横凤，飞絮入帘春睡重。梦里佳期，只许庭花与月知。

雨打梅落，落梅似雨，消退了最后的胭脂粉气。云雾渐重，而余烟袅袅轻起，寒食节（清明节前一二日，有吃冷食的风俗）将近。也是春天即将到来了，似乎这楼阁中的罗幕并没有遮挡住温香软玉般的女子，看着垂柳之下的秋千飞得如此之高，都荡到了这画墙之外了。

"春山颠倒钗横凤，飞絮入帘春睡重。"读起来似乎是刚才那位秋千飞到画墙外的女子，玩耍得累了，并且玩得太疯，导致云鬓散乱、凤钗横插，微风吹进柳树的微絮，这女子的睡意被春风勾了起来。表面看起来是春天渐渐到了，这春意带给人无限的倦意，但是在这倦意中下句马上就点出了相思之情。

"梦里佳期，只许庭花与月知。"表面上是春日嗜睡，实质却是暗藏相思。这梦里的佳期，只能寄托这庭前之花和皎皎之月中了。而似乎，这相思也只能是庭前之花和皎皎之月能明白的。

冯延巳的词，表面上是写男女之欢，而实质上细读起来，又好像不完全是男女相思之苦。这词里还包含着他自身顿挫纠结的情怀，总有一种自我之煎熬，莫名之忧伤，无解之愁情。

或许词里这样似舒实郁的情感，正是冯延巳为政境遇的写照。当时的冯延巳身居朝廷高位，却又遭到他人的非议，而自己对于朝廷政事也不是那么的在行，可当时，身高位重的他却又偏偏成为了一个国家的希望。似乎这词中已经对他对生活的迷乱抑郁有所表达。

"绿杨楼外出秋千"和"柳外秋千出画墙"，这分别来自两首词中的句子，都有一个"出"字，并且意思都是秋千飞得很高。王国维觉得"绿杨楼外出秋千"更工整，是何意思呢？

"绿杨楼外出秋千"这句，我们看到它的动点在"秋千"上，"绿杨"和"楼"是这秋千的背景，动的是秋千，这就叫这只秋千飘荡灵动，好似破空而来，这种劲健之力完全地随着这春意给释放了出来。这样一只飘来荡去自由的秋千，和春天带给人的兴奋是一样的。所以，在词末，欧阳修还说："人生何处似樽前。"这秋千的气质和整首词都是吻合的。

"柳外秋千出画墙"这句，最后的动点是"画墙"，就是说秋千荡到了画墙上，这样一句话，读起来，觉得有把秋千的动感点死了的感觉。似乎觉得这秋千并没有完全地荡开，并没有自由地飞起来，就停留在画墙上了，也就是好似末尾的画墙将秋千飞荡起来的气势遮蔽了。那么这般的郁结，似乎舒展不开的词句，和冯延巳的性格和词风以及和下文的词句都是一致的。

但冯词比较起欧阳词来，在论意境的灵动和飞跃上面，王国维还是认为欧阳修的来得更精妙。诗词比较中，对这些细微、细致地方的发现，也是王国维读词细于常人、精于常人的地方。

022 情多无处足

梅圣俞《苏幕遮》词："落尽梨花春又了。满地残阳，翠色和烟老。"刘融斋谓："少游一生似专学此种。"余谓：冯正中《玉楼春》词"芳菲次第长相续，自是情多无处足。尊前百计得春归，莫为伤春眉黛促"，永叔一生似专学此种。

"落尽梨花春又了。满地残阳，翠色和烟老。"这是梅尧臣《苏幕遮》里的词句。一树的梨花落尽之时，便是春天消尽之际。

后面紧接着又写到了残阳，这也是一天将尽之时，在这黄昏残阳的傍晚，一片青葱之色也随着这如烟如雾的黄昏，即将逝去。

词句将春逝和黄昏联系起来，更显得春逝的凄凉之意。

从这句词出发，刘融斋觉得秦观作词的风格和梅尧臣的很相似。

秦观写情，往往凄婉动人。

比如《满庭芳》中："斜阳外，寒鸦数点，流水绕孤村。"

此句中的意象"斜阳""寒鸦""流水""孤村"，都是一些灰色调的景物，斜阳之外，数点的寒鸦，寒鸦本就是凄冷之物，却在斜阳之中，以数点飞过，更增添了萧索孤寂之感。流水围绕着孤村，依旧是孤独寂寞自解愁之意。

再比如《踏莎行》中："可堪孤馆闭春寒，杜鹃声里斜阳暮。"

意象又是"孤馆""杜鹃声""斜阳暮"，这等景物同样的冷。已是孤馆，这孤馆却是没有生气的地方，因为没有人来，所以大门紧闭，无人问津，门可罗雀，这般的死寂，好像连春天在这里都被封闭了，只是一片寒意，毫无春之起色。杜鹃声声叫响在斜阳之暮里，更是一片凄凉之意。

这三句：

落尽梨花春又了。满地残阳，翠色和烟老。

——梅尧臣《苏幕遮》

斜阳外，寒鸦数点，流水绕孤村。

——秦观《满庭芳》

可堪孤馆闭春寒，杜鹃声里斜阳暮。

——秦观《踏莎行》

仔细看这三句，里面都选取了一个相同的意象"残阳"，三句似乎有着相同韵味，都是凄冷沧迷之色。

这样风格中，在后两句中，除了有秦观自己的本色之外，还可以感受到梅尧臣对秦观词创作的影响。

这是刘融斋的说法，王国维在写此节的时候，特意将刘融斋的观点抛出来，是想提出自己的观点，他觉得欧阳修的词，其实也受到了他人的影响，那就是前面多次提到过的一个人，那个开了北宋一代风气的冯延巳。

冯延巳的词洗刷了词的脂粉之气，使词变得清爽高俊。而欧阳修的词风和冯延巳的词风一脉相承，也极为相近。

玉楼春
冯延巳

雪云乍变春云簇，渐觉年华堪纵目。北枝梅蕊犯寒开，南浦波纹如酒绿。

芳菲次第长相续，自是情多无处足。尊前百计得春归，莫为伤春眉黛蹙。

"雪云乍变春云簇"，雪厚如云，已渐渐消散，春云簇簇，漂浮天空。这里写的是冬去春来，雪消云开，春来好景。

"渐觉年华堪纵目"，这无边春色，美好年华，极尽纵目，忘我欣赏。

"北枝梅蕊犯寒开，南浦波纹如酒绿。"梅花还在冒着严寒而开放，南浦之波纹好像美酒般碧绿。"北枝梅蕊犯寒开"，这里的春天还是早春，早春之寒，尚有梅枝。

"芳菲次第长相续，自是情多无处足。"年年的芳菲次第而来，而这多情之人哪里能够把每一处应该流连的美景——看到呢？

"尊前百计得春归，莫为伤春眉黛蹙。"不如纵情地喝酒享乐吧，一切的快乐都在这归来的春天之中，一切的快乐都在这美酒之中，一切的快乐都在这纵情欢乐之中。不要因为春天的到来或者逝去而感伤遍怀，年年岁岁春去春来，别因为怜惜春天而紧蹙这如黛眉头。

王国维认为这首冯词，成为了欧阳修处处学习的范本。

但是后来在对这一节的研究中，反而出现了一个很不解的事情。就是在冯延巳的词集中有这首词，而在欧阳修的词集中也出现了这首词。只是个别字不同而已，意思是一样的。或许后人在选词的时候，有时候会把两人的词搞混。比如：朱彝尊的《词综》，选冯延巳的词20首，其中有8首是欧阳修所作。《玉楼春》这首词在冯延巳的《阳春集》里并未见到，而在《尊前集》中把它作为冯延巳的词。而在《欧阳文忠公近体乐府》卷二也刊载了此词。

如此看来，这首《玉楼春》到底是谁所创作倒真成了谜了。

那么从词的整体风格来分析，似乎两人也的确都有可能是其作者。

从"雪云乍变春云簇，渐觉年华堪纵目。北枝梅蕊犯寒开，南浦波纹如酒绿"这几句来看，尽管是伤春惜春，句子中却透露出一股豪迈之气，似乎是欧阳修的风格，没错的。

而"芳菲次第长相续，自是情多无处足"这两句，却又颇似冯延巳的风格，里面有一种不明的忧伤情愫，幽微之袅袅。这样的细腻，断不是欧阳修的风格，恰是冯延巳的缠绵郁结。

这句："尊前百计得春归，莫为伤春眉黛蹙。"要人抛弃愁情，尽享眼前之欢娱，又再一次有了欧阳修抑扬唱叹的大气之感。

欧阳修的《浣溪纱》里也有这种情感类似的句子："《六幺》催拍盏频传。人生何处似樽前。"从这里，似乎可以再一次佐证这《玉楼春》是欧阳修的作品。

但是，不管这首词到底是谁写的，后人总是混淆地把它的作者混淆，那么就可以理解王国维此节的意思了。

冯延巳的词开北宋一代风气，去浓艳脂粉之气，开清隽高远之风，影响着后来的词人，而欧阳修恰是最受冯词风格影响之人。

023 细雨湿流光

人知和靖《点绛唇》、圣俞《苏幕遮》、永叔《少年游》三阕
为咏春草绝调。不知先有正中"细雨湿流光"五字，皆能摄春草之
魂者也。

少女多思春，文人多悲秋。

随着王国维品读这些诗词之后，人们发现文人也并非就是悲秋，春天对于他们
来说也是悲戚的。

越是美好的东西，越是叫他们无限怜惜，由这无限的怜惜而生出无限的悲伤，
在这如花似锦的春天里，他们更多的是伤春。

那么春草呢？依旧是的。

伤春亦伤草。春来芳草，杂乱。

北宋诗人林逋，此人似乎有着庄子的仙风道骨，他一生不仕，终身未娶，平日
里只是养鹤赏梅，这些爱好成为了他的终身伴侣，素有梅妻鹤子之誉。尽管好似一
个得道成仙的人物，林逋《点绛唇》中的春草也透着一股沁凉之意。

点绛唇

林逋

金谷年年，乱生春色谁为主？余花落处，满地和烟雨。又是离歌，一
阕长亭暮。王孙去。萋萋无数，南北东西路。

金谷园原是指西晋富豪石崇在洛阳的一座奢华别墅。因征西将军祭酒王诩回长

安时，石崇曾在此为其饯行，后来就渐渐成为了送别、饯行的代称。

开头便是送别的场景。这送别的地方，"乱生春色"乃是指的春天一到，杂草乱发，兀的乱草丛生，更增添离别的凄楚之意。而"谁为主"也说明这送别的地方，这曾经的园子，想来已是荒芜许久的。

"余花落处，满地和烟雨。"一场烟雨便将园子里的花摧残殆尽，更是烘托出送别的氛围。

"又是离歌，一阕长亭暮。"依旧是告别之时的歌声，长亭也是告别的场地，十里长亭送别，一直到日暮，何等的依依不舍。

"王孙去。萋萋无数，南北东西路。"王孙指的是出门远游之人。目送出门远游之人而去，满目的荒草萋萋，渐渐淹没这眼中之人，淹没他在这南北东西的路途。

这首《点绛唇》中，林逋所写之草是乱草，春来疯长之乱草，是淹没离人的萋萋芳草。林逋所抓草之灵魂乃是乱。

圣俞就是梅尧臣，他的《苏幕遮·草》在第二十二则出现过。

苏幕遮·草
梅尧臣

露堤平，烟墅杳。乱碧萋萋，雨后江天晓。独有庚郎年最少。窣地春袍，嫩色宜相照。

接长亭，迷远道。堪怨王孙，不记归期早。落尽梨花春又了。满地残阳，翠色和烟老。

其中写草的妙句："乱碧萋萋，雨后江天晓。"这里的草也是乱碧萋萋，大雨之后，更能显其翠色，却也更见其萋乱。

"窣地春袍，嫩色宜相照。"整体看这春草，在这光线之下，嫩色却相宜。

最后一句"满地残阳，翠色和烟老"，残阳中的草色如烟，似乎表现得还是芳草萋萋之意。

欧阳修《少年游》也乃是咏草之词：

少年游

欧阳修

阑干十二独凭春，晴碧远连云。千里万里，二月三月，行色苦愁人。

谢家池上，江淹浦畔，吟魄与离魂。那堪疏雨滴黄昏，更特地、忆王孙。

"阑干十二独凭春"，开头之句，点明季节就是"春天"，而"独"字写出了孤身一人。春日来临，却是独身一人。独身一人，却还登上高阁。"阑干十二"和"凭"字，表示为觅春色，凭遍了十二阑干。辛弃疾有词云："阑干拍遍，无人会，登临意。"

——凭遍十二阑干，何等焦急之心思，不知道是在寻觅春色呢，还是在等待良人呢？

"晴碧远连云"是词人登上栏杆之后所见之春色，"晴碧"正是所见草之颜色。江淹《别赋》云："春草碧色。"碧之晴色，当时天气也是十分好的，看起来草色更艳。"远连云"，碧草连天，也是登高看远所致。杜牧《江上偶见绝句》就有："草色连云人去住。"

"千里万里，二月三月，行色苦愁人。"这里的"千里万里"是紧接着"晴碧远连云"而来的，也就是草的碧色千里万里。这碧草万里，却尽是二三月里行色苦愁之人。二月三月恰恰是这早春之景，和开头的"独凭春"是相应的。幽幽碧草，恰恰给苦行之人更增添了一份离别的哀愁。

下阕："谢家池上，江淹浦畔，吟魄与离魂。"这里是用典，"谢家池上"指谢灵运《登池上楼》中的名句"池塘生春草"，借他人之诗，而生自己之情，所以才说是叫"吟魄"。"江淹浦畔"指江淹作《别赋》描摹各种类型的离别情态，里面又有直接描写春草的"春草碧色，春水渌波，送君南浦，伤如之何"的句子。赋中还有："知离梦之踯躅，意别魂之飞扬。"所以欧词中出现"离魂"正与"江淹浦"相应。

"那堪晴碧远连云，更特地、忆王孙。""那堪"是不能忍受，不能忍受什么呢？黄昏之中的疏雨，更是将人的离愁之苦，重重地加上了一个砝码。那么在这样的雨天之中，越是忧伤，就越是思念那个远行在外的人。"忆王孙"来自《楚辞·招隐士》："王孙游兮不归，春草生兮萋萋。"

此首词中所写之人，因为一个思念，不管是"晴碧远连云"，还是"行色苦愁人"，都愁眉不展，皆因游人不能归。

在欧阳修的词里，芳草是"晴碧远连云"，写出了芳草之宽广，春色正碧，表现的还是远游之愁。

最后，细读冯延巳《南乡子》之草：

南乡子
冯延巳

细雨湿流光，芳草年年与恨长。烟锁凤楼无限事，茫茫。鸾镜鸳衾两断肠。

魂梦任悠扬，睡起杨花满绣床。薄幸不来门半掩，斜阳。负你残春泪几行！

微雨润草色，年年芳草流光飞舞，这遗憾也年年随草而绿。雨雾若烟锁凤楼，凤楼之中茫茫无限心事。鸳鸯鸾镜，越是这些成双成对的东西，看在眼中，越叫人断肠。相思之人，魂梦悠扬。睡醒之时，枕边点点滴滴杨花泪。薄幸之人迟迟不归，空将这留门半掩。等待以至斜阳归，辜负这春泪几行。

怪不得王国维说冯延巳的"细雨湿流光"，仅仅五字，便能摄春草之魂呢。

"流光"似乎指的是草，但是却又点出了草经过细雨洗刷之后的形态，宛若流光，它是乱的，光就是不定的，它是亮的，雨后的草色更加的鲜亮。

"细雨"即连绵之雨，似乎透着忧思之情。"细雨湿流光"中的"湿"字，表明细雨湿润着流光，"湿"显得又是何等的轻柔，而这"湿"的动作的发出者却又是"细雨"，"细雨"往往是催打红花者，温情的同时，又有了一丝幽怨之意。

此节，王国维点出的例子，均是春草，均是清冷凄楚之际，均是黄昏思归之时，均是春草无边，伤春惜春，若春草蔓延，幽幽袅袅，一片碧翠，一片深婉。

⓿㉔ 望尽天涯路

《诗·蒹葭》一篇，最得风人深致。晏同叔之"昨夜西风凋碧树。独上高楼，望尽天涯路"意颇近之。但一洒落，一悲壮耳。

思念，是因为饱含着没有对象可以倾诉，也没有办法可以倾诉的情感。

只为良人不曾在。

这样的思念，如落花婉转一般，总是发生在秋日。

文人将这样的思念化作诗词，便有了《蒹葭》《蝶恋花》。

萧索如秋日的怀念，一样的思念，却又是不同方式的。

有时候，思念是一片翠绿持久的叶子，静水流深的爱意，满腔真情，含蓄矜持。

有时候，思念是一朵娇艳鲜红的玫瑰，情真意切浓若滴血，一夜思念，满地花瓣。

诗经·秦风·蒹葭
佚名

蒹葭苍苍，白露为霜。所谓伊人，在水一方。溯洄从之，道阻且长。溯游从之，宛在水中央。

蒹葭凄凄，白露未晞。所谓伊人，在水之湄。溯洄从之，道阻且跻。溯游从之，宛在水中坻。

蒹葭采采，白露未已。所谓伊人，在水之涘，溯洄从之，道阻且右。溯游从之，宛在水中沚。

苍苍之草，白露成霜。我思念的美人，在水的另一方。我想逆流而上，寻她而去。道路如此艰难漫长。我想渡水而游，寻她而去。她却好像在水中央。

凄凄之草，白露滴落。我思念的佳人，在水的另一边。我想逆流而上，寻她而去。道路如此艰难漫长。我想渡水而游，寻她而去。她却好像站在水中央的石头上。

采采之草，白露未干。我思念的良人，在水的最边上。我想逆流而上，寻她而去。道路如此艰难漫长。我想渡水而游，寻她而去。她却好像站在水最遥远的边上。

品味《蒹葭》，似乎看到的是男子对梦中情人热切的思念，然而男子虽然情感深切，却是并不亢奋激动。这样的忧伤，保持着尊敬的矜持，是君子之优雅。

诗中对女子的思念，是男子忧伤哀怨的主要原因。从这首诗一唱三叹中，他一遍又一遍地看着这荒芜的野草，而这苍苍萋萋之草也一遍又一遍地引起他的思念。草是外在对情感的客观触发，那是因为内在情意的怀思向往。

这样的情感，也是王国维此节开头所说的："《诗·蒹葭》一篇，最得风人深致。"就是说，这首《蒹葭》是最情真意切的。

既然是如此之思念，思念中又是如此之忧伤，那为何不采取行为，只是在这里干着急呢。

《蒹葭》中告诉我们的第一个理由是："道阻且长""道阻且跻""道阻且右"。就是说我想来找你啊，可是你看这烂路，漫长又艰难。怎么来找你呢？

《蒹葭》中告诉我们的第二个理由是："宛在水中央""宛在水中坻""宛在水中沚"。就是说佳人啊，我想来找你啊，可是你在哪里呢？你的住所是如此的变幻莫测，你一会在茫茫之水的中央，一会在水之天际，一会站立在水中的石头上。

从这两个理由，我们明显看出这是托词。道路再漫长，抵不过情感的力量。不是路烂，也不是男子的情感不真，而是男子的情真却不愿意太过于表露，他是含蓄的，他是故意找的托词，他的感情珍藏在自己心中，他根本就不会去打扰她。

第二个理由就更说不过去了，一会说自己心爱的人在水中央，一会说自己心爱的人在水之天际，一会说自己心爱的人站在水中的一块石头上。如果是真的那么思念一个人，怎么会不知道她在哪里呢？或许，那么一个佳人，想必是此生不能属于自己了，既然情感所寄托之人已经无法追寻，那么如何的思念都是空，她已经纯粹的变成了他空空的情感，永远无法对她诉说了。又或许，男子其实根本就不想对她诉说呢，他对她的思念，就是一场无关风月的思念，一股纯粹属于自己干净的情感。

那么是这样的话，这样的一位佳人，又何须必在眼前。

一位日夜思念之佳人，一道迷蒙烟锁秋水之隔，终是可望而不可即，远远而望，遥遥之思，谨谨之心，谦谦之情。

情深意真，却又是如此的洒脱。

这样的洒脱，既成全了自己这样思念之情的美好，却也不因为对佳人的倾心，就随意将自己交了出去，有自己这样的一份矜持，有这样的一份从容不迫，保存着自身情感的尊严。

此乃王国维对《蒹葭》的评价："但一洒落。"

再来品味晏殊的《蝶恋花》：

蝶恋花
晏殊

槛菊愁烟兰泣露，罗幕轻寒，燕子双飞去。明月不谙离恨苦，斜光到晓穿朱户。

昨夜西风凋碧树。独上高楼，望尽天涯路。欲寄彩笺兼尺素，山长水阔知何处！

围栏菊花不明朗地开放，烟雾缭绕若愁云，兰上之露珠仿佛在哭泣。衣衫叠被已不敌轻寒，燕子已双双离去。明月之圆本应映照花好之人。朗朗月光，撕破这漆黑之夜，阁楼明亮。形单影只之恨，却也由着朗朗月光勾起，孤单得心慌慌。

这月光下任何之物都是可见的。看着被昨夜西风吹得碧叶凋零的树，孤树难敌狂风，何况人呢？在此月光之夜，登上高楼，望不尽的恰是这天涯之路。若是能望尽天涯之路，必定也能望见想望之人。想写信给他，可这山长水阔，知道他又在哪里呢？

晏殊的《蝶恋花》里写的是女子思念男子。

也许是性格的问题，男人和女人表达思念的情感差异比较大。

《蝶恋花》里的情感，一口气读下来，真是叫人泪眼婆娑、肝肠寸断。

词首所选取的意象"槛菊""愁烟"以及涕泪之兰，均是痛苦之心所看到之物。由于自身的痛苦，感觉到衣衫轻薄，到底是沉迷于思念，连天冷都不知道呢，还是因为心已经冷了呢？燕子双双却不愿留在此地，明朗的月光不知道女子的思念，这个时候却来殷勤相伴，却是更加叫女子想起花好月圆，不由得涕泪涟涟。

上阕的悲情真是随着所选意象，一层又一层地传达着女子沉迷于思念的痛苦。

女子看见被西风摧残的树，于是登上高楼眺望。其实她知道是望不见的，却责怪这相隔他们之间的路太漫长。多么哀怨的悲伤，多么深沉的思念，层层叠叠、牵牵绊绊，最后一句"山长水阔知何处"简直是泣血之言，梦中之人，所思之人，唯求一见，只为深诉衷肠，悲咽之情，已到了不见不行、不诉不休的地步。真乃是"问世间，情是何物，直教生死相许"。

此等情致，乃是此节王国维的评论："一悲壮耳。"

一诗一词，同为远慕之思，一洒落，一悲壮。

王国维说过，境界有"有我之境"与"无我之境"。

"有我之境"多为"悲壮"。

"无我之境"则多为"优美"。

比较这一诗一词便得之。

《蒹葭》中用词处处轻柔，苍苍萋萋采采之草，均是隐隐约约深深沉沉朦朦胧胧之情。寄情于蒹葭，漫心于秋水。将一份感情轻吟慢唱，幽忧之心在万水千山，万水千山尽是优美轻盈，深情厚意已经尽消于盈盈秋水之中，这恰是无我之境。

晏殊的《蝶恋花》中用词处处悲壮，极具力道。"泣""苦""愁""恨""凋"字等都是带着个人情感极其重的字词，内心悲苦，所见之物都是悲苦之色。这里恰恰是有我之境。

相比这一诗一词，高举远慕之情虽纯真，但还是觉得"洒落"之风乃是思人之道，幽幽之思，遥遥之意，不摧五脏，何乐不得？

⑤ 忧生亦忧世

"我瞻四方，蹙蹙靡所骋"，诗人之忧生也。"昨夜西风凋碧树。独上高楼，望尽天涯路"似之。"终日驰车走，不见所问津"，诗人之忧世也。"百草千花寒食路，香车系在谁家树"似之。

万千世界，始终是自己一人兀自站立，空旷若海。

芸芸众生，造就的却是只身寂寞；千万人之中的千万人，好似漫天黄沙，自己只剩走投无路的孤独。

这便是："我瞻四方，蹙蹙靡所骋。"意思是我于马上望四方啊，四处祸患，狭小之态，何处才是我驰骋的地方。

"昨夜西风凋碧树。独上高楼，望尽天涯路。"前路茫茫，不知哪一条路才是属于自己的，和上句"我瞻四方，蹙蹙靡所骋"的迷茫是一样的。

生命不知道向何处去，前途、方向、理想，一切都成为一条淤积的河流。

人生漫长似又短暂，活在当下，却又总是担忧于未知之未来。

莫名忧郁之于莫名之时光。

人生荏苒，我独悯之。

王国维说类似这样意思的句子乃忧生也。

"终日驰车走，不见所问津。"这里写的是一种世事之现象，一位老翁，孤身无靠，每天奔忙于衣食温饱，身边没有一个问寒问暖之人。

"百草千花寒食路，香车系在谁家树。"在这百花盛开的，寒食之节，他的香车又停留在谁家之前呢？冯延巳的《鹊踏枝》中的这句讲的是女子担心迟迟不归的情人，这里隐含着幽怨之意，寒食节日，春天即将到来，良人早应归来，但不见音讯，他的香车到底拴在谁家门前的树上，该不会是被哪位女子绊住了回家的脚步吧。

忧世是对人世的忧患，众多人的苦难，写人情世态，展人间百相。

鹊踏枝
冯延巳

几日行云何处去，忘却归来，不道春将暮！百草千花寒食路，香车系在谁家树？

泪眼倚楼频独语。双燕来时，陌上相逢否？撩乱春愁如柳絮，悠悠梦里无寻处。

饮酒
陶潜

羲农去我久，举世少复真。汲汲鲁中叟，弥缝使其淳。

凤鸟虽不至，礼乐暂得新。洙泗辍微响，漂流逮狂秦。

诗书复何罪，一朝成灰尘。区区诸老翁，为事诚殷勤。

如何绝世下，六籍无一亲。终日驰车走，不见所问津。

若复不快饮，空负头上巾。但恨多谬误，君当恕罪人。

"终日驰车走，不见所问津"和"百草千花寒食路，香车系在谁家树"这样意思类似的句子，王国维称为忧世。

对于写忧世还是忧生的诗词，哪一种更胜，王国维并没有做出明显的判断。之前，他就说过，其实境界是没有优劣之分的，那么忧世还是忧生，也是应该没有明显的高低之分别。

忧生，忧世，其中的"忧"乃是主要的。

忧生，有时候是因为世事如此，叫人忧伤。

忧世，有时候是因为置身愁海，叫人忧伤。

不管如何，"忧"都是主体自身发出的。

我们读"我瞻四方，蹙蹙靡所骋"此句时，先是第一时间感觉到作者是忧生的，担忧自已前路渺茫。

这句话选自《诗经·小雅·节南山》的第七章，全诗是：

诗经·小雅·节南山
佚名

　　节彼南山，维石岩岩。赫赫师尹，民具尔瞻。忧心如惔，不敢戏谈。
国既卒斩，何用不监！

　　节彼南山，有实其猗。赫赫师尹，不平谓何。天方荐瘥，丧乱弘多。
民言无嘉，憯莫惩嗟。

　　尹氏大师，维周之氐；秉国之钧，四方是维。天子是毗，俾民不迷。
不吊昊天，不宜空我师。

　　弗躬弗亲，庶民弗信。弗问弗仕，勿罔君子。式夷式已，无小人殆。
琐琐姻亚，则无膴仕。

　　昊天不佣，降此鞠讻。昊天不惠，降此大戾。君子如届，俾民心阕。
君子如夷，恶怒是违。

　　不吊昊天，乱靡有定。式月斯生，俾民不宁。忧心如酲，谁秉国成？
不自为政，卒劳百姓。

　　驾彼四牡，四牡项领。我瞻四方，蹙蹙靡所骋。

　　方茂尔恶，相尔矛矣。既夷既怿，如相酬矣。

　　昊天不平，我王不宁。不惩其心，覆怨其正。

　　家父作诵，以究王讻。式讹尔心，以畜万邦。

整首诗的意思就是：

巍巍终南山啊，高耸的巨石屹立。位高权重的太师史尹啊，顺从你们的民众啊。
担忧国家之心如火焚，谁都是有口不敢言。国脉已被斩断，为何平时为政不勤！

巍巍终南山啊，广阔的丘陵地连绵。权势显赫的太师史尹，为何你执政徇私？
饥荒和瘟疫从天而降，死丧祸乱遍布国家。民众都在暗地批评你们，你们怎能如此
心安理得？

太师史尹，你们的站立是国家的柱石。掌握权力、调配诸侯、辅佐天子、稳定

民心，老天不长眼教人民生活苦难。

此等行为处事，叫百姓对你们不信任。你们不能公平地任用人才，亲近小人、任人唯亲。

这是老天爷为我们挑选了错误的领导者。这是老天爷降下的大灾难。君子执政如临渊履冰，才能使民众心安。君子执政如碗水持平，憎恶愤怒才能被弃捐。

月月的祸乱，百姓生活不宁。忧忧之心如醉酒，只为国家命运。

驾上我的马儿，马儿的颈项肥大。举目四望无宁地，祸患之地难驰骋。

当你觉得受到威胁，就对百姓使用刀枪。当你怒气消除，就相互对饮酒浆。

天降灾祸，已示不平，我王天子同样不得康宁。太师史尹难以自省，反而怨恨他人的规劝。

家父作此诗诵，用来追究王朝祸乱的罪臣贼子。用德执政，安抚四方！

诗中在忧生的同时，也是在忧世。忧生是因为世道不济。

"昨夜西风凋碧树。独上高楼，望尽天涯路。"忧虑民生的感觉要强很多，但是前面的"昨夜西风凋碧树"也恰恰是忧生的原因了。那么这忧虑民生，也是出于对时下的状况不满意。个人的小状况往往是世道的大状况所造成的。

而"终日驰车走，不见所问津"和"百草千花寒食路，香车系在谁家树"，似乎前句忧世之感更为突出，那么后句，在我读来，却还觉得忧生的感觉更重一些，女子担心情人不归，不正是自己内心的一种真实写照吗？而联系冯延巳的政治背景，当朝宰相来说的话，这词里的担忧不正是自己对于国家的期待吗？这既是忧生，却又是忧世。明是忧虑民生，暗是忧世。

我读《人间词话》这一则的时候，个人觉得王国维所举例子中的忧生和忧世有相交之处。

或许，王国维的内心本身就隐藏着深深的忧虑民生情结。

王国维的《人间词》里，就有很多忧虑的诗词：

　　自是浮生无可说，人间第一耽离别。

——《蝶恋花》

　　几度烛花开又落，人间须信思量错。

——《蝶恋花》

拼取一生肠断，消他几度回眸。

——《清平乐》

一霎幽欢，不似人间世。

——《苏幕遮》

自是思量渠不与，人间总被思量误。

——《蝶恋花》

　　《人间词》是收集王国维亲手所书之词的总集。诗词评论叫《人间词话》，自己的诗词总集叫《人间词》。相同的是都有一个"人间"，在《人间词》中的诗词句子中，也大量地出现了"人间"之词。而这些"人间"之词，大多是忧虑民生之言。何况这一节中，王国维也没有具体地流露出对于"忧虑民生"和"忧世"太多的见解。

　　然而，虽说都是忧自内心，但是忧虑民生和忧世毕竟还是有区别的。似乎类似于"小我"和"大我"之区别。

　　忧虑民生是对生命的忧患，这跟王国维受到西方学说的影响有关，忧虑民生更多的是关注人存在的哲学问题，人从何处来？又从何处去？人为什么会快乐悲伤？人为什么内心中有一种无法安抚的孤独感？人为什么要活在群体之中？

　　……

　　忧世是对社会的忧患。它接触的层面更多的是现实世界，整个民众生活的困顿，大多数人的痛苦，一些不公平的社会现象。比较明显的忧世之作，比如杜甫的"三吏""三别"。

　　很多时候，心怀天下，有责任有担当的诗人，他在忧虑民生，其实也就是忧世，比如屈原的《离骚》。自身的患难，也就是国家的忧患，字里行间，壮怀激烈，既是自己现实的忧患，也是国家社会永恒的忧患。

026 灯火阑珊处

古今之成大事业、大学问者，必经过三种之境界："昨夜西风凋碧树。独上高楼，望尽天涯路"，此第一境也。"衣带渐宽终不悔，为伊消得人憔悴"，此第二境也。"众里寻他千百度，蓦然回首，那人却在，灯火阑珊处"，此第三境也。此等语皆非大词人不能道。然遽以此意解释诸词，恐为晏、欧诸公所不许也。

你的人生是否总是在奔忙之中？

而即便你如此的奔忙，却还是生活颠沛流离。

即便你的奔忙，为你换取了大笔的财富，解脱了你操劳的双手，释放了你匆忙的双脚，可是你的思想却总是如陷牢笼。

怀疑一切，害怕失去一切，如同一切都不是你的，你的一切即便是深拥在手，却又如同没有，幸福转瞬即逝，感觉不到真实的快乐，内心只有欲望的满足。

奔忙、焦虑、急躁、患得患失，这样的人生，你还没有入境。

而此节所讲恰是人生之境界。

从此入，也由此出。词之境界若人生。

王国维似乎总是能从词里找到验证自己学说的佳句，犹如他拿康德的哲学评论《红楼梦》是一样的。

从三首词中各拈出一句，连接在一起，就赋予了深厚的哲学思想，词的深意，也是人生的慧言。

王国维所说：此等语皆非大词人不能道。然遽以此意解释诸词，恐为晏、欧诸公所不许也。

也就是说，自己将这三位词人在三首词中的不同句子，分别拈出来，连接一起解释其意，用这种方式解释人生，提升词的哲学，这是三位大词人词的本义中所没有的。然而自己也是知道的，这样的解释，如果三位还在世的话，犹如被别人所误解一般，也必定是不允许自己这样解释的。

从此节词话来看，王国维的确没有按照词的原意来理解。我们在第二十四节的时候，就分析过晏殊的《蝶恋花》，写的是女子对男子极致的思念之情，这里被王国维化用为人生的初期阶段表现出来的思想迷茫。

王国维的确没有按照词的原意来理解，只不过自己读词之后，自作主张地将自己的发现连接在一起，却又有了新的妙处。所谓的"仁者见仁，智者见智"也是这个意思。

然而，能够引发人的无限联想，并且从此联想中有所长进，这也是文艺启迪人细想的精妙之处。

更何况，静安先生在理解诗词的时候，自己并没有受到词所写的具体状况的局限，而在诗词理解中，大大地灌输了自己的学术和哲学。

三句词话，乃是三种人生境界，这样的人生境界乃是一节比一节有所提高，一节比一节有所深入。

能够体味这三种境界的人，此节开头就说得非常清楚，乃是古今之成大事业、大学问者。

能有此境界的，往往是智慧之人，是有所成就之人。

在繁杂的生活中，凡是能够体悟出这三种境界，能够过此三种境界，那么就能够宽容豁达地面对生活。

当你不惧生活，便是生活属于你的时候到了。

蝶恋花
晏殊

槛菊愁烟兰泣露，罗幕轻寒，燕子双飞去。明月不谙离恨苦，斜光到晓穿朱户。

昨夜西风凋碧树。独上高楼，望尽天涯路。欲寄彩笺兼尺素，山长水阔知何处！

第一种境界："昨夜西风凋碧树，独上高楼，望尽天涯路。"

"昨夜西风凋碧树"往往是说生活中的烦躁，这些烦躁，将你的生活一扫而光，满树希望的碧叶，被一系列的不如意扫得一片不留。

生活对你来说，是充满了艰难苦楚的。但心比天高，因为这内心总是向往着"独上高楼"，其实这里预示着，自身对于平庸生活以及周围生活环境的不满，还表明希望独上高楼，尽早地脱离出平庸，或者从周围大多数生活平凡的人们中剥离出来。

"望尽天涯路"暗含着内心其实早就对于自己的人生树立了较高的目标，自己是可以登高一望，望尽天涯之路的，也就是内心已经拥有了一个极大的目标，可是这目标仅仅是存于内心，也就是天涯之路在眼中，而不是在脚下。

第一种境界乃是一种自视颇高却又局限于生活牢笼的心态，好似无尽烦恼皆来自欲望，这欲望却又被自己洗刷得有些纯净了，这样的纯净存于本身不纯净之生活中，却又更是苦恼。暂时的独上高楼是不能够解决的，或许还会更困惑。犹如任何一个生活于平庸生活之中，却又对生活充满了理想的小人物一样，这样的小人物或许会成功，更或许会平淡下去，渐渐泯灭消逝于众人之中。更或许，这样的人一辈子都不会入人生之境。

凤栖梧
柳永

仁倚危楼风细细。望极春愁，黯黯生天际。草色烟光残照里。无言谁会凭栏意。

拟把疏狂图一醉，对酒当歌，强乐还无味。衣带渐宽终不悔，为伊消得人憔悴。

第二种境界："衣带渐宽终不悔，为伊消得人憔悴。"

柳永之词多是写风花雪月，这与他本身时常流连于烟花场所有很大的关系。柳永在歌妓楼的名声是非常大的，当时的歌妓要是被柳永赠词一首的话，那就身价倍增了。那个时候的风流场可流行着这样一句话："宁愿柳郎叫，不愿皇帝召。"柳永死后，身无分文，还是妓女们凑钱将其埋葬的。

"衣带渐宽终不悔，为伊消得人憔悴。"本是相思之语，而这里，王国维将其理解成为一个人的成长之艰辛，奋斗之艰辛。为着一个目标，逐渐从第一境界的脆弱迷茫中坚强、坚定起来，衣带渐宽，身消形瘦都不后悔。为一个目标，人儿憔悴，这是执着，执着之付出。

若是上升为一种精神，这第二个阶段便是生活中的所学阶段，精神上的所悟阶段。

坚持固然是好的，但是太过于执着，那么便是思想上的折磨，自然也就是人憔悴了。

执着乃迷，太迷乃固。

青玉案
辛弃疾

东风夜放花千树。更吹落，星如雨。宝马雕车香满路，凤箫声动，玉壶光转，一夜鱼龙舞。

蛾儿雪柳黄金缕。笑语盈盈暗香去。众里寻他千百度，蓦然回首，那人却在，灯火阑珊处。

第三个境界是："众里寻他千百度，蓦然回首，那人却在，灯火阑珊处。"

辛弃疾《青玉案》中的此句，其实也代表着辛弃疾的执着和雄阔。辛弃疾是宋代词人之中少有的纯爷们。一身好武艺，一颗忠君爱国心，满溢着才华。似乎，宋词的柔媚给整个宋朝都蒙上了一成娘娘腔的色彩，但是读他的词，很少有思想上的惆怅迷茫，更没有如女人一样的自怨自艾。

这句乃是人生中的大境界。

"众里寻他千百度"是执迷，"蓦然回首，那人却在，灯火阑珊处"是悟。

"众里寻他千百度"是入，"蓦然回首，那人却在，灯火阑珊处"是出。

"众里寻他千百度"是寻找快乐，是寻找寄托，是实现目标。

"蓦然回首，那人却在，灯火阑珊处"恰恰是无欲无求，无有才是有，无忧无喜才是人生的清澈澄明。

"众里寻他千百度"是悟的艰辛。

"蓦然回首，那人却在，灯火阑珊处"是得的快乐，是人生的大彻大悟，是通体的愉悦，是物质的解脱，是功名利禄的解脱，那么也就没有了执着的痛苦了，也就消解了欲望的烦恼。明白了这些，人生只剩下你去享受快乐了。

其实，转了一大圈，这人生的快乐本来就是存在的，只是你南辕北辙，寻找的方向错了罢了。

这样的寻找，心灵无依的困惑，王国维必定是体会过的，他曾在《欲觅》中写过："欲觅吾心已自难，更从何处把心安。"

这样的困惑，这在世之人，又有谁没有过呢？

所以平庸之人生，而真正能得其快乐之人又有何许呢？

⑰ 看尽洛阳花

永叔"人生自是有情痴，此恨不关风与月""直须看尽洛城花，始共春风容易别"，于豪放之中有沉著之致，所以尤高。

张爱玲有句话："因为懂得，所以慈悲。"

外在的豪放之洒脱，皆因内在的情深义重。豪放却深沉含蓄，这是王国维对欧阳修《玉楼春》的感受。

先感受一下欧阳修的《玉楼春》：

玉楼春
欧阳修

尊前拟把归期说，未语春容先惨咽。人生自是有情痴，此恨不关风与月。

离歌且莫翻新阕，一曲能教肠寸结。直须看尽洛城花，始共春风容易别。

"尊前拟把归期说，未语春容先惨咽。"开场便是一个离别的场景。喝酒送别，端起酒杯，人还未动身离开，便想问其何时归来。可是一说话就牵动了别离的伤悲，为了送别叫人记住而精心打扮的妆容被这无法抑制的泪珠打湿了。真是欲语泪先流。

这一开头的送别之景，就明显带有了深重的离别之伤，这离别之时恰是春归之际，因为下文所写的环境是洛阳城满城是花。春归之际正是大好时光，却又偏逢离别之时，离别之伤，正是春归之怅。

"人生自是有情痴，此恨不关风与月。"这一句虽是在感叹离别之际的情深义重，感叹人生自是有痴情之人的，这样的遗憾似乎与风月是无关的。可是又似乎这样一句话突然出现在刚才如此悲戚的场景，有点像转移了观众的视角。似乎观众还没有被悲伤渲染够，就被拉了出来。

而这样的一句评论，却又是极其懂得这样的离别之苦恨，才推心置腹发出的。表面看起来，好像是阅尽风月后的顿悟，遣玩之至后的飞扬，其中又隐含着对人世中悲欢离合的一种无奈，对人生有种沉着的悲慨。感觉是时时在阅红尘之事，却又是早已置身世外。

"离歌且莫翻新阕，一曲能教肠寸结。"评论之后，又立马回到了送别场景中来。离别抚琴赠歌，就不要再翻新的曲子了吧，这一首歌已经唱得叫人肝肠寸断了。

这样的写法，又回到了歌咏风月词的小情调之中。但是尾句又有惊喜之处，犹如峰回路转，大浪淘沙。

"直须看尽洛城花，始与东风容易别。"定要将这洛城花之美丽繁盛欣赏遍尽，皆因这开始于春风之花的一片锦华终不长久。词到这里，情感上就由前面的肝肠寸断转到这里的豁达和解脱了。

离愁别绪在宋词的题材之中，往往是愁容惨淡，凄惨之声不绝于耳。但是欧阳修的《玉楼春》在最后将整体的风格摆脱了以前固定的套路，教人为之一振。

而王国维所说的"于豪放之中有沉着之致"恰恰在此表现最明显。

从词句的用词来说也可以看出，整个句子表现的洒脱豪放之情，其中"直须"一词的运用却道出了内里蕴含的情意，"直须"就是"一定要"，这情意是深厚固执的。因为这"洛城花"尽管美丽，却始终是要"尽"的，花共"春风"却要别。两人的情意再深厚，可天下无不散之筵席。所以越是豪放洒脱，也越是悲伤沉重。

懂得爱之情深、悲之沉重，才会在挣脱的豪放中产生一种外刚内柔的力量。

这样的情感，是懂得。欧词尤高在此。

读之，洒脱豪放、风流潇洒，却又情意绵绵，叫人唏嘘长叹。

028 古之伤心人

冯梦华《宋六十一家词选·序例》谓："淮海、小山，古之伤心人也。其淡语皆有味，浅语皆有致。"余谓此唯淮海足以当之。小山矜贵有余，但可方驾子野、方回，未足抗衡淮海也。

精细是王国维评论诗词的一把尺子。

极其微小的区别，只要是属于词人的特征，总是能够被王国维找到，如要说七窍玲珑心的话，我觉得这样的心，王国维一定有一颗。

秦观、晏几道及张先、贺铸，在宋词的写作中，都属于婉约派的代表。我曾经都喜欢过他们的词。

清代评论家冯梦华认为：秦观和晏几道的词，都是些伤心之词，他们也都是古来的伤心之人。

淡语有味，浅语有致。

王国维将冯梦华的这句话提

出来，说到里面的评论"其淡语皆有味，浅语皆有致"只能用在秦观的身上。

秦观的词，往往是些凄离婉曲，伤心人之伤心语，不加雕琢，却是用语自然，感慨自身境遇不遂，却别有一番韵味。

晏几道是晏殊的儿子，二人史称"二晏"。在晏几道长大后家道中落，晏几道个性桀骜不驯，在现实生活中处处碰壁，在生活的苦难中，总是追忆以前的奢华生活，对以前的生活有无限的迷恋。为抚慰伤心，总是沉浸在以前的生活之中。太多的追忆过去，便又失掉了现在。这样的词，似乎总有一些放不开的束缚，表达的情感便有伪假矫情的成分。一个不能真正面对自己的人，那么他的情感也一定有着娇弱和逃避的地方。这便是王国维所说晏几道的词"矜贵有余"。

王国维觉得秦观胜出晏几道，而晏几道不过和张先、贺铸是一个水平的。

我之前读晏几道的词，现在还有印象的是《临江仙》：

临江仙
晏几道

梦后楼台高锁，酒醒帘幕低垂。去年春恨却来时，落花人独立，微雨燕双飞。

记得小蘋初见，两重心字罗衣。琵琶弦上说相思，当时明月在，曾照彩云归。

这首词初读之时是很打动我的。这首满含思念的男女之情的艳词，吟起来真是别样清丽婉转在心头，似乎内心也长出了一双如诗人般温润如玉的手。

读到"落花人独立，微雨燕双飞"之时，顿觉温润飘逸。漫天落花，玉人独立，只为等待。微微细雨，惊起燕子双飞，更添心中之愁怨。这时的意境用《传奇》里的歌词归纳最恰当不过："想你时你在天边，想你时你在眼前。"何等诗意的凄美，何等凄美的等待。

读到"当时明月在，曾照彩云归"时，心中又动了一下。浓重相思，表达得如此婉转真切，却又是极其含蓄。这样的情感，即便是把自己交出去了，她也是被视若珍宝的。当时的明月，曾经的彩云。因为明月在，所以彩云才归。既是思念，也是等待。既是等待，也是坚守。既是坚守，也是追忆。既是追忆，也是美好。是的，最后剩下的就是这样一种供人怀念的美好。

或许这样的表达方式，和晏几道的家道中落有关，和他的孤傲有关。

这样的词，已经是很美丽了，也怪不得冯梦华要说"淡语有味，浅语有致"。

但是王国维不愿意这样评价晏几道。他觉得晏几道和秦观比起来，缺少一份精致和自然。

我们从秦观的《千秋岁》来看：

千秋岁
秦观

水边沙外，城郭春寒退。花影乱，莺声碎。飘零疏酒盏，离别宽衣带。人不见，碧云暮合空相对。

忆昔西池会，鹓鹭同飞盖。携手处，今谁在？日边清梦断，镜里朱颜改。春去也，飞红万点愁如海。

上阕的渲染，依旧是别离之际。花影凌乱，本是好听婉转的黄莺声，此刻却叫得细细碎碎的，全是因这离别扰了人的心情。临别依旧赠酒一杯，不舍离别身形消瘦。离别一曲，人已不见，徒留天边碧云空相对。

下阕是离别之后的追忆。回想起以前在西池的相会，如同鹓鹭同飞，和你情投意合之时，而今安在呢？清梦已断，朱颜已改。春天已去，万点飞红愁如海。

其实相比晏几道和秦观的这两首词，对于里面的小情趣，作为女性的我，更喜欢的是晏几道词里的味道，虽然他的题材狭窄，但是他细致敏感，透着那么一种温婉的清高。

晏几道的词写的是小伤心，对昔日歌舞欢乐生活的追忆，这样的追忆都还是带着矜持的追忆。但是从意境的开阔，词义的深刻来说的话，晏几道是比不上秦观的。

秦观的词，不仅仅是写男女之爱情，他的词里面更多透露的是对整个人生的感慨，"飞红万点愁如海"这里囊括的已经不再是个人之情感，而是将人的生活整个都蒙上了一层悲剧之色彩，对人的整个生存状态都产生一种悲悯之心。

这就是秦观胜出晏几道的地方。

南唐后主李煜的词，里面的悲天悯人情怀，也是让他的词为王国维情有独钟的原因。

心怀悲悯之心的伤心之语，正是真正摧心断肝的悲哀。

【注】

冯煦，字梦华，号蒿庵，清代词人，著有《蒙香室词集》。

晏几道，字叔原，号小山，北宋词人。

杜甫《戏为六绝句》："窃攀屈宋宜方驾，恐与齐梁作后尘。"方驾，并驾齐驱。

张先，字子野，北宋词人。

贺铸，字方回，北宋词人。

029 少游境凄婉

少游词境，最为凄婉。至"可堪孤馆闭春寒，杜鹃声里斜阳暮"，则变而凄厉矣。东坡赏其后二语，犹为皮相。

上一节王国维说秦观的词："淡语有味，浅语有致。"

是因为秦观的词深厚细致，境界却又是舒远的。

一样是婉约派的代表，闲适里，我喜欢读晏几道，晏几道辞藻华丽，读起来内心轻松。相比起晏几道，我害怕读秦观，在大学中文系学习古典诗词的时候，就害怕读秦观的《踏莎行》。

同是离别的忧伤，晏几道的伤，会叫你微笑，犹如恋爱之中的女子玩的娇嗔小把戏，读过之后，笑笑他的假清高、笑笑他的小心眼，却还装得如此正儿八经。

而读秦观是不一样的，在读的时候，总是小心翼翼，揪着心、攥着书，有种生怕把某一个东西碰碎的紧张。

秦观、李煜、柳永等都是婉约派的词人。

读李煜，他的悲伤是气势磅礴蕴含无尽之哲理，"问君能有几多愁，恰似一江春水向东流"，"落花流水春去也，天上人间"。

读柳永，他的悲伤是情意绵绵包含无尽之男女欢爱，"此去经年，应是良辰好景虚设。便纵有千种风情，更与何人说？"

读秦观的词，他的悲伤仅仅是凄婉还不够，伤心流血，似乎这个人从来没有快乐过，内心总是有无限的愁情，压得他喘不过气来。

秦观的词表现出来的痛苦已到极致，这样的痛苦，和李清照的痛苦又是不一样的，李清照的痛苦，全在生活之愁苦、生活之辛苦、生活之艰苦、知己消逝、落魄凄清……

而秦观的痛苦，恰恰是在痛里。觉得他的心早已经千疮百孔，发出这一声声凄厉的却又不能痛快而出的隐忍的哀号。

我们先看王国维指明的秦观的代表作：

踏莎行

秦观

雾失楼台，月迷津渡，桃源望断无寻处。可堪孤馆闭春寒，杜鹃声里斜阳暮。

驿寄梅花，鱼传尺素，砌成此恨无重数。郴江幸自绕郴山，为谁流下潇湘去！

上阕写景，楼台已被浓雾所迷，那么月亮也渐渐的模糊不清，望断桃源无处寻。孤馆里不能忍受这春寒，杜鹃凄啼残阳时暮。

其中"可堪孤馆闭春寒，杜鹃声里斜阳暮"一句是王国维津津乐道的凄厉之语。他的理由是"孤馆""春寒""杜鹃之声""斜阳之暮"都已经营造了悲苦之境了。而"孤馆"又是"关闭"，"春寒"才更寒。本已经是斜阳暮下，杜鹃又泣血啼叫。真是悲不胜悲，凄厉得叫人心惶惶。

或许王国维欣赏此句的理由，还因为王国维由于受到叔本华哲学的影响，本身就是一个有着浓重悲观情绪的人。

下阕以记事为主。驿站有梅花送来，鱼雁有托书信。这些被牵挂牵扯起来的愁恨重重叠叠无法细数。郴江悠然自得地绕着郴山，又为了谁流下潇湘去呢？

"郴江幸自绕郴山，为谁流下潇湘去"是苏轼颇为欣赏的句子。而苏轼欣赏的句子却被王国维讥笑，认为苏轼不过只是懂得皮相。

对苏轼欣赏此句的态度，我并不赞成王国维的观点。秦观的这句，表面上似乎流露出了对自己被贬谪的不满，似乎这句话又隐含着人生的无常，人生中总是充满变数。郴江本是愿意绕着郴山流淌的，可是怎么又改变了初衷，为什么要流下潇湘去呢？这样的追问，或许自己的内心是知道答案的，但是又似乎明知如此，却又不愿意面对，表面上看隐含着浅淡的不甘心，但是读起来又是明白的，期望自己应有面对人生的豁达之感慨。是悲苦，也是一种期许，期许解脱。

不少人认为苏轼喜欢这句，大概是因为同秦观一样，遭受了贬谪之苦。苏轼的经历和他乐观旷达的心境，使他更懂得秦观最后一句的意味深长的暗示。

【注】

胡仔《苕溪渔隐丛话》前集卷五十引：东坡绝爱"郴江幸自绕郴山，为谁流下潇湘去"，自书于扇曰："少游已矣，虽万人何赎。"

皮相，从表面看，语见《史记·郦生陆贾列传》。

⑳ 秦词存《诗经》

　　"风雨如晦，鸡鸣不已""山峻高以蔽日兮，下幽晦以多雨。霰雪纷其无垠兮，云霏霏而承宇""树树皆秋色，山山唯落晖""可堪孤馆闭春寒，杜鹃声里斜阳暮"，气象皆相似。

　　"气象"是王国维除去"境界"之后，最喜欢用来评价诗词的一个标准。

　　"气象"从字面直言之就是诗词意思的风貌。我更喜欢把它解释成好像是一个人的气场。此节依旧是循着上节对秦观之词的评价而来，王国维对秦观的这句"可堪孤馆闭春寒，杜鹃声里斜阳暮"特别的有感触。

　　这次，王国维将其作比较的是《诗经》中的《诗经·郑风·风雨》，屈原的《楚辞·九章·涉江》以及王绩的《野望》。

　　《诗经》早就有"思无邪"之说。就是说，《诗经》中的诗，表达真切，思想纯净。

　　我们先读《诗经·郑风·风雨》：

诗经·郑风·风雨
佚名

　　风雨凄凄，鸡鸣喈喈。既见君子，云胡不夷。

　　风雨潇潇，鸡鸣胶胶。既见君子，云胡不瘳。

　　风雨如晦，鸡鸣不已。既见君子，云胡不喜。

　　女子在风雨交加的晚上等待她的君子，杂乱不止的鸡叫声更叫得人烦心。结果，她的君子不久就来了，她觉得所有的烦恼都不存在了。欣喜之情好似病重痊愈，刚才的心情和这狂暴的风雨一样，现在风平浪静。

这里讲到了一个环境和人物心情的关系，当一个人心情顺的时候，那么环境如何都无所谓了，都可以视若无睹。可是当一个人心情烦闷的时候，周围的环境皆是眼中之气与恨。那么这也应了王国维的："以我观物，故物皆著我之色彩。"

全诗以回环往复的手法，一遍一遍地渲染自己的心情和此时的环境。

风雨凄凄，风雨潇潇，风雨如晦，都渲染出了一个凄切、晦暗的外在环境。

那么留意这样的外在环境，不断渲染这外在环境，也就是在渲染人物的内心。

再仔细读，就会发现这恶劣的天气之所以叫人如此烦心，就是因为此时女子等待君子到来的心情是备受折磨。

不过，这样的诗也可以理解为，我们对自己内心欲望追求的迫切和煎熬。

不管怎样的等待都是内心的风雨如晦。

屈原《离骚》里的句子："山峻高以蔽日兮，下幽晦以多雨。霰雪纷其无垠兮，云霏霏而承宇。"

山太高遮住了太阳，天气阴暗淫雨霏霏，似雪花纷纷扬扬，落之不尽，厚厚的云层似乎暗示着隐晦的无穷无尽。

依旧是一段环境描写，外在的环境描写，表现的还是内心对自己所遭受境遇的不满。

野望

王绩

东皋薄暮望，徙倚欲何依。树树皆秋色，山山唯落晖。

牧人驱犊返，猎马带禽归。相顾无相识，长歌怀采薇。

"东皋薄暮望"，归隐于东皋，在薄暮之中放眼望。

"徙倚欲何依"，徘徊踟蹰往何处？徘徊本就是消解苦闷之意了，却连徘徊都是叫人无处可去，其中的迷茫可想而知。

"树树皆秋色，山山唯落晖。"由上面的心情，所以眼中看到的尽是悲凉之色，满树秋色，落晖满山。静谧的山林之中，浸透秋色的树显得更加的萧瑟，满是落晖的群山更叫人觉得有萋萋之意。

"牧人驱犊返，猎马带禽归。相顾无相识，长歌怀采薇。"尽管心情总是如此落寞，但是诗人依旧能够找到排遣自己内心愁情的办法，打猎，骑马，追怀古代的伯夷、叔齐一样的隐士生活。

整首诗歌用语都是相当的朴素，但是一句"树树皆秋色，山山唯落晖"点明了诗人的心理状态和这毫无喜庆的秋色是一样的，叫人沮丧。

"可堪孤馆闭春寒，杜鹃声里斜阳暮"亦是如此，前面几个小节已经分析过很多次了。

王国维所举的例子都是平淡之表达，却丝毫不掩激烈之愁情。

当人追求而不得的时候，不管是谁，他的心情都是极端压抑的，那么自然也就凄苦、悲凉了。

往往诗词中，作者将自己的真情实感藏在所写景物之中，感受笔下的景物，也就是感受到诗词的一个整体风貌，其实也是置身于作者的心理情绪之中，一切景语皆情语，摸清了气象，也就明白了其中之味。

⑴ 词中诗气象

昭明太子称，陶渊明诗"跌宕昭彰，独超众类。抑扬爽朗，莫之与京"，王无功称，薛收赋"韵趣高奇，词义晦远。嵯峨萧瑟，真不可言"，词中惜少此二种气象，前者唯东坡，后者唯白石略得一二耳。

然而，不管你将诗词比作谁，都只是个人印象式的评判。

然而，不管你将诗词的风格如何归纳，都只是个人的感受。

它或许在某一个时刻，受到大众的认可，但只要是个人的看法，它就是片面的。

不置可否，诗词各有其美。

读诗犹如见庄重的文人，读词犹如见柔媚的女子。

读诗犹如见娟秀的文字，它一目了然，历历在目；读词犹如听跌宕的音乐，它轻敲慢打，冷暖自知。

读诗犹如走一马平川之路，直直地对你倾吐心意；读词犹如行蜿蜒崎岖之羊肠小路，走在上面耳畔尽是吴侬软语之委婉。

读诗犹如大鹏展翅般畅快，扶摇直上；读词犹如徐徐饮酒，微醺乃意起。

诗比词要直白大气，往往是开阔宏伟之言。

词比诗要低回委婉，往往是隐晦深致之言。

又说，词乃诗之余也。

诗歌所剩下的，就是词。

也就是说诗歌的另外一半，就是词。

似乎这样说更有趣一些，诗歌像男人，词就像女人。

读到此节，似乎对于王国维的观点有点迷惑了。

此节依旧是以"气象"来评词。

此节阐明词中很难有像诗歌、赋那样的气象。只有苏轼的词，才有陶渊明诗"跌宕昭彰，独超众类。抑扬爽朗，莫之与京"般的气象。只有姜夔的词有薛收赋"韵趣高奇，词义晦远。嵯峨萧瑟，真不可言"的气象。

此节以"气象"评词，但是王国维在此处评词的标准却是用诗歌和赋中绝佳气象的标准来对词进行要求。

犹如要求女子去和男子比肌肉雄伟，阳刚之气谁足一样，岂不是有些僵化吗？

王国维的《人间词话》六十四节，每节文字短小，却节节是精辟之语，若不细品细读，便会失其精华，废己时间。

再仔细思索，便是恍然大悟。

诗词之别，本就是后人通读鉴赏之后，将其特点归纳的。

如若把诗词放在一个大众固定的看法里面，比如固执地认为诗就是庄，词就是媚。那才恰是思想之僵化了，看法之短浅了。

诗可以写出词的感觉，而词亦可以达到诗的境界。

在《人间词话》的开篇，王国维就提到"词以境界为上""有境界则自成高格""境界有大小，不以是而分优劣"。

词凭借境界取胜。而诗也是用境界来评价的。

比如，从王国维前面所说的"太白唯以气象胜"，就是用气象来评判李白的诗，同时也用气象来评判词。

比如前一节的"风雨如晦，鸡鸣不已""山峻高以蔽日兮，下幽晦以多雨。霰雪纷其无垠兮，云霏霏而承宇""树树皆秋色，山山唯落晖""可堪孤馆闭春寒，杜鹃声里斜阳暮"，气象皆相似。

气象、境界这些评判标准，其实是放在诗词亦可的。

因为诗词虽说文体不同，但是二者却是可以交融的。虽各有其明显的独特性，但是融通之后，互能阔其气象，达其高度。

在我看来，词在苏轼、辛弃疾、姜夔之时，不仅能够达到诗歌的高度，在吸收了诗歌优势的同时，词还同时有着自己迂回婉转的一面，却又是乐观旷达、豪迈壮阔、刚柔相济的。

仅苏轼的一句词就可以说明上诉观点，读苏轼的《赤壁怀古》其中的"大江东去，浪淘尽，千古风流人物"，如果将这句词改成诗的格式就是：大江东去人也逝，千古风流浪淘尽。

虽说将其改成诗歌的形式，亦是豪放之言，然而比起原词来说的话，诗的形式只是减少了停顿，却少了一些婉转，读起来呆板、无情致。

"大江东去"之停留，似一感叹，似一看尽山高水阔之悲壮，满目辛酸，却是脸上写满坚毅。仅仅这一停顿，就是心理上的千回百转。

"浪淘尽"之停留，好似之前心情的抑郁的一声抒发，一根紧绷的弦，有渐渐放松之趋势。

"千古风流人物"最后独成一句，乃是最后之爆发，这爆发，是前面积累深致的内蕴而出。这样的情感就比诗歌的形式来得更加深厚，也显得更加逼真，更有高远的气息，言长情乃真。

这才是词之大美。

我虽同意王国维先生《人间词话》打破疆界的评价方式，但是在这节所说的：昭明太子称，陶渊明诗"跌宕昭彰，独超众类。抑扬爽朗，莫之与京"王无功称，薛收赋"韵趣高奇，词义晦远。嵯峨萧瑟，真不可言"，词中惜少此二种气象，前者唯东坡，后者唯白石略得一二耳。最后的"略得一二耳"似乎是略贬苏轼和姜夔之词的意思。

诗词各有其美，各有其态。苏轼的词更是宋词之美的登峰造极，焉能因气象之不同，以"略得一二"简言之？

在《人间词话·未刊手稿》十三中："词之为体，要眇宜修能言诗之所不能言，而不能尽言诗之所能言。诗之境阔，词之言长。"

苏轼之词，不正是言了诗之所不能言的吗？也正是符合王国维《人间词话·未刊手稿》十三中的观点的。

《人间词话·未刊手稿》十三中则最后说的："诗之境阔，词之言长。"表明诗侧重于境界开阔，词更是言之情长。那么苏轼之词和陶渊明之诗的对比，不正是这样吗？

【注】

萧统，南朝梁武帝太子，未即位即去世，谥昭明，世称昭明太子，编有《文选》《陶渊明集》等。

王无功语见《王无功集》卷下《答冯子华处士书》，所指薛收赋，系《白牛溪赋》。薛收，薛道衡子，唐初文学家。

姜夔，号白石道人，又号石帚，南宋词人。

⑩32 在神不在貌

词之雅郑，在神不在貌。永叔、少游虽作艳语，终有品格。
方之美成，便有淑女与倡伎之别。

记得电影《霸王别姬》中有一片段，袁四爷在看完程蝶衣和段小楼表演的《霸王别姬》之后，指责段小楼在演绎西楚霸王兵败回营的时候走的步子少了两步。本应该走七步才回到营中，段小楼表演的西楚霸王走了五步就走回了营中。

这七步和五步究竟有何区别呢？

兵败走五步回营，步子急促，明显就是狼狈，含逃窜之貌。

走七步，便显得从容，即便是兵败，依旧有西楚霸王的王者之气。

这与王国维此节所讲的"词之雅郑，在神不在貌"有类似之处。

也就是说，词应有其品格，和前面王国维的观点"有境界自成高格"是一致的。

词之雅郑，源于《乐记》中的故事。

孔子曾在《论语》中说过"郑声淫"，就是说郑声是低级趣味的音乐。

孔子极力维护古乐《韶》《武》，古乐是品格高尚、合乎道德传统的音乐。

而作为新音乐的郑声，连当时最喜好古乐的魏文侯在听郑声的时候都大呼过瘾，犹如现在的摇滚带给人的激情。

而孔子却觉得郑声淫乱了雅乐，主张"恶郑声之乱雅乐"。

后来，人们就用雅郑作为品评诗词的一个标准，郑往往是以色情内容为中心的淫乱之调，雅声才是发乎情而止乎礼仪的高格之乐。

词本是来源于青楼歌妓之唱曲，本就有极其浓艳之色彩，几涉猥亵之意。后来的大家写词，词中之浓艳并非就是没有了，而艳词之中，却是真情之底，也就艳而不腻，丽而不俗，格调上就高雅了起来。

这和艳而无品的郑声无法相比。

或者说简单点，没有真情实感的艳词，就好似我们现在的情趣低下的色情片，而以人的自然真情实感流露出来的好词，虽然在形式上依旧是艳词的外状，可是却恰恰以能打动任何人的真情实感取胜，好像我们现在的文艺片，里面有情色的内容，却是为了进一步塑造形象，比如经典影片《色戒》。

作品之至情至性，恰是阅读者最能接受之境界。

作品贵真，最是自然真实的作品，才能永远地欺骗观众。

《人间词话·未刊手稿》第四十四则中："艳词可作，唯万不可作俚薄之语。"

俚薄就是轻浮。

王国维在强调词的境界之时，似乎更在乎的是作词之人的人品人格。

欧阳修和秦观的作品也是偶有艳词，却是有真情在其中，便脱其俗意。

而周邦彦之词，似乎更多的是簇拥花丛的放浪和肆意，在华丽外衣之下，依旧是一颗纵情享乐的心，这在王国维看来无疑是郑卫之音。

似乎古来的风流才子总是和风流韵事有所牵连。而风流韵事之于才子，似乎总是被世人所宽容，甚至还颇为一些人所欣赏，似乎才子不风流，不是品格高尚，而或许是他出现了某种生理问题。

比如，秦观就在一场宴会之中，和一名吹箜篌的女子四目交会，便心仪神和，促成一夜风流，女子还对秦观情语绵绵道："今夜之情，为君身瘦一半。"

才子的风流韵事总是被世人所接受，是因为这些风流写尽了风花雪月，洞悉了世间男女之情。

比如汤显祖的《牡丹亭》，其中写杜丽娘在梦中和柳梦梅亲热的场景："这一霎天留人便，草藉花眠，则把云鬟点，红松翠偏。 见了你紧相偎，慢厮连，恨不得肉儿般和你团成片也。逗的个日下胭脂雨上鲜。我欲去还留恋，相看俨然，早难道好处相逢无一言，行来春色三分雨。 睡去巫山一片云。"

那些段子写得比较露骨，却是人之性情，至情至性，男女之欢，鱼水之情，真真实实的美好。

看来无论何种形式，一首词的精神高贵，远比一首词的外貌要重要得多。

犹似一美女，外表虽美，却是蛇蝎，那再怎么美丽，也总是令人胆战心惊的。

这种对词的要求，其实和王国维的个人品行是一致的。王国维本就是一个极其干净之人，只不过干净得有些固执了。

他对清朝的忠诚，不少人嘲笑其愚昧。

他对清朝的忠诚，其实，他是不愿意被侮辱，是对自己内心一种固执的干净的贵族般思想的坚守。

他只能保留最真实的自己，所以愿意以静守的姿态来抵挡。

【注】

郑，指与"雅"相对的靡丽低俗的文风。

周邦彦，字美成，号清真居士，北宋词人，有《片玉词》。

㉝ 唯言情体物

> 美成深远之致不及欧、秦，唯言情体物，穷极工巧，故不失为
> 第一流之作者。但恨创调之才多，创意之才少耳。

王国维认为周邦彦深远之致比不上欧阳修和秦观。上一节王国维就说周邦彦的词过于轻浮。

可是在宋代的词人之中，周邦彦的名气又是极其大的。王国维在《人间词话》中没有忽略掉周邦彦的缺点。他觉得周邦彦是个一流的词人。"唯言情体物，穷极工巧。"指的是周邦彦作词在技巧上的高超。

这里的赞美其实就是批评。

指的是周邦彦不过是一个在作词上的能工巧匠，写的词辞藻华美，可是却毫无思想，更无境界。

周邦彦的才能在于创造曲调样式，而不在创造境界思想。

这便是王国维称其为第一流作家之原因。

犹如现在娱乐圈里，那些能够模仿一个或者多个明星的模仿秀者，不管你模仿这个明星模仿得多么像，你都是山寨版，你都是个赝品。

周邦彦在词的造诣上，便是这样的一名模仿秀者。

他可以将词的文字，编织得极其精致，在写景咏物时，对词语精挑细选，并且熟读诗书，善于将古人的华文美句融入自己的诗词之中，为其增色不少，在叙述之中，讲究词意之曲折变化，使之富有故事之轻重缓急，在创作之中，使尽了浑身解数以求精细入微。

模仿秀者，其实是没有自己的表演灵魂的，那么像这样的一位一流作家，好似

不能称一名剪裁手艺高超的裁缝为时装设计师一样。

周邦彦的词思想格调不高，意境不开，和他所写的内容有着相当大的联系。周邦彦的词更多的是非常私人化的情感，哪怕是拈酸吃醋的东西都包含在内，并且写得精美异常。

能够典型说明王国维此观点的，有周邦彦所写的《少年游》。

这首词是写得有来头的，周邦彦和名妓李师师是相好。可是李师师的相好也并不比周邦彦少，当朝天子就是其中一个。

某晚，周邦彦正和李师师情意缠绵，谁知突然天子在外叩门。李师师慌乱之中就将周邦彦藏在了床下。天子和李师师温存之后，李师师体贴地为天子剥一个橙子。天子来不及吃橙子了，准备即刻摆驾回宫。李师师客气地挽留说："城上已传三更，马滑霜浓，陛下圣躯不愈，岂可再冒风寒。"宋徽宗答道："朕正因身体违和，不得不加调摄，所以要回宫去。"宋徽宗要马上回宫正中了李师师的下怀，她只是曲意逢迎一下宋徽宗。李师师担心的其实是一直藏在床下的周邦彦呢。

虽说李师师的这一番做戏，满心底是为了快快送走宋徽宗，把周邦彦从床底下解脱出来，可是躲在床底的周邦彦，一点没领会李师师的意思，反而以为李师师故意这样做，不为自己着想，在床底下就吃起醋来。

李师师把周邦彦从床下拉出来，周邦彦怀着醋意，立即写了一首《少年游》，暗指你李师师对皇帝老儿太好啦，明知道我在床底下苦等，你还和他你侬我侬，相比起来对我是不是有点薄情寡义了。

我们来读一下这首《少年游》：

少年游

周邦彦

并刀如水，吴盐胜雪，纤指破新橙。锦幄初温，兽香不断，相对坐调笙。

低声问：向谁行宿？城上已三更，马滑霜浓，不如休去，直是少人行。

"并刀如水，吴盐胜雪，纤指破新橙。"就是写李师师为宋徽宗剥橙子。简单一事，文字用得如此华美。

"锦幄初温，兽香不断，相对坐调笙。"说两人刚温存罢，正在回味，双双相坐，

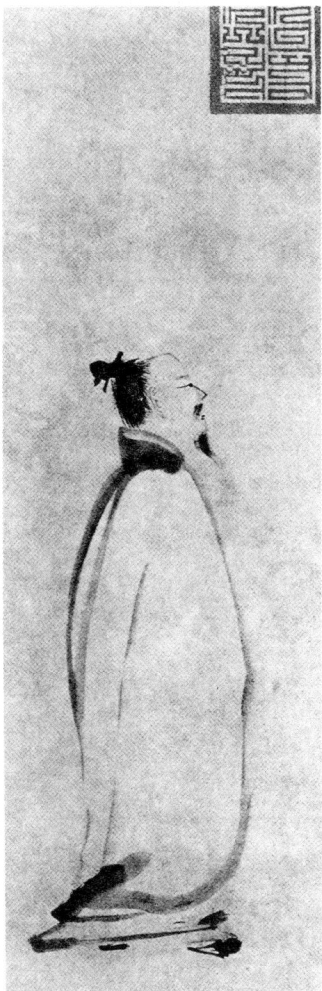

李师师为宋徽宗唱曲。

"低声问：向谁行宿？城上已三更，马滑霜浓，不如休去，直是少人行。"后面这几句表面是在写李师师对宋徽宗的体贴有加，其实是在谴责李师师怎么还要留皇帝住在这里，被皇帝回绝之后，还要情意绵绵地挽留。

如此酸醋之言，却是精致之词。那么读起来，便果真是毫无意境可言，情感虽真，但是不纯不深，不足以撼人心、摄人魂，只是觉得皇帝如此风流，感叹这些文人也是风流如此。此时的周邦彦都已经是六十多岁的老头了，心思还宛若怀春少女，真是叫人唏嘘不已，恐当今能胜者，只有那位八十高龄拜美女为干妈，一心研究西施之学的文怀沙老可比了。

而此等诗词，也怪不得王国维说他创调之才多，创意之才少耳。

但是值得注意的是，王国维在其后作品《遗事》中就提到："词中老杜，断非先生不可。"这时又将周邦彦提到了和杜甫一样的高度了。

王国维对周邦彦写的某些艳词不中意，觉得犹如是词中之娼妓，《人间词话》后面的内容，对周邦彦写景的词却是非常赞同的。

034 语妙不必代

词忌用替代字。美成《解语花》之"桂华流瓦"境界极妙。惜以"桂华"二字代"月"耳。梦窗以下,则用代字更多。其所以然者,非意不足,则语不妙也。盖意足则不暇代,语妙则不必代。此少游之"小楼连苑""绣毂雕鞍"所以为东坡所讥也。

宋俞文豹《吹剑三录》云:"东坡问少游别后有何作?少游举'小楼连苑横空,下窥绣毂雕鞍骤。'坡曰:'十三个字只说得一个骑马楼前过。'"此事另见《花庵词选》和《历代诗余》卷五引曾慥《高斋诗话》:"少游自会稽入都见东坡。东坡问……"

王国维反对在作词的时候,选用代替字。反对用"桂华"代替"月",更反对秦观的"小楼连苑横空,下窥绣毂雕鞍骤"这句,连苏轼都讥笑秦观这句词,说他写了十三个字,不过就是写了一个人骑马楼前过而已。

王国维一向主张诗词有真情实感,并强调词要不隔为好,在词中用代替词,教人在理解中,还要在脑海里换算一次,削弱了对词意的直观感受。

水龙吟
秦观

小楼连苑横空,下窥绣毂雕鞍骤。朱帘半卷,单衣初试,清明时候。破暖轻风,弄晴微雨,欲无还有。卖花声过尽,斜阳院落,红成阵、飞鸳甃。

玉佩丁东别后。怅佳期、参差难又。名缰利锁,天还知道,和天也瘦。花下重门,柳边深巷,不堪回首。念多情,但有当时皓月,向人依旧。

对于王国维反对秦观词中的代替字，我是深深赞同的。一读秦观这首《水龙吟》，读第一句的时候，突觉脑袋似乎变得如斗大，佶屈聱牙的几个字下来，顿时堵得我再读下去的兴趣全无，换上来的是内心深深的自卑，立马觉得自己文化知识没有学好，甚至连字都认不完，还品什么词呢？

看到王国维也如此批评，心中大快，是呀，不就是骑个马过个街道而已，整这么复杂干什么？难写难认，毫无美感，难不成觉得自己字认得多，隔三差五的要拿出来晒晒不成？

使用代字，很多时候给人以掉书袋之嫌，似有卖弄之意。

使用代字，也没有完全地表达出原本字的意思，也就自然造成读者理解上的误会。

代字的使用，既不能给人以具体的美感，也不生动形象，也阻碍作者表达真情实感，故在文学中一向主张求真的王国维是反对用代字的。

"其所以然者，非意不足，则语不妙也。"就是说那些使用替代字的，如果不是因为词人本身的思想感情不强，就是词人没有高超的语言技巧，所以要用替代字，故弄玄虚。

我在读这一节时，很为王国维批评秦观的《水龙吟》中使用代字解恨，但是对于有些词中使用代字，我又觉得似乎是原字比不上的。

此节王国维所举的第一个反面例子，美成即是周邦彦，周邦彦的《解语花》中的"桂华流瓦"，恰恰是因为用了"桂华"代替"月"，反而境界才极妙。

解语花
周邦彦

风销焰蜡，露浥烘炉，花市光相射。桂华流瓦。纤云散，耿耿素娥欲下。衣裳淡雅。看楚女、纤腰一把。箫鼓喧、人影参差，满路飘香麝。

因念都城放夜。望千门如昼，嬉笑游冶。钿车罗帕。相逢处、自有暗尘随马。年光是也。唯只见、旧情衰谢。清漏移、飞盖归来，从舞休歌罢。

前句："风销焰蜡，露浥烘炉，花市光相射。"讲的的确是月下之闹市，灯火通明，人来人往如织，热闹的元宵之夜的场景。

但是后面紧接着的一句"桂华流瓦",似乎所写的不仅仅是月亮的皎洁,更多的似乎在映射此时的月亮之美,已如婉转纤腰女子,乃是嫦娥之美,因为当时是元宵佳节,月亮是非常圆润的,而此时圆润的月亮恰似佳人,词人在后面就提到了"看楚女,纤腰一把"。

"桂华流瓦"不仅写出了月亮的皎洁,还写出了月色的香气,"华"乃是光华,而"桂"乃是香气,月宫中有桂花树,桂子飘香,洒向人间的皎皎月光,自然也是满含香气的。一片玉色之光,满带香气地流淌在这琉璃碧瓦之上。那么前面所写的元宵之热闹,不过是环境的一个铺垫,他真正要营造的是这样一个良辰佳节的浪漫气氛。

"桂华流瓦"写出月亮的色香兼备,还是为了下一个意境的铺垫。周邦彦要继续写月亮,他要把月亮中的仙子嫦娥,写得美轮美奂,超凡脱俗。

"纤云散,耿耿素娥欲下。衣裳淡雅。"纤云散,薄薄的云层消散,才渐渐看到月亮的真面目。月中仙子翩翩而至,一片朦胧月光正如她那淡雅衣裳。

所以前面写月色之香,实质是写嫦娥的香气,正是未见其人,先闻其香。待到云层消散,犹如女子揭去面纱,才渐渐地看到了月拥云簇之佳人的真面目。

如若将"桂华流瓦"以不能用替代字的原因换成"月华流瓦",就生硬起来了,没有了这般如醉月色之仙境中的韵味。

Ⓞ③⑤ 不可滥用代字

沈伯时《乐府指迷》云："说桃不可直说破桃，须用'红雨''刘郎'等字。咏柳不可直说破柳，须用'章台''灞岸'等字。"若惟恐人不用代字者。果以是为工，则古今类书具在，又安用词为耶？宜其为《提要》所讥也。

此节王国维的口气松了，不可滥用代替字。

不可滥用，也就包含了用的可能性，可用的合理性。

此节提到，沈伯时《乐府指迷》云："说桃不可直说破桃，须用'红雨''刘郎'等字。咏柳不可直说破柳，须用'章台''灞岸'等字。"

这本书说，桃要用"红雨""刘郎"替代，说柳树要用"章台""灞岸"来替代。

真是榆木脑袋，即便如何追求词的含蓄和内敛，也不至于如此迂腐。

"红雨"指的是桃花零落，一地花瓣，就像是下了一场"红雨"。不可完全替代桃花之态，万一是"桃之妖妖，灼灼其华"呢，岂不自相矛盾了啊？

"刘郎"是指刘郎上山砍柴，在路上饿了，就吃桃子，后来就遇到了仙女。这里把"刘郎"

作为桃花之替代，也太武断了一点吧。

"章台"指的是长安章台街上一名姓柳的歌女，怎么通指柳树？

"灞岸"是长安灞桥，唐朝人送别之地，虽说是折柳送别，但是在古代，哪里送别又不是折柳呢？

所以《四库全书总目提要》批评沈伯时说："其意欲避鄙俗，而不知转成涂饰，亦非确论。"

"涂饰"就是为了追求与众不同，而故意装扮，反而把之前真实的美也破坏了。

就是说，这个一门心思追求含蓄，所谓的不可说破的人，其实是一个偏执狂，不同事物，用一些固定字词替代，就是涂饰、呆板、做作了，蠢笨之极。

【注】

《乐府指迷》，南宋沈义父撰，沈字伯时。

《四库提要·集部·词曲类二》沈氏《乐府指迷》条："又谓说桃须用'红雨''刘郎'等字，说柳须用'章台''灞岸'等字，说书须用'银钩'等字，说泪须用'玉箸'等字，说发须用'绛云'等字，说簟须用'湘竹'等字，不可直说破。其意欲避鄙俗，而不知转成涂饰，亦非确论。"

⑴₃₆ 美成词得荷之神理

美成《苏幕遮》词："叶上初阳干宿雨。水面清圆，一一风荷举。"此真能得荷之神理者。觉白石《念奴娇》《惜红衣》二词，犹有隔雾看花之恨。

在第三十二节，王国维说周邦彦的词乃是倡伎之作，完全比不上秦观之词，秦观的词乃是淑女之相。

而在此处就带着极强的欣赏之心，肯定了周邦彦写荷之语："真能得荷之神理"。

与前面称赞冯延巳的"细雨湿流光"所用的"能摄春草之魂"一样，是第二次这么发自肺腑地夸奖了。

苏幕遮
周邦彦

燎沈香，消溽暑，鸟雀呼晴，侵晓窥檐语。叶上初阳乾宿雨。水面清圆，一一风荷举。

故乡遥，何日去？家住吴门，久作长安旅。五月渔郎相忆否？小楫轻舟，梦入芙蓉浦。

仔细读周邦彦的词，虽说里面多是庸俗之男女情事，但是提到写景之语，真是叫人心里灵动，寥寥数语，捕捉风貌，达到传神之境。

周邦彦此首《苏幕遮》上阕第一句就有了勾魂摄魄之感了，"燎沈香，消溽暑"写出是夏天早上，这早却是非常之早的，基本上是属于天刚蒙蒙亮，没有透晴遍地。

而紧接之句"鸟雀呼晴，侵晓窥檐语"就更见风致了，鸟雀在太阳还没有出来，就开始鸣叫了，好像是鸟儿在呼唤阳光的挥洒，在夏日清爽的早上，鸟叫声破晓入侵美梦，醒来之人似乎在偷听鸟儿在屋檐下的话语。

真乃悠闲若仙的早晨。

"叶上初阳乾宿雨。水面清圆，一一风荷举。"此句最是绝佳，对荷的描写好到有种登峰造极，后人再难超越之势。

"叶上初阳乾宿雨"这里是再一次的时间变幻，初出的太阳已经将昨夜滴在荷叶之上的雨渐渐晒干了。而词句中说的是"叶上初阳"，表明是荷叶上的初出太阳，虽说是太阳晒干了昨夜之雨水，但是描写的主体却是荷叶。也就是说尽管太阳叫荷叶由湿变干，可是如果不是写荷叶的话，你这太阳是根本不会被牵扯进来了。

"水面清圆"，为什么水面变得"清圆"呢？"清"一可指池水之清澈，二可指荷叶经过一夜雨水洗涤之后，颜色变得清脆了"圆"指的是荷叶长得茂盛长得好。

"一一风荷举"到这里才是写出了荷的精神。"一一"是指的这里荷之多，依旧写的是荷的茂盛，夏季正是荷香阵阵的时光。"风荷举"是荷在风中的姿态，一个"举"字便绝后人之续也。"举"字含有力度，即便是在风中，也是健壮的。这健壮又是极其妩媚的，风之浮动，荷之轻舞，而雨后之荷，更见清新、飞动。一个"举"真乃荷之神也。荷之美，本就是超凡脱俗之美，经水而出，沐浴了水的灵气。微风轻拂荷叶，增添了媚态，可这媚

态，也是有着大家闺秀之风范的，她艳而不妖，自有清秀之力。

周邦彦此首《苏幕遮》之精华也就到此结束了，下阕依旧是男女之相思情意了。因为最美丽的地方，已经叫人记住了，其他的都是多余的了。

而王国维为此句所做对比的则是姜夔的《念奴娇》与《惜红衣》。这两首均是写荷之词，并且全词写荷之言颇多，却只是得荷之貌，而无荷之神也，所以王国维说犹有隔雾看花之恨。

再读姜夔的《念奴娇》：

念奴娇
姜夔

闹红一舸，记来时，尝与鸳鸯为侣。三十六陂人未到，水佩风裳无数。翠叶吹凉，玉容销酒，更洒菰蒲雨。嫣然摇动，冷香飞上诗句。

日暮。青盖亭亭，情人不见，争忍凌波去。只恐舞衣寒易落，愁入西风南浦。高柳垂阴，老鱼吹浪，留我花间住。田田多少？几回沙际归路。

船舸过荷红。来时，惊起对对鸳鸯。人还未到，在荷叶中穿行，恰似穿上翠之衣裳。荷风吹来，酒冷则已，荷珠纷落如雨，坠入杯中。荷花嫣然之动，冷香叫人起了诗兴。

下阕："日暮。青盖亭亭，情人不见，争忍凌波去。只恐舞衣寒易落，愁入西风南浦。高柳垂阴，老鱼吹浪，留我花间住。田田多少？几回沙际归路。"主要写日暮，时间已晚。荷叶掩盖了情人归去的身影。这密密麻麻的荷叶也迷茫了我归家的路。

惜红衣
姜夔

簟枕邀凉，琴书换日，睡余无力。细洒冰泉，并刀破甘碧。墙头唤酒，谁问讯、城南诗客。岑寂。高柳晚蝉，说西风消息。

虹梁水陌，鱼浪吹香，红衣半狼藉。维舟试望，故国眇天北。可惜渚边沙外，不共美人游历。问甚时同赋，三十六陂秋色。

上阕："簟枕邀凉，琴书换日，睡余无力。细洒冰泉，并刀破甘碧。墙头唤酒，谁问讯、城南诗客。岑寂。高柳晚蝉，说西风消息。"依旧是借荷叶来写因相思而无心睡眠，等待锦书到来之迫切。

"虹梁水陌，鱼浪吹香，红衣半狼藉。维舟试望，故国眇天北。可惜渚边沙外，不共美人游历。问甚时同赋，三十六陂秋色。"下阕是怀念以前和情人一起游历荷塘之美好情景，好宽心自慰。

在姜夔的荷词里面，所写之句，均是满带着自己的情感。个人的情感是主要的，而荷塘不过是事情发生、情感延续的背景，似嫌个人情感太多，抢了景物的自然风致。

而周邦彦《苏幕遮》里的荷，或许恰是因为周邦彦词里的格调不高，而导致在景物上描写更加惬意轻松，景物也就更加真实自然，更能摄其物之魂也。

037 和韵似原唱

东坡《水龙吟》咏杨花，和韵而似原唱。章质夫词，原唱而似和韵。才之不可强也如是！

一唱一和歌咏杨花，章质夫唱，苏轼和。"唱和"乃是一主角一配角。可是这开始标榜着的一唱一和，到词成之后，读词之感，就觉得苏轼乃是唱，和的是章质夫。

所以王国维说："才知不可强也如是！"就是说一个人要凭借自己的才华作词，不然一比较，高下明辨，这结局就丢人了。

谁叫自己在唱词的时候，遇到了一个比自己强的对手呢。

苏轼的词在艺术上远远高过章质夫的词。

光说理论总是干瘪的，我们还是先将两首词品读一番。

先看章质夫的《水龙吟·杨花》：

水龙吟·杨花
章质夫

燕忙莺懒芳残，正堤上柳花飘坠。轻飞乱舞，点画菁林，全无才思。闲趁游丝，静临深院，日长门闭。傍珠帘散漫，垂垂欲下，依前被风扶起。

兰帐玉人睡觉，怪春衣雪沾琼缀。绣床渐满，香球无数，才圆却碎。时见蜂儿，仰粘轻粉，鱼吞池水。望章台路杳，金鞍游荡，有盈盈泪。

上阕："燕忙莺懒芳残，正堤上柳花飘坠。轻飞乱舞，点画菁林，全无才思。闲趁游丝，静临深院，日长门闭。傍珠帘散漫，垂垂欲下，依前风扶起。"

燕儿忙碌，黄莺慵懒，芳菲残。堤上，一片杨花飘坠。轻飞扬，乱飘舞，好似尽兴不思般地在青林之中作画。这等闲情起游丝，静临幽深之院，等待的白日总是过长，门紧闭。只是这傍晚的门帘随风而起，风似乎感受到了等待的凄苦，当门帘垂垂欲下，风将扶起。上阕写景悠长，晃悠悠地拉出了愁情与苦思，有了这情景的酝酿，才有了这漫长等待之人。

下阕："兰帐玉人睡觉，怪春衣雪沾琼缀。绣床渐满，香球无数，才圆却碎。时见蜂儿，仰粘轻粉，鱼吞池水。望章台路杳，金鞍游荡，有盈盈泪。"

天色已晚，盖住这望眼欲穿的等待。兰帐之玉人辗转难眠，这春衣，这绸缎，真是叫人身寒得惊醒睡意。这满床之馨香，这满枕之绣物，这才圆却碎的香球。那时见蜂儿缠绵于花，鱼儿吞吐于水。再望章台之路，总是送别之景，马儿游荡，纵不归还。

下阕写的是等待之人，尽管已是晚上，却是因相思难眠。自己孤独凄冷，却怪起了这春天的衣服锦被之单薄，无法给人以温暖。于是想到白天所见蜂儿与花、鱼儿与水之恩爱场景，自己却是望断章台之路，只见离愁别恨，不见故人，盈盈粉泪寄相思。

章质夫的词，读到上阕写杨花之时，觉得在抓杨花随风飘洒之优美飘逸，写得非常传神。然而在读到后面表现人之思情的时候，便觉得力道不够了。后面的情感是平的，和前面的景物一样，只是供其观赏，好似杨花般飘扬，无法落到实处，无撼人心之句。写景有余，而抒情不足。

读苏轼的《水龙吟》对比：

水龙吟
苏轼

似花还似非花，也无人惜从教坠。抛家傍路，思量却是，无情有思。萦损柔肠，困酣娇眼，欲开还闭。梦随风万里，寻郎去处，又还被莺呼起。

不恨此花飞尽，恨西园落红难缀。晓来雨过，遗踪何在，一池萍碎。春色三分，二分尘土，一分流水。细看来，不是杨花，点点是离人泪。

上阕一开始就写杨花之姿。是花，却又不是花，细吟此句"似花还似非花"，无需细细体会句意，只是开头这肯定又否定之情态，就有了莫名之惆怅在里面。真乃景入而情至。

下一句："也无人惜从教坠。"如若是花，却也没有人去珍惜，只是仅凭着它孤零飘落了。

落在路边，随处依傍，本是无情之举，却又是费人思量。一句："抛家傍路，思量却是，无情有思。"将杨花之飘落写得缠缠绵绵，孤独中自伤自怜之态，叫人读之不忍，我见犹怜。

前面写风中之杨花，实为后面写妇人之迷眼。"萦损柔肠，困酣娇眼，欲开还闭。"那么柔肠俱损的妇人，脸在微风之吹拂下，杨花无意之依傍下，惊醒了她的睡眠，娇眼微张，想睁开，却好似还沉浸在梦中不愿意醒来呢。

后面一句就说明了妇人不愿意醒来的原因，"梦随风万里，寻郎去处，又还被莺呼起"。因为自己在梦中已经随着风追万里，去追寻心上人的去处，眼看就要找到了，却被这一阵阵的黄莺的鸣叫声生拉硬扯回来，一场团圆梦成空。

下阕："不恨此花飞尽，恨西园落红难缀。晓来雨过，遗踪何在，一池萍碎。春色三分，二分尘土，一分流水。细看来，不是杨花，点点是离人泪。"

眼看一场相思梦圆，可惜了。不怨恨无尽飞舞之杨花，只恨西园里却无落红。明明今晓雨过，却毫无落英缤纷。看这一池的翠萍碎。这三分春色，二分是尘土，一分是流水。再细细一看，这不是杨花飞舞，而是离人不忍分别的眼泪。

下阕虽写女子表面上不说怨恨，却是时时在怨恨。心中相思难熬，眼中春色尽消。这一片片飞舞之杨花，都被这伤心之人看成是离人的眼泪。真是眼中之景，皆是心中之恨，相思摧心肝。

情景交融，情融于景，景消于情，具有生气淋漓，畅达之美。

所以章质夫之词，虽说写得精细，却好似织布绣花般死板僵硬，而苏轼之词，行云流水，情感细腻自然，景从情中来，情在景中显，自然更胜一筹。

038 无一语道著

咏物之词，自以东坡《水龙吟》为最工，邦卿《双双燕》次之。白石《暗香》《疏影》，格调虽高，然无一语道著，视古人"江边一树垂垂发"等句何如耶？

上一节中，王国维就肯定了苏轼的《水龙吟》。在这一节，苏轼又受到了王国维的表扬。

在此节里，王国维说，在咏物词中，苏轼的《水龙吟》是最厉害的，史达祖的《双双燕》相比起来就差了一点点。而姜夔的《暗香》《疏影》，虽说写得格调很高，但是却没有写出梅花的内涵。所以，王国维批评姜夔虽然文字写得好，但是全写飞了，没有写出梅花的感觉。这也难怪，王国维一向主张诗词要不隔的，要求词形象鲜明自然，那些遮遮掩掩的词，自然不能入他法眼了。

在此节里，王国维最后提到了让他颇为满意的一句诗，里面的迂回，好似在词里面失望了好久，终于在诗里扒拉出来，于是心满意足地说，姜夔，你学习学习杜甫同学所写的"江边一树垂垂发"吧。

先看看史达祖的《双双燕》（咏燕）：

双双燕（咏燕）

史达祖

过春社了，度帘幕中间，去年尘冷。差池欲往，试入旧巢相并。还相雕梁藻井，又软语商量不定。飘然快拂花梢，翠尾分开红影。

芳径，芹泥雨润。爱贴地争飞，竞夸轻俊。红楼归晚，看足柳昏花暝。应自栖香正稳，便忘了、天涯芳信。愁损翠黛双娥，日日画阑独凭。

上阕："过春社了，度帘幕中间，去年尘冷。差池欲往，试入旧巢相并。还相雕梁藻井，又软语商量不定。飘然快拂花梢，翠尾分开红影。"

春社之节已过，春暖花开，正是燕子回来之时。燕子来回穿梭于帘幕之间。去年那寒冬的灰尘，还贴在屋檐之上。燕子好像就想到这旧巢里居住，却又飞到雕梁和藻井。到底是住以前的家呢，还是选择新居呢，两只燕子吴侬软语般亲热地商量不定。一会它们又拂过花梢轻快地飞去了，燕尾一剪便分开了花影。

上阕写燕子，实质是在写人，燕子双双寻觅住处的情景，描写得俏丽机智，活泼生气。写燕子双双而栖，实是人眼中之恩爱。

下阕："芳径，芹泥雨润。爱贴地争飞，竞夸轻俊。红楼归晚，看足柳昏花暝。应自栖香正稳，便忘了、天涯芳信。愁损翠黛双娥，日日画阑独凭。"

一路芳香，春雨滋润泥土湿润。燕子贴着地，追逐着春色，显示自己轻巧俊秀的身姿。晚归红楼，这燕子看足了柳暗花明，双双依偎巢中，酣香入睡。它们呀，只顾自己畅享春色，却是忘记了天涯游子带给佳人的相思意呀。这佳人得不到讯息，每天愁眉不展，独自凭眺栏杆。

下阕写燕子甜蜜美满，实质是想反衬妇人相思之苦，或许也是看到燕子的甜蜜才觉得内心有所安慰，希望自己和情人也能像燕子般恩爱快活，安慰之余，却又勾起心伤。更何况，燕子都知道在春天归来，而自己所想之人不知何处。

此词文字朴实，却是一文一字皆是燕子之神。并且以燕子为喻，寄予了人的美好情感。实乃佳作。

再看不太受王国维中意的姜夔的两首词：

暗香
姜夔

辛亥之冬，予载雪诣石湖。止既月，授简索句，且征新声，作此两曲。石湖把玩不已，使工妓肄习之，音节谐婉，乃名之曰暗香、疏影。

旧时月色，算几番照我，梅边吹笛？唤起玉人，不管清寒与攀摘。何逊而今渐老，都忘却、春风词笔。但怪得、竹外疏花，香冷入瑶席。

江国，正寂寂，叹寄与路遥，夜雪初积。翠尊易泣，红萼无言耿相忆。长记曾携手处，千树压、西湖寒碧。又片片吹尽也，几时见得？

开头便是看到月色，回忆往昔。这月色，也算是旧相识了，曾经多次地照在我的身上，我在梅树下幽幽吹笛。这回忆一开始，就有了失意之感。月光下，梅树边，吹笛排遣愁情。唤起身边的玉人，不顾冬日清寒一起去攀摘梅花。我已经像何逊那般老了。那么年少的无边才华，都已经渐渐忘却。而今天，这竹外梅花暗香，袭入瑶席，似在安慰我心。

下阕："江国，正寂寂，叹寄与路遥，夜雪初积。翠尊易泣，红萼无言耿相忆。长记曾携手处，千树压、西湖寒碧。又片片吹尽也，几时见得？"

江水一片寂寞，枝梅难寄相思意，这苍茫之路，又被夜雪埋没。路已苍茫，再添雪霜，更难寻你踪迹。翠杯满酒，红梅相对泪无言。记得我们曾经携手游历之处，已是红梅压千树，西湖若碧玉寒彻。风起吹落这片片梅花，不知几时再见梅之妖娆，不知几时能见相思人之若梅脸庞。

其实，读完这首词，再对比苏轼的景融情显的《水龙吟》，姜夔的《暗香》所咏的梅花，情太盛，似乎仅仅就是情感开放于枝头，对梅无生动精致之描写，沉迷于个人的低落情感之中，整首词像杯没有化开的白糖水，梅之暗香，在字里行间始终没有出现。

第二首《疏影》也是如此。

疏影
姜夔

苔枝缀玉，有翠禽小小，枝上同宿。客里相逢，篱角黄昏，无言自倚修竹。昭君不惯胡沙远，但暗忆、江南江北。想佩环、月夜归来，化作此花幽独。

犹记深宫旧事，那人正睡里，飞近蛾绿。莫似春风，不管盈盈，早与安排金屋。还教一片随波去，又却怨玉龙哀曲。等恁时、重觅幽香，已入小窗横幅。

上阕轻描淡写，好像这样才能给人疏影的感觉。长满青苔的梅树枝上，好似翠上缀玉。那小小的青鸟而立，梅树枝上双宿。记得那日黄昏与君相逢无言，独自倚靠修竹。昭君不习惯胡沙之远，暗自相思江南之春。佩环叮当，月夜归来，恰似一阵花之幽香。

下阕写深宫之中的寿阳公主春梦中，一片梅花落眉际，妆点公主无限风姿。莫似春风无情，毫不怜惜梅花之艳丽，依旧雨打风吹随波去，玉龙响哀曲。等到那个时候，再去寻找梅花之香，恐已入小窗横幅。

其实《暗香》《疏影》都是惊梅之美，可是在姜夔所写之梅中，只有无限愁情，却无梅之风姿。

尽管他一再地描写梅之姿乃疏影，梅之味乃暗香，但是文字中尽是自己之失意迷茫，对梅的美没有写到，这是叫人读词生隔之意。

也就是说姜夔所写之梅，并没有写到梅的神。

和裴迪登蜀州东亭送客逢早梅相忆见寄

杜甫

东阁观梅动诗兴，还如何逊在扬州。此时对雪遥相忆，送客逢春可自由。

幸不折来伤岁暮，若为看去乱乡愁。江边一树垂垂发，朝夕催人自白头。

而此节末尾之句，杜甫的"江边一树垂垂发，朝夕催人自白头"虽无李白的"白发三千丈，缘愁似个长"般豪放，但此时一读便觉得神采飞扬。江边之树，本就是有随风随水之萧索，垂垂发，那长长的树枝好似人的长发，树像人一样披头散发，可见树边之人心之落魄。落魄之人见此落魄之境，叫人顿生华发，其愁何堪。

⑳⑨ 如雾里看花

白石写景之作，如"二十四桥仍在，波心荡、冷月无声""数峰清苦，商略黄昏雨""高树晚蝉，说西风消息"，虽格韵高绝，然如雾里看花，终隔一层。梅溪、梦窗诸家写景之病，皆在一"隔"字。北宋风流，渡江遂绝。抑真有运会存乎其间耶？

读词似恋爱。

有些词读起来融融怡怡、情意绵绵、两厢怜惜，很快就进入佳境、情投意合。

有些词读起来遮遮掩掩，好似有层薄薄的窗户纸，将两人的情感，一窗之隔，有意却难诉，只落得个两厢徘徊，意兴阑珊。

王国维对姜夔的词，总是颇有微词的。

王国维先是赞姜夔的词格韵高绝。

其实读词犹如品人。

姜夔的词读来，似有清风游走文字之中，徐徐而来，渐觉渐寒之冷意。

姜夔的词比起宋词中的莺莺燕燕之艳丽风，自然是更显格调的。

姜夔或许是一个慢性子的人，连忧伤都似乎是优雅的，永远踩着不慌不乱的步子，尽管内心有些哀怨，脸上却总是能平静微笑，这微笑若风过池塘，表面浅淡，里面蕴藏着波涛汹涌。

更或许，慢性子的人，似乎都是城府极深之辈，不喜形于色，连喜怒哀乐都似乎比别人的反应要迟钝些。

然而，词毕竟不能和人的性格相比，一个人的性格好坏，和艺术无关。一个人的性格不好，便可以置之不理。而词，以文字吸引人的心灵，若是云里雾里，其美不现，那么读词之人，也就渐渐地失去了对它的兴趣。

古来喜欢姜夔之人，恐怕喜欢的都是他词里的那一份若水般清朗、雅致的忧郁。

这似乎不是姜夔词的风格，更像是姜夔为人的性格。读他之词，想象其人之貌，恐怕乃是文质彬彬之书生，含蓄内敛略有清高，眉宇之间墨香四溢，这墨香并非就是指他的才华，而是一个读书人的浓浓书卷味。

这文字，便是他的气质。

一蹴而就的是文字，而他的真实意图，似总不好意思表白，藏在文字的下面，迂回婉转于五脏六腑之间，宁愿暗伤，都不能释放出来。

先品姜夔《扬州慢》：

扬州慢
姜夔

淮左名都，竹西佳处，解鞍少驻初程。过春风十里，尽荠麦青青。自胡马窥江去后，废池乔木，犹厌言兵。渐黄昏清角吹寒，都在空城。

杜郎俊赏，算而今、重到须惊。纵豆蔻词工，青楼梦好，难赋深情。二十四桥仍在，波心荡、冷月无声。念桥边红药，年年知为谁生？

解鞍下马稍停留，只为竹西亭好住处，那淮河东边的繁华之地——扬州。昔日十里春风扬州路，今日荠菜麦子草青青。只怪金兵进犯长江，荒废池院，砍伐乔木，至今都还讨厌说起旧日用兵。天色已晚，黄昏已到。画角吹起，凄凄清寒，这被抢劫一空了的扬州城。

若是有着杜牧的才华，在现在，也会吃惊扬州此时的贫瘠。即便是豆蔻精词，青楼好梦，也难以表达出美丽的情怀。昔日二十四桥仍在，江波浩荡，冷月无声。看这桥边一年又一年的红芍药，年年盛放，它又是为了谁而怒放呢？

这首词主要运用了今昔对比以及用典和拟人的手法。波心荡、冷月无声。上下结合，俯拾相看，一片凄凉。即使如此凄凉，词也没有激烈情感的爆发，最后只是淡淡地问："念桥边红药，年年知为谁生。"这句词爆发的情感还是不如那句"年年岁岁花相似，岁岁年年人不同"来得真切和猛烈。

点绛唇

姜夔

燕雁无心，太湖西畔随云去。数峰清苦，商略黄昏雨。

第四桥边，拟共天随住。今何许？凭阑怀古，残柳参差舞。

北燕悠闲，随云散在太湖西畔。清苦之数峰，商量着黄昏之雨。那家住在第四桥边的贤士，我希望能和他同往。我已临其地，而今贤士安在？只能凭栏怀古，看着残柳随风起舞。

读此词，文里字里，似有了仙风道骨，还怀着悲天悯人的凄苦心境。

读此词，眼中出现的画面，仿佛有一只闲云野鹤飞过，自由之思想，无边之开阔，清风拂面般之忧愁。

这样的画面，是对词的整体感觉，并且觉得这样的感觉不是从字里行间出来的，读完之后就有这样的妙意。

读他的词，觉得好像有些感觉被他写到了，但是一思索，便又觉得很渺茫。

这样的感受似乎还是和词的气质有关。

词的气质，更多的是词人的风格。

我总觉得姜夔之词，取其中一句单打独斗，是很难胜出的，因为闲散之自然，便是他的风格。他的词，往往靠的是文字随着自己的情绪心性信走而成的魅力，他并不在词句的精雕细琢中下工夫。犹如一个天才的钢琴家，他有着别人没有的天赋，天生就会，上天就单单为他塑造了这样一种气质。这气质造就了他写词的能力，他天生就会为词拼凑文字。

品完这两首词，加上前一则的《暗香》《疏影》，觉得姜夔这个人不仅是个慢性子的人，还是一个作词在手法上比较懒的人。似乎懒得再寻找另外的修辞手法，他的词里面颇多地运用了拟人手法。"二十四桥仍在，波心荡、冷月无声。"将"桥""冷月"都当作了人来写。"数峰清苦，商略黄昏雨"也是将山峰当作人来写。姜夔在写景的时候，似乎比他人更直接，他就将他所见之景比作他的情感，他是什么情感，如果景物有心情的话，这景物也是这心情了。

其他词人在写景的时候，总是更加注意渲染衬托，借景抒情，融情于景，表达得温存贴切，情景互为一体。

姜夔在他的词里，好像少了一个融的过程，就是文人往往是触景生情，他在作词的时候，好像把这个欣赏风景，排遣愁情的环节省去了。更多的时候，他专注的是他的内心世界，徘徊于自己的内心世界难以走出，所以他笔下的景物，他写得很直接，直接之外，还很大众，比如梅花的特色，香，他就直接说是香，比如说此时他心情寂寥，他就说冷月无声，好似景只是一种客观存在，他的情绪才是景的外在。

尽管这个人在词中显现出的是以个人内心为主，很多人可能要以为姜夔是个情绪化的人了。可是他并不这样，我们前面说过了，也可以从词里读出来，这个人似乎是有一种高雅的怠慢，或许叫从容的忧愁。

不注重外在景物的特征，也就是一个词人缺乏对景物、对一草一木、春花秋月的敏感程度，那么尽管词里透着那么一股贵族气，但终究是难掩其拙的。

姜夔在借词表达自己，自我的感受对外在景物拿捏不准，情与景又不能很好地融合，总觉得读起来，好像一个怕人诟病却又急于求医的病人般，交流起来，遮遮掩掩，不够敞亮似的扭捏。正所谓："皮之不存，毛将焉附。"传情尚且不畅，写景必是不能传神了。

情不正，则景不真。

或许，王国维开篇的境界之说，强调作者要有真切之感受也是这个原因。

⑩ "隔"与"不隔"

问"隔"与"不隔"之别,曰:陶、谢之诗不隔,延年则稍隔已。东坡之诗不隔,山谷则稍隔矣。"池塘生春草""空梁落燕泥"等二句,妙处唯在不隔,词亦如是。即以一人一词论,如欧阳公《少年游》咏春草上半阕云:"阑干十二独凭春,晴碧远连云。二月三月,千里万里,行色苦愁人",语语都在眼前,便是不隔;至云:"谢家池上,江淹浦畔",则隔矣。白石《翠楼吟》:"此地,宜有词仙,拥素云黄鹤,与君游戏。玉梯凝望久,叹芳草、萋萋千里",便是不隔;至"酒祓清愁,花消英气",则隔矣。然南宋词虽不隔处,比之前人,自有浅深厚薄之别。

"隔"与"不隔",似乎更多的是叫人"懂"与"不懂"。

隔不隔,懂不懂。

"懂"字若更文艺一点,还可以将此字换做"明了""透彻"。

读一首词,手握书卷,心与魂却已被这些文字完全勾去,只是随着这文字的牵引,寻它去了。这便是词最美的地方了,或者又说得文艺点,这便是文字最大的魅力。

那么要达到这样一个效果,就要看编织文字的人能力几何了。

王国维此节评价了很多词人,对比了很多词人。统统将他们分成了两类,觉得他写得好的,分到"不隔"一类,写得叫自己不是很中意的,分到"隔"一类。

"隔"不是朦胧,朦胧是一种美丽的意境。

"隔"不是含蓄,含蓄是一种内在的谦虚。

"不隔"也不是毫无修饰的赤裸裸,毫无修饰,全身赤裸那是拙。

"不隔"也不是一眼望穿,表面纯洁如水,能一眼望穿的,或许藏着更多的险恶。

王国维在《人间词话》中,总是强调着词要"不隔",那些"隔"了的,也总是叫王国维耿耿于怀地计较着,经常一节接一节地被点名批评。

那么,什么才是"不隔"呢?

王国维说,陶渊明、谢灵运的诗是不隔,颜延之的诗是隔。

苏轼的诗词是不隔的,黄庭坚的诗词读起来有隔的感觉。

登池上楼
谢灵运

潜虬媚幽姿,飞鸿响远音。薄霄愧云浮,栖川怍渊沈。进德智所拙,退耕力不任。徇禄反穷海,卧痾对空林。衾枕昧节候,褰开暂窥临。倾耳聆波澜,举目眺岖嵚。初景革绪风,新阳改故阴。池塘生春草,园柳变鸣禽。祁祁伤豳歌,萋萋感楚吟。索居易永久,离群难处心,持操岂独古,无闷征在今。

昔昔盐
薛道衡

垂柳覆金堤,蘼芜叶复齐。水溢芙蓉沼,花飞桃李蹊。
采桑秦氏女,织锦窦家妻。关山别荡子,风月守空闺。
恒敛千金笑,长垂双玉啼。盘龙随镜隐,彩凤逐帷低。
飞魂同夜鹊,倦寝忆晨鸡。暗牖悬蛛网,空梁落燕泥。
前年过代北,今岁往辽西。一去无消息,那能惜马蹄?

"池塘生春草","空梁落燕泥"这两句,妙就妙在不隔。春草生于池塘,这本是一句极其自然的话,一种自然却欣喜于春天之来变化的情感扣于句中,天衣无缝。"空梁落燕泥",梁上空空,空到一个何等程度,燕子窝里的泥都落了下来。"落燕泥",连燕子都已经很久很久没有回过窝了,窝里的泥已经干裂,开始从空空之梁上脱落，从眼前之境，读者马上就可以知道这里已经很久无人居住，是荒芜颓废之地。

王国维"不隔"的标准，指的是通过景物描写生动地传达写词之人的情意。

王国维举例子到这里，似乎还未尽兴，拿出欧阳修的一首词，与姜夔的一首词，分别证明词的隔与不隔。

先看欧阳修的《少年游》：

少年游

欧阳修

阑干十二独凭春，晴碧远连云。千里万里，二月三月，行色苦愁人。

谢家池上，江淹浦畔，吟魄与离魂。那堪疏雨滴黄昏。更特地，忆王孙。

这几句是全词中被王国维看重之语，全是不隔之语。"阑干十二独凭春，晴碧远连云。"开头之景，暗含了观景之人。凭遍了这十二栏杆，却是自己一个人孤单眺望春色。"晴碧远连云"这句恰是观景之人看到的景物。晴朗碧空，白云遍连。这样的天气正是行人出行的好时候。所以读了后面的句子，前面写这晴空，是含着怨恨的。若是下雨了，便不是离别日了。登高之人，并非是为了和天空白云挨得更近，欣赏

大自然，而是为了把这千里万里的路望得更远，希望能够望见一个自己期盼的归来之人。可望见这千里万里的路上，都是面带愁容的赶路之人，依旧是离别场景一幕幕重演。

上阕中表达的情感自然真切，一气呵成，为不隔。

下阕："谢家池上，江淹浦畔，吟魄与离魂。那堪疏雨滴黄昏，更特地、忆王孙。"到这里，王国维就觉得隔了。因为欧阳修运用了典故。

"谢家池上"是对谢灵运"池塘生春草"这一典故的运用。

"江淹浦畔"是江淹《别赋》"春草碧色，春水绿波，送君南浦，伤如之何"中的句子。

欧阳修在这里运用这两个人的句子，是用典的手法。用这两人的诗句来代写春草。

但是我觉得在欧阳修的用典之中，并没有运用明显的典故，借他人之情表自己之意，终究是转了一个弯，不如上阕直接表达自己更真诚，读起来有不自然、不和谐之感。

这便是王国维所说的"隔"。

再看又一次被王国维点了名的姜夔，这次王国维表扬了姜夔《翠楼吟》的下阕中的某些部分，我们一起来看：

翠楼吟
姜夔

月冷龙沙，尘清虎落，今年汉酺初赐。新翻胡部曲，听毡幕元戎歌吹。层楼高峙。看槛曲萦红，檐牙飞翠。人姝丽，粉香吹下，夜寒风细。

此地。宜有词仙，拥素云黄鹤，与君游戏。玉梯凝望久，叹芳草、萋萋千里。天涯情味。仗酒祓清愁，花消英气。西山外，晚来还卷，一帘秋霁。

下阕前面部分"此地。宜有词仙，拥素云黄鹤，与君游戏。玉梯凝望久，叹芳草、萋萋千里"都是不隔之句，到了"叹芳草、萋萋千里"与"仗酒祓清愁，花消英气"就隔了。

前面写此处有词仙悠闲地拥着青云黄鹤，这般的生活状态必定是作者所向往的，所向往的正是现实生活得不到的。于是站在这个地方，凝望伫久，无法排遣忧思，只望见这无边际的萋萋芳草。此时写下这些句子的姜夔，似乎感觉到他的内心萌动起来，这些景物带着他的生命活了起来。

而后面紧接的一句"伫酒祓清愁，花消英气"，这句是紧接着"叹芳草、萋萋千里"的愁情而来。虽说酒祓清愁，可是毕竟前面就已生愁情了，怎生的后面愁情以莫名之酒来祓？后面之愁对前面之愁，毫无增强加厚之意，只生突兀之感。"花消英气"也不能对这样的愁情有着更深的衬托作用。

因为到这个时候，情绪不能肆意流淌，生出有隔之感。

所以，正是比较了众词人的"隔"与"不隔"，王国维在此节说南宋词浅薄，北宋词深厚。

文到这里，该如何理解王国维所说的"不隔"呢？

在我看来，不管词人用何种手法，用典、拟人等等，这些都不会是"隔"的罪过。诗词之中，锤炼文字和运用方法是词人成文的工具，关键是词人的功底。不管他用什么方法，他只要将文字编织在一起，这经过他编织之后的文字，能够将情感最真实、自然、真诚地呈现在读者面前，叫读者读后如临其境，感同身受，便是"不隔"。

⓸⁴¹ 年命如朝露

"生年不满百，常怀千岁忧。昼短苦夜长，何不秉烛游""服食求神仙，多为药所误。不如饮美酒，被服纨与素"，写情如此，方为不隔。"采菊东篱下，悠然见南山。山气日夕佳，飞鸟相与还""天似穹庐，笼盖四野。天苍苍，野茫茫，风吹草低见牛羊"，写景如此，方为不隔。

不隔，乃是亲切自然，犹如和一个知心知底的人娓娓交谈，窗前茶香袅袅，窗外行云流水。

不隔，乃是直抒胸臆的脱口而出，直陈风物的潇洒率真，毫无矫揉造作、东施效颦之粗糙。

不隔，乃是至情至性，写人性之清新，咏情怀之真诚，沁人心脾。

在此节，王国维为我们找了不隔的写情写景的示范诗词。

写情第一首乃是《古诗十九首》第十五：

古诗十九首·第十五

生年不满百，常怀千岁忧。昼短苦夜长，何不秉烛游？为乐当及时，何能待来兹。愚者爱惜费，但为后世嗤。仙人王子乔，难可与等期。

这首诗的意思是提倡享乐主义，在人生中要狂放一些，乐天一些。

诗在开头就讽刺那些"惜费"之人的蠢笨。

关于"惜费"在《诗经·唐风·山有枢》一诗中有所讽刺："子有衣裳，弗曳弗娄（穿裹着）；子有车马，弗驰弗驱。宛其死矣，他人是愉。"讽刺的是那些只知道收敛钱财，不知道享受生活，或许，收敛钱财便是他们生活中最快乐的享受。

"生年不满百，常怀千岁忧。"一个人活的时间不过百岁，但是担心的却是千岁的事情。那些在世间为自己收敛钱财还嫌不够，还要为子孙后代收敛钱财的人们，其实百年之后，你哪里知道你的子孙过得如何呢？再说了，给子孙大量的钱财就一定是好的吗？人生中的诸多快乐、诸多兴趣，若只是为钱迷了心窍，少了轻松自在，就无从怡然自得。

开头两句就强调一个人应该放掉人生中名利的包袱，要享受心灵之纯粹的快乐。

"昼短苦夜长，何不秉烛游？"前文中要享受快乐的主张已经提出，在这一句里，更突出人生要纵情欢乐，要享受欢乐。每一天，每一夜都不要放过。白天时间太短，何不夜晚也拿去享受快乐呢，夜晚总是睡去，相当于另一种死亡不是很可惜吗？何不拿着蜡烛，锦衣夜行及时行乐？

"为乐当及时，何能待来兹。"纵情享受快乐应该趁着当时，哪里能够等待？等待过久，快乐心境终会被时间消磨。

"愚者爱惜费，但为后世嗤。仙人王子乔，难可与等期。"蠢笨之人才被金钱所困，常为后世之人嗤之以鼻。追求长生不老，明知是不可能，你能够把握住的只是当下的时光。如果让你现在的时光变得有价值，那便是快乐。

古诗十九首·第十三

驱车上东门，遥望郭北墓。白杨何萧萧，松柏夹广路。下有陈死人，
杳杳即长暮。潜寐黄泉下，千载永不寤。浩浩阴阳移，年命如朝露。人生
忽如寄，寿无金石固。万岁更相送，圣贤莫能度。服食求神仙，多为药所
误。不如饮美酒，被服纨与素。

驱车山东门，回首遥望城北墓地成群。潇潇白杨，傍路松柏。人死犹如终不会醒的彻底沉睡。阴阳移转，人命如早上的露水，人生如寄宿旅店，不像金石般坚牢。万岁易度，圣贤只有精神不死。那些惧怕死亡、服食仙药的人，只能更早结束自己的生命。与其执迷不悟，还不如喝点好酒、穿些好衣服，享受眼前快乐。

其实，两首诗的意思，还是在强调以率真之心享受快乐的生活，这和王国维主张的"不隔"、自然地生活、自然地写作是一个原则。

写景之诗，王国维喜欢的是陶渊明："采菊东篱下，悠然见南山。山气日夕佳，飞鸟相与还。"

读罢这几句，会有舒展之意。写诗如说话，极尽自然，自然却又是自己质朴的情怀，轻快怡然。

写景之二，王国维举的例子是《敕勒歌》。

敕勒歌

北朝斛律金乐府

敕勒川，阴川下。天似穹庐，笼盖四野。天苍苍，野茫茫，风吹草低见牛羊。

读来，境界开阔，读之，便觉得一切是之。"天苍苍，野茫茫，风吹草低见牛羊。"草原就是这样的，雄浑浪漫。

042 虽高意境弱

古今词人格调之高，无如白石。惜不于意境上用力，故觉无言外之味，弦外之响，终不能与于第一流之作者也。

王国维一直对姜夔是有遗憾的，所以他对姜夔的感情，好像面对一个有天赋却不争气的学生一样，总是时时留恋牵挂。他遗憾的是这个人的词格调虽高，却无意境。也就是说，他的词空有其壳，尽管外表长得好看，却内涵不足，终难成为一流的作品。

文字是窥见一个人心灵的窗口。

读姜夔的词，剥去他的清空，剥去他的灵巧，总觉得他的词后面，是一颗很难直面众人的心。他的心似乎总是压抑着，压抑的是他内心所有的可以值得倾诉的一切情感。

从他的词里面，似乎那些惊心动魄的情感，他从不愿意在词里表达出来，像害怕伤害到自己自尊一样地藏着掖着。

这清高空灵的外表下面是极其敏感而脆弱的灵魂。

不愿意以自己的真面目示人，也不愿意在人前流露自己最真实的喜怒哀乐。如把自己表达得过于直白，就好像是揭了自己的底。姜夔，是一个十分害怕面对自己最真实境遇的人。

也许宋朝里没有比姜夔更无作为的词人。

文人以修身齐家治国平天下为己任，为仕为官，方显男儿作为。

姜夔一生也积极考取功名，但是每次考都是名落孙山。打击是一把沉重的榔头，在它的敲击下，姜夔的信心全都消失了，对于做官，出于自尊，他便彻底地放弃了。

做官无望，文人一生再难施展才能。

放弃了这一样，但是手中还可以握着另外的寄托。

哪怕像"奉旨填词"的柳永，厚着脸皮打着皇帝的旗号，流连于歌妓酒院，即便一生穷困潦倒，也总算是尽显风流。

姜夔是放不开。他从来就放不开自己，蚕茧般包裹着内心，流露在脸上的总是一丝苦楚的清笑。

姜夔是书香门第出身，这是他身上总有贵族气质的原因。而他少年丧父，生活上终身困顿，甚至有时候到了食宿有上顿便无下顿的境况。在他的放不开里，或许还有着骨子里因为贫寒而深深的自卑。

少年丧父，是自卑的开端，若是在仕途上顺利的话，也许还能开拓他的心境若莲花绽开，可是命运于他，是太不公平了。

面对坎坷，他是不能呼号的。他若呼号，便是丧家之犬，会连书香门第最后的一点尊严都消失殆尽。

他习惯了隐忍，顺应于命运的流变。他始终只是满不在乎的表情，以清心寡欲的态度去面对。

这样或许能够保护着仅存的尊严。

轻描淡写始终难掩心头落魄，却也能以清高之品格、清冷之心肠来抵挡。

在他的词里，几乎没有提及自己的情感。他不若苏轼般情深意浓，亡妻十年，还要："十年生死两茫茫，不思量，自难忘。"

他的妻子，从来没有出现在他的词中，想必他的婚姻生活也是不如意，难有文人应得的红颜夜伴书灯旁的浪漫生活。

"酒祓清愁，花消英气。"或许更多的是姜夔的一个生活状态，抑郁往回，始终都不能解脱，艰难不如意，已经是他的宿命。

这样的生活状态，已是难有所求，更何况，老天爷从未给予过他些许美好。

于是，三十多岁时，诗人萧德藻将自己的侄女嫁给了他。

不知道生活上一筹莫展的他，怎会如此轻易地答应了这门亲事，难不成他对这位女子一见钟情吗？那为什么他的词中从来没有妻子存在过的痕迹，也看不出他婚后精神状态的改变？还是仅仅为了感谢朋友的好意呢？不得而知。

读起来轻快的也便是类似于这样的情词：

琵琶仙
姜夔

双桨来时，有人似、旧曲桃根桃叶。歌扇轻约飞花，娥眉正奇绝。春渐远，汀洲自绿，更添了、几声啼鴂。十里扬州，三生杜牧，前事休说。

又还是、宫烛分烟，奈愁里匆匆换时节。都把一襟芳思，与空阶榆荚。千万缕、藏鸦细柳，为玉尊、起舞回雪。想见西出阳关，故人初别。

从词的意境来说，想必那是他少年时期最为幸福的事情了——在合肥偶遇两名善弹琵琶的歌妓，两姐妹陪他漫游湖山，何等惬意，但是也很快在人生之漫漫路途分道扬镳。

似乎他人生最难忘的快乐，便是如此。此后他还写过几十首回忆合肥的情词，比如《鹧鸪天》："肥水东流无尽期，当初不合种相思。梦中未比丹青见，暗里忽惊山鸟啼。春未绿，鬓先丝。人间别久不成悲。谁教岁岁红莲夜，两处沉吟各自知。"根据词的序言，乃是元旦记梦之作，词中还流露出爱已成空，徒为相思之遗憾。

但是他的遗憾便只是遗憾，姜夔的性格注定了他人生有诸多悲剧色彩。

他没有勇气承担爱的责任，连自己都承担不起的人，只活在清高孤赏的模具里，难能嗅爱之幽香。

而据说他的《暗香》和《疏影》也是写给歌妓小红的。小红曾是范成大家里的歌妓，姜夔造访范成大之时，两人情投意合，范成大便将小红送与姜夔。

当时姜夔带着小红回家的时候，还写了一首《过垂虹》以秀恩爱："自琢新词韵最娇，小红低唱我吹箫；曲终过尽松陵路，回首烟波廿四桥。"

但是最终，姜夔一如既往的贫困生活，还是把他重燃的爱情之火摧毁了。他不愿意小红和他受苦，便把她嫁给有钱人。小红哭喊着不愿意的时候，他便跪地求饶说："求你了，让我把你卖掉吧，卖了你，我就有银子买米了。"言及至此，伤人之心恐到了哀莫大于心死了吧，小红无语，只得无奈离去。

人穷总是志短，他的意境总难有辛弃疾、苏轼般豪壮开阔，哪怕是学，也只是学到皮肉，难学到骨。辛弃疾曾写《永遇乐·千古江山》，姜夔特地也和了一首《永遇乐·云隔迷楼》。其中："数骑轻烟，一篙寒汐，千古空来也。"虽句意开阔，但总是文字流于表面，缺乏武将豪壮之胸襟。

一个人外表清高，却难掩骨子里的软弱无奈。所以在词中，他的低吟浅唱，恰似一首为自己生活境况如此窘迫的辩护词，也是一座为掩饰自己自认为的卑下所竖立的牌坊。

043 有性情境界

南宋词人，白石有格而无情，剑南有气而乏韵。其堪与北宋人颉颃者，唯一幼安耳。近人祖南宋而祧北宋，以南宋之词可学，北宋不可学也。学南宋者，不祖白石，则祖梦窗，以白石、梦窗可学，幼安不可学也。学幼安者，率祖其粗犷、滑稽，以其粗犷、滑稽处可学，佳处不可学也。幼安之佳处，在有性情，有境界。即以气象论，亦有"横素波、干青云"之概，宁后世龌龊小生所可拟耶？

王国维对姜夔，总是耿耿于怀的。

看得出来，他是欣赏姜夔词中的格调的，但是总是在很多小节里面流露出一种对姜夔词意境不开阔的遗憾。这遗憾似乎成了他一提到南宋词人便会复发的心病了。

而南宋词人，跟这个南宋王朝一样，天生的便发育不全，不是少了这样，就是少了那样。

陆游作为爱国诗人的代表，王国维对他也是失望的。他有的正是姜夔没有的，而姜夔有的，正是陆游没有的。

姜夔缺乏气概，情感吞吐于胸臆，却难达于词中，他好似一个压抑者，最擅长的事情就是憋着。

而陆游恰是一个憋不住的人，他太直白了，一根肠子通到底，执着坚持，一个理想便能支撑一生的虚无时光。

在世的时候，他最关心的就是国家的统一。《示儿》中临死还牵肠挂肚地说："王师北定中原日，家祭无忘告乃翁。"

这样一个强烈忠贞的爱国情怀，是他做任何事，说任何话，也是写任何词的一个准则。哪怕和唐婉的感情再是凄苦难忘，在自己不可动摇的政治理想面前，感情也不过是短暂的伤害。唐婉因此郁郁而终，而他依旧在有生之年忧国忧民。

一个情感太固执的人，也好像是不适合玩文字的。一颗被人一眼望穿的心，少去了猜哑谜般的情趣，那便没有了文学给人的乐趣。

陆游的词，王国维认为"有气而乏韵"。有男儿气概，有生生之气，有熠熠精神，但是却没有文辞之美。

一片真情直直呈现，毫无婉转回旋之意，没有幽渺深远，甜就甜到腻，咸就咸得再也不能吃下一口。

犹如没有屏障遮挡之公园，一个故事你才看开头便被告知了结尾、球赛才开始看就被告知了胜负，如此的索然无味。

而南宋词人中，真正有性情有境界的，可以和北宋相抗衡的词人，王国维欣赏的唯有辛弃疾。

好一个辛弃疾。

他不仅是南宋的真词人，还是南宋的真丈夫。他曾经快马挥剑，冲入敌营，砍杀叛徒，切割叛徒之头，一切事情都完成在一个晚上，滴水不漏。

如此豪情，词中哪里还会缺乏性情之言。

犹如毛泽东的词，其实并无多大文采，也无深厚文学修养，但是毛词里的霸道气势，就是蒋介石读了博士也追不到的。

此节到这里，王国维又说出了一个观点，就是现代人模仿南宋词很容易，初写词之人总是把南宋词作为祖本，而不愿意学习北宋之词。其实这里的原因就是南宋

的词之美不过是格式文辞之美，这是很好模仿的，而北宋的词之美是气象境界之美，不易学。

王国维提出："学南宋者，不祖白石，则祖梦窗，以白石、梦窗可学，幼安不可学也。学幼安者，率祖其粗犷、滑稽，以其粗犷、滑稽处可学，佳处不可学也。"

王国维所认为容易学的，不过是匠心，也就是辞藻的华丽，用词用句的手法可以学习，但是真正的意境是学不出来的。

所以那些境界不明的作品，是极好模仿的，学它就等于遣词造句，是外在的拼凑。

而有个人鲜明之境界特色的作品，要模仿几乎是不可能的。它在世界上就是唯一的，也是特别的，更是不可东施效颦的。

北宋词属于后者，所以不好学；南宋词属于前者，所以好学。重格调、重工巧，犹如姜夔、吴文英的词，好学；重境界、重性情、犹如辛弃疾的词，不好学。

辛弃疾之胸襟气度不好学，而他又是一个气场极强之人，词中的豪气干云天。硬生生地去模仿辛弃疾的词，就好像要把自己硬生生地装扮成他人，真豪迈和干号是有天壤之别的，即便再像，却无其风流。

因为赝品就是赝品，难比肩真迹之光芒。

【注】

颉颃，不相上下。

陆游，号放翁，南宋诗人，有《剑南诗稿》《放翁词》。

辛弃疾，字幼安，号稼轩，南宋词人。

萧统《陶渊明集》序："横素波而傍流，干青云而直上。"

044 豪词之胸襟

> 东坡之词旷，稼轩之词豪。无二人之胸襟而学其词，犹东施之
> 效捧心也。

唐宋流行之文体，特殊之格式，诗庄词媚，恰似如此。

诗的格式，读起来觉得有充足的阳刚之气。

词的格式，长短之句，紧搭慢连，好似说话有了节奏，便委婉起来，读起来觉得它是柔的、是媚的。

而宋词的格式，我觉得，正是成就苏东坡、辛弃疾之妙处。

格式是柔的，而苏东坡和辛弃疾的字是刚的。

太柔，则阴气深沉，久读之似处雨季，身泛霉味；太刚，则阳气太盛，亮光灼人，久读之似觉身处烈日，缺乏温存。

苏东坡和辛弃疾之词，正是文字和格式的完美结合，刚柔相济。

虽然都属于豪放派，但是两人的感觉又是迥然不同的。

苏东坡是乐天旷达的，有儒家入世之为官的责任，却也有道家出世之被贬的逍遥。

词之于苏轼，还不能完全地读出他的性格。

脍炙人口的《赤壁赋》，便是他内心挣扎而终得解脱的一脉血性之流动。

主客的问答，骈文多采用的手法，就是苏东坡与自我的对话。

客曰之问，也是被贬的苏东坡自己的问题："'月明星稀，乌鹊南飞。'此非曹孟德之诗乎？西望夏口，东望武昌。山川相缪，郁乎苍苍，此非孟德之困于周郎者乎？方其破荆州，下江陵，顺流而东也，舳舻千里，旌旗蔽空，酾酒临江，横槊赋

诗，固一世之雄也，而今安在哉？况吾与子渔樵于江渚之上，侣鱼虾而友麋鹿。驾一叶之扁舟，举匏樽以相属，寄蜉蝣于天地，渺沧海之一粟。哀吾生之须臾，羡长江之无穷。挟飞仙以遨游，抱明月而长终。知不可乎骤得，托遗响于悲风。"功名难立，英雄易老，时光易改，正是所有入世之人的烦恼。

下面的回答甚是精彩，这才是豪迈旷达之东坡。

"逝者如斯，而未尝往也；盈虚者如彼，而卒莫消长也。盖将自其变者而观之，则天地曾不能以一瞬。自其不变者而观之，则物与我皆无尽也，而又何羡乎？且夫天地之间，物各有主。苟非吾之所有，虽一毫而莫取。惟江上之清风，与山间之明月。耳得之而为声，目遇之而成色。取之无禁，用之不竭，是造物者之无尽藏也，而吾与子之所共适。"

这里更多的是在讲庄子的审美哲学。人活着，对于万事万物其实都可以审美。生和死不过是你生命中必须经过的阶段，应平等待之，既是苟念于活，又何惧于死？活，不管是如何境遇，其实在死之前来回忆，它都是属于你的特殊之经历，既是如此，应皆赏之，既皆赏之，也乃美之。

他对儒家的体悟似乎比孔子多了一份逍遥：小隐隐于野、中隐隐于市、大隐隐于朝。

陶渊明归隐于野，看起来更像是不负责任地逃。他的逍遥不是陶渊明归隐田园的闲情雅致和沾沾自喜，他的逍遥就是内心的自由。

无论是做官还是被贬乡野，他的心境都是自然清新的。

他对道家的感觉似乎又比庄子多了一份对社稷苍生的责任。"也无风雨也无晴"的他，每在朝廷要用他的时候，他又是鞠躬尽瘁，死而后已。

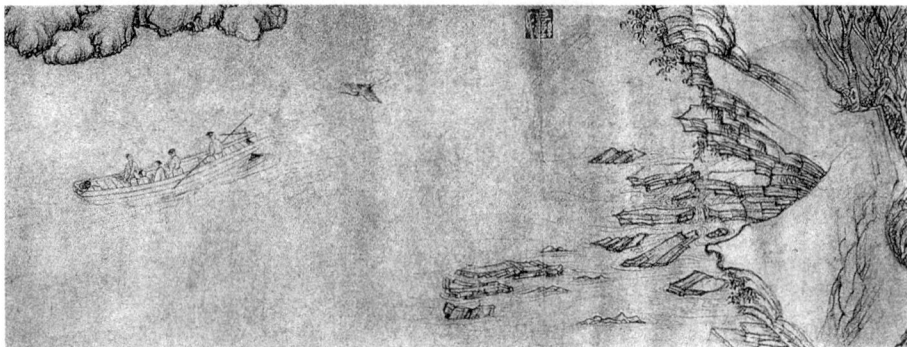

辛弃疾更多的是血气方刚的豪迈、英雄主义的浪漫。军旅生涯为他的词注入了太多因坎坷而生的感叹，一腔忠心耿耿却难尽忠于国的愤怒，以慷慨之悲歌来散尽心中之郁结。

如果说苏东坡的豪迈还带着丝丝娟秀的文气，那么辛弃疾的豪迈便是完全的踏踏实实的英武之气。

难得一个武将，在武艺高超的同时，也能用词来把自己的情感表达得如此真实自然。

如果说苏东坡的词充满了哲人的智慧，那么辛弃疾的词就是一首英雄的壮歌。

写词便是写自己。

性格在一方面自然凌驾于文采之上，却又造就了这不朽之清歌。

所以，王国维要说如若没有苏东坡和辛弃疾这样的胸襟，而去模仿他们，就是东施效颦，只增笑耳。

【注】

东施效颦，典出《庄子·天运》，指盲目从表面形式上模仿。

045 观雅量高致

　　读东坡、稼轩词，须观其雅量高致，有伯夷、柳下惠之风。白石虽似蝉蜕尘埃，然终不免局促辕下。

　　在王国维的眼中，姜夔总是一个对比苏轼和辛弃疾的反面教材。

　　《人间词话·未刊手稿》第四十八则："东坡之旷在神，白石之旷在貌。白石如王衍口不言阿堵物，而暗中为营三窟之计，此其所以可鄙也。"

　　读苏轼和辛弃疾的词，感受到的是高尚的人格魅力。"雅量高致"指的是高风亮节，德性弥满。

　　读苏轼，叫人心中愉悦，看透烦恼，从而超脱，并且积极。

　　读辛弃疾，叫人热血沸腾，情之兴兴，志之勃勃。

　　在《孟子·尽心下》中是这样说的："圣人，百世之师也，伯夷、柳下惠是也。故闻伯夷之风者，顽夫廉，懦夫有立志；闻柳下惠之风者，薄夫敦，鄙夫宽。奋乎百世之上，百世之下闻者莫不兴起也。非圣人而能若是乎？而况于亲炙之者乎？"

　　这段话的意思是，经常和圣人接触，能够感受到圣人的高贵品质，断绝自身的缺点。

　　读二人之词，犹如受着高贵人格的影响。

　　姜夔的词，虽说也有脱俗之感，却无两人的高度，词中少了鲜明的人格魅力，所以总是处处低他们一等。

　　论起词中的格调，王国维曾经说过："古今词人格调之高无如白石，惜不于意境上用力。"

　　"格调"是指在词的写作中，文字运用的高雅脱俗。

"格调"是外在的文采，是可以弥补的。

王国维还说："有境自成高格。"

那可见，格调之高，并非只有靠文辞高雅脱俗一条路。

词只要境界一高，格调自然清新。

王国维《人间词话·未刊手稿》第四十八则："东坡之旷在神，白石之旷在貌。白石如王衍口不言阿堵物，而暗中为营三窟之计，此其所以可鄙也。"

这一未刊手稿中的批评似乎苛刻了些。两个人旷达高雅之格调，苏轼是骨子里的，而姜夔只是流于表面。姜夔之旷，就像西晋的那个空谈老庄而闻名的王衍，嘴上不言钱，而暗地里收藏钱财。

这种只重形式，只做表面功夫的词，叫人鄙视。

指责姜夔之词，只有表面之旷，仅仅在用词炼句上是高雅的。就像现在婚纱馆的化妆师们，将一个个其貌不扬之人，修饰成一种典型的婚纱美女。

表面的高贵并不能掩盖一切粗糙，所以艺术照，它再美，却是不自然的。

看久了，千篇一律的审美疲劳。

在《人间词话·未刊手稿》第四十九则也单独提到了姜夔："纷吾既有此内美兮，又重之以修能。"文字之事，于此二者，不可缺一。然词乃抒情之作，故尤重内美。无内美而但有修能，则白石耳。

"纷吾既有此内美兮，又重之以修能。"此乃《离骚》屈原之句。

"内美"和"修能"是文章的两个方面，"内美"是文辞高雅，"修能"是词的品性。

可惜姜夔之词，似乎过分地重视了词的"内美"，而忽略了词最重要的是以情感取胜，词之真切，词之诚挚，才是真的境界。

所以格调高雅并不等于境界深邃、感情真挚，对比苏辛，姜夔自然终不免局促辕下。

【注】

伯夷、柳下惠，古代高风亮节之典型，语出《孟子·尽心下》。

046 同归于乡愿

苏、辛，词中之狂。白石犹不失为狷。若梦窗、梅溪、玉田、草窗、西麓辈，面目不同，同归于乡愿而已。

王国维对词人的要求似乎比词本身更高。

宛若对工艺品的欣赏，除了手工之外，更欣赏的是他的原材料。

对于王国维来说，他最厌恶"金玉其外败絮其中"。

欣赏不过是一种纯粹的美的享受。

对于词的欣赏，他好像也是这样理解的，所以，在词的鉴赏中，他有一种另类的道德洁癖。

苏、辛之词是狂。

"狂"乃进取，"狂者"乃是积极进取的人。

苏、辛之词的豪放，平常之心读之，读后便会随着词中之意，内心波澜壮阔，杜甫的诗句"漫卷诗书喜欲狂"可以比拟之。

姜夔，犹不失为狷。

"狷"乃不为，"狷者"乃是有所为有所不为的人。

姜夔之词，清冷空绝，本就是以一颗消极之心，掩饰自己的内心。王国维对他多发惜其才华而哀其不争之言，他唯一喜欢的不过是白石的一句，在《人间词话》未刊手稿第一则：

白石之词，余所最爱者，亦仅二语，曰："淮南皓月冷千山，冥冥归去无人管。"

姜夔之词，总是隐藏得太深，为了这隐藏的心迹，外在文字异常的清雅高贵。

或许在说与不说之间，姜夔的选择是不为。

何须说得太清楚，他的一生反正都是如此的不如意。与苏轼、辛弃疾的有所成就不同，他在政治上本就是毫无作为，不说还好，说得太清楚，不正是叫人觉得牢骚太多，倒还惹人耻笑。

沉默也是保持自身尊严的一种方式。

不说，至少可以不为，至少没有和社会上的龌龊小人同流合污，至少格调是高的，艺术的完美可以安慰自己。

王国维对姜夔还有着自己所认为的可取之处，那对下面的词人，就很不客气了："若梦窗、梅溪、玉田、草窗、西麓辈，面目不同，同归于乡愿而已。"

乡愿是指表面上过得去，实际上是虚伪的，一副唯唯诺诺，人云亦云毫无个性，毫无作为，骨子里的投机取巧态。

他们更多的像是生活在人群中的循规蹈矩者，学习到很多的生存法则，便觉得自己的所作所为好似天经地义一般无可争议。

他们无法在思想上取得进步与突破，生活于他们是原地打转。

《孟子·尽心下》："万字曰：'一乡皆称原人焉，无所往而不为原人，孔子以为德之贼，何哉？'曰：'非之无举也，刺之无刺也，同乎流俗，合乎污世，居之似忠信，行之似廉洁，众皆悦之，自以为是，而不可与入尧舜之道，故曰"德之贼"也。'"

此句是说吴文英、史达祖、张炎、周密、陈允平等人的词，没有自己的特色，不过就是一些平庸之辈。

这则也反映出王国维对于南宋词人的失望，尊北宋而抑南宋，吴文英、史达祖、张炎、周密、陈允平等人的词，在内容和形式上更多的是沿袭前人的东西，词的辉煌时代已现，在他们这里，已经很难再有突破，所以南宋之词也越来越显露出形式主义的东西。

王国维曾在《人间词话·未刊手稿》中说："社会上之习惯，杀许多之善人，文学上之习惯，杀许多之天才。"

从这里的话，可以找到他对南宋末之词人不满的线索。

词中，"狂"乃最佳，因有其个性，用词表达自我；"狷"虽说有所偏颇，但仍有其美；"乡愿"则是依人而立，虽是写词，却已经是泯然于词矣。

【注】

《论语·子路》："狂者进取，狷者有所不为也"。

张炎，字叔夏，号玉田，南宋词人。

周密，字公谨，号草窗，南宋词人。

陈允平，字君衡，号西麓，南宋词人。

乡愿，语见《论语·阳货》，引申为见识简陋。

047 是别有人间

稼轩中秋饮酒达旦，用《天问》体作《木兰花慢》以送月，曰："可怜今夕月，向何处、去悠悠？是别有人间，那边才见，光景东头。"词人想象，直悟月轮绕地之理，与科学家密合，可谓神悟。

木兰花慢
辛弃疾

中秋饮酒将旦，客谓：前人诗词，有赋待月，无送月者。因用《天问》体赋。

可怜今夕月，向何处、去悠悠？是别有人间，那边才见，光景东头。是天外，空汗漫，但长风、浩浩送中秋。飞镜无根谁系？姮娥不嫁谁留？

谓经海底问无由，恍惚使人愁。怕万里长鲸，纵横触破，玉殿琼楼。虾蟆故堪浴水，问云何、玉兔解沉浮？若道都齐无恙，云何渐渐如钩？

王国维在《人间词话·附录》第二十九则说：南宋只爱稼轩一人。

对辛弃疾之爱，王国维几乎到了精细入微的地步。

在辛弃疾的《木兰花慢》中，王国维读到了合乎现代的科学原理。

"可怜今夕月，向何处、去悠悠？是别有人间，那边才见，光景东头。"诗句隐射的月球的转动和现代的月球绕地球转动的道理是一样的。

于是，王国维称辛弃疾此时的想法是"神悟"。

这里的悟，更多的是辛弃疾的直觉反应。正因为是直觉，所以王国维才觉得神了。

虽说这样的发现，它的发现者更应该是科学家才对。

似乎这样的发现对于辛弃疾之词在文学的造诣上，并无多大的补充之处。

但是对词人想象力的丰富不得不作出一个很高的评价。

真所谓心游万仞，辽阔精骛。

相比起南宋词的孱弱，辛弃疾真乃是英雄横空出世，刚拙自信的气质，在坎坷的仕途之中几经颠簸，仍难消其英雄之气。

> 道男儿到死心如铁。看试手，补天裂。
>
> ——《贺新郎·同父见和再用前韵》
>
> 天下英雄谁敌手，曹刘。生子当如孙仲谋。
>
> ——《南乡子·登京口北固亭有怀》

仕途屡屡失意，却不能掩盖这样一个时刻以故国家园为理想抱负的忠诚之心，以致被折磨得华发苍颜，却还是壮心不已。

少年沙场点兵，虎啸生风；中年仕海沉浮，消尽狂傲；老年仍不忘故国旧恨，乡村之剪影难消一生抱负，68 岁含恨而死。

他雄豪壮大的志向直指词中的审美意象，向我们展示了一个苦闷忧患却强烈执着的铮铮英雄。

此乃性情之词，词之豪迈乃英雄壮心难已之难。

在《人间词话·未刊手稿》第十八则，王国维有："稼轩《贺新郎》词"送茂嘉十二弟"章法绝妙，且语语有境界，此能品而几于神者。"

何为神者？

超越了平庸，心忧天下，是别有人间。

048 周旨荡史意贪

周介存谓："梅溪词中，喜用'偷'字，足以定其品格。"刘
融斋谓："周旨荡而史意贪"此二语令人解颐。

词若人节。

周邦彦之词在王国维的前面几则词语里曾被评为娼妓之词。

此则，又将史达祖和周邦彦相提及，二人的格调乃是一致。

史达祖相比起姜夔，又被归为"乡愿"一类，那么周邦彦也便归入此类了。

王国维认为词中亦有君子小人之说。

将"偷""荡""贪"筹词贬义以评两人之词，可见是认为史达祖和周邦彦的词不过是小人庸俗之词，格调不好，不管在音律、造句上再精妙，也不过是意旨卑下。

或许是存着对南宋词人的偏见，但更是以境界作为评析词的标准的。

在王国维的眼中，史达祖和周邦彦是算不得上流词人的。

周邦彦一生风流，词中未免对于男女之情过于艳浓。

而史达祖本是风承姜夔，文学史上算是姜夔词一派之羽翼。姜夔讲求词之清空，

史达祖却极其讲求炼句，在咏物上极有成就，比如也被王国维所认定的《双双燕》，堪称绝唱。

但是，词至此，词人过分执着于句式雕琢，境界便不浑成了。

【注】

解颐，大笑，语见《汉书·匡衡传》。

梅溪句可参阅周济《介存斋论词杂著》。

刘熙载《艺概》卷四《词曲概》："周美成律最精审。史邦卿句最警炼。然未得为君子之词者，周旨荡而史意贪也。"

⑭⑨ 水光云影远

介存谓：梦窗词之佳者，如："水光云影，摇荡绿波，抚玩无极，追寻已远。"余览《梦窗甲乙丙丁稿》中，实无足当此者。有之，其"隔江人在雨声中，晚风菰叶生愁怨"二语乎？

踏莎行
吴文英

润玉笼绡，檀樱倚扇。绣圈犹带脂香浅。榴心空叠舞裙红，艾枝应压愁鬟乱。

午梦千山，窗阴一箭。香瘢新褪红丝腕。隔江人在雨声中，晚风菰叶生愁怨。

"隔江人在雨声中，晚风菰叶生愁怨。"此句愁情几许，都散却风雨之中。

风雨之中，愁情难寄。

浑然的清丽，正所谓柔美的只能感受，伸手一触摸便随风而散。

这恐怕是吴文英最清秀的句子了。

周济说吴文英的词如："水光云影，摇荡绿波，抚玩无极，追寻已远。"指的是吴文英的词水光云影共徘徊，若绿波之摇荡，抚玩不足以启远，追求难达于隽永。

王国维同意他的观点，但是只针对一句"隔江人在雨声中，晚风菰叶生愁怨"表达同意的态度。

这句写景写情，情景交融，情感真挚自然，正符合王国维的不隔之说。

而吴文英之词，整体来看似乎走不出南宋词在遣词造句上的局限，太过于修饰以及想寻找新奇之感，依旧在境界上难有突破。

而在词中，王国维看重的是词的品行，外在的修饰再华丽，也不过是个绣花枕头。

遣词造句向来是词人的本事，如果在句子里没有埋下高雅的灵魂，那无疑是在用文字的华美来欺瞒读者。

吴文英写词之时信誓旦旦，立求自成一家，可是由于自身条件不足，论胸襟比不上辛弃疾，才情天赋比不上姜夔，他的词往往在艺术技巧上追求新奇。

他喜搭配文字，写池水用"腻涨红波"，写云彩是"倩霞艳棉"，写花容"胭红鲜丽"。

初读之，觉得有些新意之感，可是再读之，便觉得装得厉害，好像女人的妆化得太浓，脸上尽是脂粉，漂亮却是不真实的空，看起来虚无得厉害，这样的假只会叫人望而生畏，不敢对她生情。

他喜好写幻觉，他的词总是似幻似真。

比如："黄蜂频扑秋千索，有当时、纤手香凝。"（《风入松》）黄蜂扑秋千，是眼前之景，已亡之美人的纤纤细手曾经在这秋千上留下过香气。黄蜂扑秋千的原因恰似扑寻曾经美人之香。这里真实和虚幻结合，化虚幻为真实。

比如："渺空烟四远，是何年、青天坠长星。"（《八声甘州·陪庾幕诸公游灵岩》）

这里是化真实为虚幻，将灵岩山比作是从青天陨落的长星。

他的词多用此手法，一首词似乎过多地强调了修辞，依旧是缺少性情之感，多阅之，颇有文人卖弄文采之感。

张炎在《词源》中就批评他的词："如七宝楼台，炫人眼目，拆碎下来，不成片段。"

张炎指责吴文英的词缺乏逻辑性和连贯性，在文辞上却有描绘过甚、堆砌晦涩、故作新奇之弊。

犹似用盛装来掩盖天生的缺陷。

盛装若是卸下，缺陷便暴露无遗。

无境界之词，如无情之人。

思佳客·赋半面女骷髅
吴文英

钗燕拢云睡起时，隔墙折得杏花枝。青春半面妆如画，细雨三更花又飞。

轻爱别，旧相知。断肠青冢几斜晖。断红一任风吹起，结习空时不点衣。

词中依旧是以幻为真的手法，将一具恐怖女骷髅写成妙龄绰约之少女。

尽管词中文字华丽漂亮，它没有蒲松龄作品里鬼妖与人谈情说爱的浪漫，除了此人对着一具骷髅尽情地遐想之外，也再无其他东西，想想也就是想想罢了。

这具盛装之女骷髅，用来形容吴文英之词风或许也是极其恰当的。

外表再美丽，不过是装点而已，内里干枯，已无动人之姿。

050 心事已迟暮

梦窗之词，吾得取其词中一语以评之，曰："映梦窗，零乱碧。"玉田之词，余得取其词中之一语以评之，曰："玉老田荒。"

秋思

吴文英

堆枕香鬟侧，骤夜声、偏称画屏秋色。风碎串珠，润侵歌板，愁压眉窄。动罗箪清商，寸心低诉叙怨抑。映梦窗，零乱碧。待涨绿春深，落花香泛，料有断红流处，暗题相忆。

欢酌。檐花细滴。送故人、粉黛重饰。漏侵琼瑟，丁东敲断，弄晴月白。怕一曲《霓裳》未终，催去骖凤翼。叹谢客、犹未识。漫瘦却东阳，灯前无梦到得。路隔重云雁北。

祝英台近

张炎

水痕深，花信足。寂寞汉南树。转首青荫，芳事顿如许。不知多少消魂，夜来风雨。犹梦到、断红流处。

最无据。长年息影空山。愁入庾郎句。玉老田荒，心事已迟暮。几回听得啼鹃，不如归去。终不似、旧时鹦鹉。

读这两首词，恰有宋词迟暮之感。
词中之懒散无思，空凭这华丽言辞撑着门面。

好似一艳妇衣着华丽，却已经是哀若心死，美得毫无生气，美得老气横秋。

王国维很是喜欢在作者的作品之中选取一句作为对此词人的评价，颇具戏谑之意味。

在吴文英的《秋思》之中，那句所取评论"映梦窗，凌乱碧"中，"梦窗"恰是吴文英，"凌乱碧"暗指吴文英的词风。

在张炎的《祝英台近》中，那句所取评论"玉老田荒"中，"玉""田"正是张炎，"老"和"荒"指的是张炎的词风。

表面上看，这种仅凭着一句词就全部归纳了词人之风的方法的确有些武断，但是从他们的词来看，却也是这么回事。

从他评词的"不隔"之说，吴文英和张炎之词都属于南宋之词，并且在前面早就归入了"乡愿"之类，就是说他们的词在文辞上雕琢过甚，在意境之开拓上浅薄，格调不耐人寻思。

并且从词之自北宋发展繁荣至南宋凋敝，南宋之词人，表面功夫上的技巧过甚，于是便掩盖了写词之人的真性情。

南宋正是皇室衰败之时，文人前途一片迷茫，吴文英之词，极尽梦幻朦胧，似乎也是自身心理无所去处的一种表现，无所去处，正如心不知所属，路不知往何之困惑。

这困惑，似乎是吴文英之词中思绪不清，无所表达之心源。所以说"凌乱碧"，虽是碧玉，却是凌乱无章。

张炎生活在时代变革之中。元废南宋，亡国之奴张炎昔日乃是贵公子，而今却是无家可归。

他的词先是追求奢华之风，宋灭之后渐渐变得凄楚怨暮，流露出不尽的亡国之思。

即便如此，他的词之悲难超李后主之博大，他的词之豪不及辛弃疾半分，他的词之幽又难过李清照之余音，他的词之丽难胜柳永之清唱。

张炎始终没能在一个夕阳落尽的故国尾声，再为宋词开创出一个新的状貌，终是随着滚滚之时光涌流而"玉老田荒"。

⑤¹ 夜深千帐灯

"明月照积雪""大江流日夜""中天悬明月""长河落日圆",此种境界,可谓千古壮观。求之于词,唯纳兰容若塞上之作,如《长相思》之"夜深千帐灯",《如梦令》之"万帐穹庐人醉,星影摇摇欲坠"差近之。

南宋摧枯拉朽般的倒塌,将词之命数也一并掩埋其中。那些惊心动魄的充满了才华的句子,掩埋之后就再难有人重现它的光芒,它的美丽渐渐地退隐到历史之中,在漫长时光中被世人记挂,想念这深刻的璀璨恰如烟花一瞬。

在黄沙尘土之中掩埋许久,直到清代词人纳兰容若的豪笔一挥,才将它从多年

的沉寂之中唤醒，词在文学史中，再一次有了美丽如初的容颜。

王国维在《人间词话·未刊手稿》中说："境界为本也。气质、格律神韵，末也。有境界，而三者随之矣。"

岁暮
谢灵运

殷忧不能寐，苦此夜难颓。明月照积雪，朔风劲且哀。运往无淹物，年逝觉已催。

暂使下都夜发新林至京邑赠西府同僚
谢朓

大江流日夜，客心悲未央。徒念关山近，终知反路长。秋河曙耿耿，寒渚夜苍苍。引领见京室，宫雉正相望。金波丽鳷鹊，玉绳低建章。驱车鼎门外，思见昭丘阳。驰晖不可接，何况隔两乡。风云有鸟路，江汉限无梁。常恐鹰隼击，时菊委严霜。寄言蕙罗者，寥廓已高翔。

使至塞上
王维

单车欲问边，属国过居延。征蓬出汉塞，归雁入胡天。
大漠孤烟直，长河落日圆。萧关逢候骑，都护在燕然。

"明月照积雪""大江流日夜""中天悬明月""黄河落日圆"，这些境界都是千古之奇观，壮阔浑然，若不是有着真切之体会，下笔难有此感慨。

长相思
纳兰性德

山一程，水一程。身向榆关那畔行，夜深千帐灯。
风一更，雪一更。聒碎乡心梦不成，故园无此声。

如梦令

纳兰性德

　　万帐穹庐人醉，星影摇摇欲坠。归梦隔狼河，又被河声搅碎。还睡，还睡。解道醒来无味。

　　若在词中比较，只有纳兰容若的《长相思》之"夜深千帐灯"，《如梦令》之"万帐穹庐人醉，星影摇摇欲坠"两句。

　　读纳兰容若之《长相思》，觉得景象沧远，四野茫茫之心，却又流露着一丝婉转。

　　"山一程，水一程。身向榆关那畔行，夜深千帐灯。"山水之程已是路途遥遥，行迹千里。夜色深深，这千帐之灯在穹庐之下又是何等的壮观美丽。帐内之温暖，夜色之融融，在行路之人看来温情脉脉，但又有着怎样的酸楚。

　　"风一更，雪一更。聒碎乡心梦不成，故园无此声。"风雪相交，思念家乡连梦都不成，原本以为睡着了可以梦到故园得此安慰，可是现实太沉重，难入梦。若在故园哪里会有这样的声音？

　　读到纳兰容若之词，才觉得还原了词本来的清秀之貌，终于卸去了那些庸脂俗粉，看之爽心，阅之可口。

　　妆饰自然，修饰到位，那才是有品位的，也教人心情愉快。

　　再读此则里提到的纳兰容若的第二首词《如梦令》："万帐穹庐人醉，星影摇摇欲坠。"万里帐篷都立在苍穹之下，浩浩一片，晚上饮酒放歌人已醉。如果真有在这草原躺过之经历，你会觉得星星离自己非常近，仿佛触手可及。微醺之人，躺在这草原之上，习习凉风拂过脸庞，仰望星空，本就是醉眼惺忪，这天空之星，在眼中摇晃，仿佛就要坠落下来。这句的感觉非常好，星影摇摇，如梦似幻，朦朦胧胧，何等的诗意之情才能点燃这真实的浪漫。这样的浪漫，岂是现实之中点一蜡烛，送一打玫瑰可比及半分。

　　开头句子笔力强健飘逸，下面也就渐渐转入婉转。"归梦隔狼河，又被河声搅碎。还睡，还睡。解道醒来无味。"酒酣兴尽入睡，本想可以如梦归乡，可是晚上河水之淙淙声叫人从梦中惊醒。醒来之后，一切暂时麻醉的东西都失去了效用，回到现实环境更加哀愁，强迫入睡，明日醒来之后又不知是何心情了。

我自己也有这样的感受，晚上怀着心事总是睡不好的，勉强入睡之后，本以为会忘记忧愁，可是一醒来，绝望也便随着眼睛睁开。

河水之声搅乱了归乡之梦。只能勉强入睡，可是醒来一切都似乎没有了味道。

后面的婉约之笔，可谓细腻动人。

感情抑郁蕴藉，词中悲壮却处处含有委婉之约，有苏轼之遗风，纳兰容若自然能入王国维之法眼。

052 尽在自然中

纳兰容若以自然之眼观物，以自然之舌言情。此由初入中原，
未染汉人风气，故能真切如此。北宋以来，一人而已。

隐隐潺潺之心灵审美，如何才能够品其真谛?

美似乎很多，大千世界，欲海沉浮，在你喘气的时候，一片翠叶之新绿会叫你
觉得这个世界美得如此真诚。

满怀欲望，所见尽是眼中之名利，自我内心的满足和失落，它不是美。

原本质朴自然之美，抛于利欲熏心之后，迷失也是自己的原因，一点都怪不得
他人，惩罚来自于你的内心不宁。

纳兰容若的词，王国维说："以自然之眼观物，以自然之舌言情。"

眼睛没有遭受到污染，不矫饰做作，这是自然纯真之眼，所见便是人间自然
之物。

舌头没有遭受规范，不听命于他人，这是自然纯真之舌，所言便是人间自然之
真情。

感自己之感，言自己之言，不受外界潮流时政的限制，才能以所见之真，所感
之实，所言之诚，撼其人心，去他人虚假之气，召回他人真实之心。

真实的美，往往具有教化人性、净化人心之作用。

"以自然之眼观物，以自然之舌言情"和"赤子之心"其实是如出一辙的。

有赤子之心，便会生自然之眼，长自然之舌。

"此由初入中原，未染汉人风气，故能真切如此。"此则此句，还强调了纳兰容
若词之成功的第二个原因，他没有受到他人影响，他的自然完全是他自己的。

北宋南宋，时光纷飞流转，文人在国势如西天之日渐趋渐弱，他们的性子也渐渐随着词的柔媚，真情实感深藏内心，难言于口，故作无病之呻吟，词中虚伪之文辞争比华美。

词之到南宋灭亡，随着这帝国消尽最后一口气的同时，也便哀哀绝矣。

为何至清代才出一个纳兰容若将词再次发扬？

王国维所幸的是，纳兰容若并没有受到南宋词之不良风气之熏染。

清代的纳兰容若，他的眼从未受到过暮气沉沉之熏染，才有这颗自然之清新的赤子之心。

王国维还说过："政治家之眼，域于一人一事。诗人之眼，则通古今而观之。词人观物，须用诗人之眼，不可用政治家之眼。故感事、怀古之作，当与寿词同为词家所禁也。"

其实这里还是在强调词人身份的纯粹性。

词人在生活之中可以有很多身份，从政、从商、从学都是他们谋生的选择，但是词人在作词的时候，必须以诗人之眼，其他的身份都应该消失殆尽，这样写出的作品才不会受到人间世俗的熏染，才能断绝人间的烟火气，才有真挚的性情，以保持美的纯粹性。

对纳兰容若自然之说法，真情感人，也和隔与不隔是一个原则。也无怪乎，王国维欣赏"天苍苍，野茫茫，风吹草低见牛羊"的自然景观之率性了。

053 词不易于诗

陆放翁跋《花间集》，谓："唐季五代，诗愈卑，而倚声者辄简古可爱。能此不能彼，未易以理推也。"《提要》驳之，谓："犹能举七十斤者，举百斤则蹶，举五十斤则运掉自如。"其言甚辨。然谓词必易于诗，余未敢信。善乎陈卧子之言曰："宋人不知诗而强作诗，故终宋之世无诗。然其欢愉愁怨之致，动于中而不能抑者，类发于诗余，故其所造独工。"五代词之所以独胜，亦以此也。

记得有人说过："词乃诗之余也。"意思是诗写剩下的东西，便是词。

我虽在一定程度上认同这句话，但是也认为词当中的"余"也是诗所不能写出的东西。

陆游认为由诗及词，诗愈卑，词愈简古可爱，但是对于为什么词在诗卑之时，为什么词简古可爱，词渐渐取代了诗的地位，他也不知道为什么。

对于词取代诗，陆游也是只知道结果而不知道原因。

《四库提要》说："文体有高卑。能词不能诗的人乃是学历不足。"

这里是尊诗卑词。

王国维说，他不相信写词便是比写诗要容易得多。

王国维还找出陈子龙的观点佐证，陈子龙认为词乃是有情而发。由情而生，似乎对于任何一种文体的更替都是说得过去的。

情需诗发而诗兴，情需词发则词兴，情需曲发则曲兴。

王国维在《〈宋元戏曲〉史自序》中说："凡一代有一代之文学。"

诗庄词媚，也和唐朝的强大以及宋朝的孱弱对文人之影响有着关系。文学好像是潮流一样，随着时代变化，但是文学并非就如同时装一样会过时。

只是，这个时代当时最容易受到大家接受，并且用来表情达意最合适的文体，便成为了当时的主流文学。

文体之不过时，比如纳兰容若在词沉寂两个朝代之后，又将词的风华兴盛了起来。比如我们现在还能欣赏汤显祖所写的昆曲《牡丹亭》，体会："情不知所起，一往而深，生者可以死，死者可以生。"

均是有情而发，恰如读之也是因情而需。

文体之变化，也是情感匮乏、才思枯尽之后，于是另外一种文体迅速地成为了表情达意的新载体。

054 难以出新意

四言敝而有《楚辞》，《楚辞》敝而有五言，五言敝而有七言，古诗敝而有律绝，律绝敝而有词。盖文体通行既久，染指遂多，自成习套。豪杰之士，亦难于其中自出新意，故遁而作他体，以自解脱。一切文体所以始盛终衰者，皆由于此。故谓文学后不如前，余未敢信。但就一体论，则此说固无以易也。

任何一个朝代均是由繁盛到凋敝。

任何一个人也是由年轻之芳华走向垂垂之华发。

任何一种文体也是由盛到衰。

文学史的流变和任何一本有关自然进化的生物书中的原理是一样的。

"四言敝而有《楚辞》，《楚辞》敝而有五言，五言敝而有七言，古诗敝而有律绝，律绝敝而有词。"

一种文体凋敝之后，这个时代总会出现另外新的文体，成为人们书写的载体。

一种文体通行很久之后，犹如一条路从狭窄渐渐走得宽阔。宽阔之后的路，也便吸引得更多的人来行走，最终这条宽阔的路，在众人的拥挤中，也渐渐变得不堪重负，这条路也就

堵成了烂路。

烂路之上，那些才情孱弱之人，依旧沿袭旧法，套习旧文，最后在这条路上走到尽头。

而那些才情极高之人，另辟蹊径，追寻新的表达方式，渐渐地就形成了新的文体，又有了一条新路可以去追寻。

繁生致死，死后又重生。

文学之进化，总是由真诚质朴到趋工趋巧。当某一文体中，主流表达已经成为雕刻之词，乏其真诚时，这便是一个文体消失之时。

文学之进化，总是受到时代之影响。时代的变幻，同时也对人的性格起到一定塑造作用，受到愈多人接受的东西，也是这个时代最重的东西，也是文学最深刻反映的东西。

时代、技巧，这些都是外在的东西，文学总是选择它得心应手的载体。

但是也有时代之天才，不拘泥于外在的束缚，运用旧文体仍能叱咤风云。

055 如观佳山水

诗之三百篇、十九首，词之五代、北宋，皆无题也。非无题也，诗词中之意，不能以题尽之也。自《花庵》《草堂》每调立题，并古人无题之词亦为之作题。如观一幅佳山水，而即曰此某山某河，可乎？诗有题而诗亡，词有题而词亡，然中材之士，鲜能知此而自振拔者矣。

文若稚子之眼，若水般干净清爽。

文若赤子之心，若火般炽烈真诚。

稚子之眼，赤子之心，都是成字行文的基本，只有具备了这两项，你的文字才会自然如栩。

文字之美，这些还是其本。而其质，往往在于文字的张力。

要想文字的张力越大，需释放其力量，尽其本真。

犹如孩子一样，想要他越真实自然、活泼可爱，就越不能过于严加束缚，否则只会成为教条的牺牲品。

王国维在此则中强调诗词之无题的说法，提出："诗有题而诗亡，词有题而词亡。"

说到题目，似乎是一个仁者见仁智者见智的话题。

题目使得文字更具有中心，也更有主题。

若是所有文字在形成之前，便在题目的暗示下一一归位，那么题目便成为了文字的枷锁。

文字的灵气便被题目所束缚。

犹如一个范围，被题目所限定了的文字，它的魅力似乎总局限在某一处。

比如李白的《赠汪伦》："李白乘舟将欲行，忽闻岸上踏歌声。桃花潭水深千尺，不及汪伦送我情。"

这首诗理解起来再容易不过了，而整首诗歌的情感也就局限在这里。

读这首诗，除了明白了汪伦对李白的深情厚谊之外，便什么感悟也没有了。

其实那些直白、浅露的诗词，固定上题目之后，写起来是非常方便的。

但诗词有了固定的题目之后，在立意、意境的开拓上就没有大的审美效果了。

严羽在《沧浪诗话》里就说过："盛唐诸公，唯在兴趣，羚羊挂角，无迹可求。故其妙处，透彻玲珑，不可凑泊，如空中之音，相中之色，水中之月，镜中之象，言有尽而意无穷。"

言有尽而意无穷，这不是一个题目可以归纳概括的。

言有尽而意无穷，恐怕也不是一个题目可以归纳概括的。

诗词的意境，往往也是"一千个观众眼中有一千个哈姆雷特"，更多的是读者自己感受到的意境，如果仅仅是局限于一个题目，那么不仅会局限于作者创作的发挥，束缚作者的思路和想象力，还会束缚读者读到文字后的想象力。

题目不仅会影响作者的创作，更会影响读者的欣赏程度。有了题目，犹如给马套上了缰绳，你还未在文字里任意驰骋，就被指明了奔跑的方向。

犹如你在欣赏一幅山水画，在为其中的意境深深陶醉之时，一人突然得意洋洋地告诉你："你知道吗？我画的是桂林山水甲天下啊。"

你本在意境之中，这意境或许不是绘画的原型"桂林山水"所给你的，你也仅仅就是被这幅画打动了，于是才深深沉醉。

可这个时候你的沉醉，被他人粗暴地打上烙印，你沉醉的就是"桂林山水"。如果你的沉醉和那个所谓的"桂林山水"扯上了关系，你顿时会觉得索然无味。

【注】

黄升，号玉林，又号花庵词客，南宋词人，编《花庵词选》，共二十卷。

《草堂诗余》，词集，原编二卷，今传本前后二集，各二卷，题何士信编集，以宋人词为主，间有唐、五代作品。

056 见真知者深

　　大家之作，其言情也必沁人心脾，其写景也必豁人耳目。其辞脱口而出，无矫揉装束之态。以其所见者真，所知者深也。诗词皆然。持此以衡古今之作者，可无大误也。

　　杜十娘爱上了李甲，以身相托。

　　孙富对李甲说："此乃真情，不可相负。"

　　任何一个读者的感受恐怕都和孙富一样，因为此乃真情，不可相负。

　　其实，这里还是提到了一个真情实意的问题。

　　孙富对浪荡子李甲的劝告，我们对杜十娘悲惨命运的同情，都出自于一个事实，那就是杜十娘对李甲的真情。

　　不管真情实意身后的那个人是谁，是端庄的大家闺秀，还是人所不齿的青楼妓女，只要是动了真情都一样能够打动他人。

　　此乃真情，不可相负。

　　能让我们动心，并且认可的，只有真情。

　　此则，王国维说："大家之作，其言情也必沁人心脾，其写景也必豁人耳目。其辞脱口而出，无矫揉装束之态。以其所见者真，所知者深也。"

　　好的作品，写感情一定沁人心脾，写风景一定豁人耳目。文辞都是脱口而出，毫无矫揉造作的感觉。对对象的描写深入细致，表现得真实而深刻。

　　写诗写词也是一样的道理，只要拿着真实自然这一准绳去衡量古今作者作品的优劣，一般是不会出大错的。

　　越是优秀的作品，越是真实自然的作品，越是情感表达真挚的作品。

　　只有如同真实生活的作品，才能够永远欺骗观众。

　　这里的"其辞脱口而出"和诗词有境界的要求是一样的。

　　真实不做作，才能有精妙的意境。

　　也只有在真实生活层面上的意境，才是我们能够真正感受得到的。

057 诗词贵自然

人能于诗词中不为美刺、投赠之篇，不使隶事之句，不用粉饰之字，则于此道已过半矣。

王国维所倾向的往往是自然之美。

他不喜欢诗词中用代字，滥用典故。

他厌恶为了赠送他人或者为了赞美政府而作的功利性文章。

他厌恶歌功颂德做枪鼓手般的吹捧，他厌恶装作道德模范，讲一通人人都知道的大道理，并凭借这些正确的废话，站在道德的高度上沾沾自喜。

文章粉饰过重，恰恰说明它的内容是轻的，情感是贫乏的，粉饰过重，便是轻浮。

犹如一味强加妆饰的女子，如果不是不自信，那就一定是为了吸引别人的眼光，或者卖弄风骚。

真正的美是不和功利挂钩的，真情发自肺腑，是不假思索、脱口而出的自然。

王国维在《人间词话》中的言论，实质上都是在围绕着自然清新而抒发自己的情感，包括他提出的境界之说，强调诗词的气象之说，实质都是指向文学的自然和真诚。

王国维本就是一个极其干净的人，这个人的干净在生活上是这样的，那么在思想上更是如此，只有纯净的文字可以打动王国维，或许这也是他之所以也沉迷于《红楼梦》之中的原因。

不少小说总是沉迷于暴力的美学，比如《水浒传》里面梁山好汉中的英雄，杀人不眨眼，并非只是对贪官污吏。武松去杀蒋门神的时候，几乎是进门看见谁就杀谁，马夫、丫鬟、老妈子杀得一个不剩，最后还要心满意足地在墙上写："杀人者，打虎英雄武松也！"何等的豪迈，何等的意气风发！里面写杀人之多之狠，只是一个句子就足以寒人之心了，句子中说武松杀人的时候把刀都砍缺了。这样的暴力美学，更多的是对枭雄的崇拜，似乎谁有力量就去崇拜谁，那实质上也是皇帝的位置总是属于那些控制了力量的人。更何况，《水浒传》里的宋江也是个银样镴枪头的人物，反贪官却始终是归于皇帝，骨子里还是一个奴才，不过是凭借一个英雄的名号逞了自己的一时之快。

《三国演义》更是醉心于诡计多端、阴险狡诈的权术。《西游记》给我们讲述的还是一个富于反抗的英雄，但是这个英雄的反抗最后总会得到唐僧的收拾。唐僧的收拾法则有两个，一个是温情主义，为悟空缝补衣服，嘘寒问暖；另一个就是杀手锏，念紧箍咒，也类似于苦口婆心的教育还不行的话，只有执行不听政府就枪毙的办法了。

王国维喜欢《红楼梦》，里面是女子的世界，尽是青春期真挚的情情爱爱，儿女情长，柔情蜜意，鄙视功利，崇拜女性，悲悯万物。

在王国维评论《红楼梦》的专著里就这样说："宇宙一生活之欲而已，而此生活之欲之罪过，即以生活之苦痛罚之，此即宇宙之永远的正义也。"

这里的宇宙似乎不好定义，它好像是人生之漫漫，又可以认为是时光之无穷。人生看似漫漫，相比起无穷之宇宙，相比起无穷之时光，实则短暂。

如若人的现实生活过得干净，心灵必定是愉快的。

这人生的长度似乎在宇宙之中凝固了，或许漫长时光的流逝，它本身就是凝固的，消逝的时间无处停留，未来的时间抓捏不住。这样一种混沌的状态，将我们包裹其中，我们再在里面生成各式各样的欲望。本是一片混沌，这一牢笼的包裹，生成的欲望是人情感的反应，自然之欲望，得失之悲喜，无穷无尽之烦恼，终了之时了无意。

王国维的悲天悯人就在这里，他欣赏李后主的"问君能有几多愁，恰似一江春水向东流"。有个人之悲苦，却也是终生之悲苦，人人苦于自身之欲望，他的痛苦更多的是看清世事后的承载，他为自己承载，也为着所有人而承载。

这样的情感是纯粹的、自然的，乃是悲天悯人之真诚。

058 小玉报双成

以《长恨歌》之壮采，而所隶之事，只"小玉双成"四字，才有余也。梅村歌行，则非隶事不办。白、吴优劣，即于此见。不独作诗为然，填词家亦不可不知也。

"所隶之事"就是用典。

王国维向来主张"不隔"，也反对用典。

但是他并不是反对所有人的用典。

比如辛弃疾，辛弃疾的词往往用典甚多，然而却是深得王国维欣赏，可见如何用典才是被王国维欣赏的关键所在。

他欣赏《长恨歌》中白居易的两处用典，恰到好处地写出了诗要表达出来的意境。

他反对吴梅村的《圆圆曲》《永和宫词》，这两首都是吴梅村的名作，但是用典过多，显得堆砌。

总结起来，王国维对于用典有如下的建议，用典要少，但是要精，比如白居易的《长恨歌》中的用典，"金阙西厢叩玉扃，转教小玉报双成"。这里的"小玉"是吴王夫差女，"双成"是董双成，神话传说中西王母的侍女。"金阙西厢叩玉扃"这句写的是太真所居住的环境，金瓦玉门，华贵非凡，如此金贵之人，也只有吴王之女，西王母一般的侍女才能够伺候这里的主人了。在这里的典故就写出了贵妃的贵气，也为下文荡气回肠的爱情做了一个足以叫人扼腕叹息的铺垫。

王国维强调用典要精，要符合自己所想写出的意境。辛弃疾的用典，典典都是恰到好处。不管是诗人还是词人，当用典的时候，能够吸收、消化典故，并将其典故自然而然地运用到自己的诗词之中，不仅没有隔之感，反而为意境增色，这样的诗人词人才能够任意运用典故，使典故和自己的文字融为一体。

如果是没有辛弃疾那般用典才能的人，最好不用典，或者少用典。《人间词话·未刊手稿》第十五则："'西（当作秋）风吹渭水，落日（当作叶）满长安。'美成以之入词，白仁甫以之入曲，此借古人之境界为我之境界者也。然非自有境界，古人亦不为我用。"其"化"的意思就是融，融他人之典为自己之境，在"融"之前，先要确定自己之境，如果自己的文字本身就没有意境，也没有融合典故之意境的话，那么文字就显得生硬，感情的表达很自然就隔了。

【注】

白居易《长恨歌》有"转教小玉报双成"句为隶事。至吴伟业之《圆圆曲》，则入手即用"鼎湖"事，以下隶事句不胜指数。

吴伟业，号梅村，清初诗人，长篇歌行《圆圆曲》《永和宫词》为其名作，但用典很多，失之于堆砌。

059 文体尊卑论

近体诗体制，以五、七言绝句为最尊，律诗次之，排律最下。盖此体于寄兴言情，两无所当，殆有韵之骈体文耳。词中小令如绝句，长调似律诗，若长调之《百字令》《沁园春》等，则近于排律矣。

或许读任何东西都出于人的感觉。

或者说感觉是靠人读出来的。

犹如你刚开始接触一件事物，不管如何，你是很难走进的，因为你在门外，里面风景如画，可是你也只能观望。

但是，感觉都是靠接触而来的。

比如，人与人相处久了，便生眷恋。

情感，经营得久了，便知冷暖进退。

那么文字也是一样。

　　王国维曾经反对文体尊卑论，反对诗比词要尊贵的看法，但是在这个地方，却将一些文体作了细细的比较。

　　他讲诗词并论，说小令如绝句，长调似律诗，特长调跟排律相近，他喜好小令、绝句，最后才是律诗长调。

　　这里看起来，好像和他前面的反对文体尊卑论是矛盾的。

　　其实不然。

　　反对文体尊卑论是个人对于文体的态度，而这里却是自己独自的喜好。

　　仅仅是喜欢，读的文字多了，自然会有喜欢的一些东西，更多合乎于个人口味的东西。

　　说成是个人偏见也无所谓，因为前提说过了，每个人都有自身特殊的偏好。

　　犹如一个班的学生，你对每个学生都是平等尊重的，你对每个学生毫无贵贱之分，尽管如此，你还是会情不自禁地更欣赏那些天赋好的优秀学生。

　　行为是一回事，个人骨子里的喜好又是一回事。

　　就是这样的逻辑。

　　或许，他对于小令的喜好更多的是因为其合乎他的境界说，小令更多的是言有尽而意无穷之文字。

　　触摸诸多，才懂得诸多，明白总有一种才恰似心头挚爱。

060 能入亦能出

诗人对宇宙人生，须入乎其内，又须出乎其外。入乎其内，故能写之。出乎其外，故能观之。入乎其内，故有生气。出乎其外，故有高致。美成能入而不能出。白石以降，于此二事皆未梦见。

不管是何文体，能入亦能出，是作为一个写作者最基本的能力。

很多的作者都具备"能入"这个能力。"能入"指的是你有一颗体验丰富的心灵。你懂得，特别是你写的那一个方面，你对于这样的情况深有体会，烂熟于心。或者说你正经受、承受它带给你的全部，不管悲喜，你都置身其中，你的感觉比谁都更强烈，这个时候你才具有了表达的资格。

优秀的作者往往有一颗七窍玲珑心。他感知万物，洞悉心灵，不管是对自己，还是对外界，他都有能力敏锐地对某一个事物或者某一件事情捕捉出自己深刻的感觉，这感觉于他是独特的，这感觉于所有人其实又是都有可能经历的。那么，在他绚丽多姿的笔下，个人的感觉对于大众读者就变成了他们情感表达的代言人。当大多数读者觉得你写出了他们的心声，读你的文字，他们也如临其中，被你的文字惹得荡气回肠、牵肠挂肚，在你文字的牵引下，他们的脑海中突然跳出了类似的回忆，他们读你的文字，频频点头，心领神会，好似被你看透了心事，这就是一个作者"能入"的能力。

当然了，完全从感受的角度去说的话，"能入"实质上很多人都能够办到。可是真正有水平的创作者并不多，可见"能入"这个标准对于创作者只不过是一个准入的门槛。

感受深刻，其实强调的更多的是生活中的经历。如果你经历了不平凡的事情，你遭受了人间磨难，历尽了人间悲喜，更或许你细心观察，留意身边的小事情，熟悉人们的生活，这些都会大大丰富你的人生阅历，这些都能够带你"入"。

要达到"能入"是简单的，犹如写作的技巧是可以经过训练而获得的。

但是要作品有格调，有境界，那就需要创作者"能出"了。

"能出"似乎和固定的训练是一点都不沾边的。也就是说，"能出"只有极少数的创作者能够拥有。

"能出"不是写作的技巧，什么样的写作技巧都不能达到这样的境界。犹如姜夔永远没有辛弃疾的胸襟气度。

是的，"能出"是从一个人的气度来说，或者更多的还受到性格的影响。

"能出"指的是，你深谙人性，你懂得这里面的深浅，但是你更知道自己如何面对。你的心释放了很多的束缚，于是你生活中便少了很多的负担。你知道物欲横流、世风日下，但是你更懂得天下人的痛苦，当一个人沉迷于自己的欲望，欲望不达，自己依旧深陷其中不能自拔的时候，他其实也在为他的欲望受苦。面对诱惑，很多人迷失了幸福的感觉，但是你更懂得自己需要的简单的快乐。

以"能出"之心态，做"能入"之事情，岂止是文字上有境界。你做任何事情，都是顺利的，哪怕你面对的是失败，有这样的心态，你在失败中也能领悟到道理，能够很快走出来，对生命一定会有更深刻的体会。

拥有这样心态的人，一定有高贵的灵魂，挥墨行文，无一不是人性光辉的展现，思想智慧的启迪。

于是，王国维才说："入乎其内，故能写之。出乎其外，故能观之。入乎其内，故有生气。出乎其外，故有高致。"

周邦彦这个仕途不顺、只好转向闺中求的酒色之徒，他的词虽然音律规整，内容上反映的也是他的风花雪月，但这些艳词大多格调不高，被王国维评为"郑卫之音"，也就是低级庸俗的东西。而《牡丹亭》当中也有极其艳丽的情节，写杜丽娘和柳梦梅梦中相见，一见钟情，两人干柴烈火，按捺不住青春之情，于是在山石后交合。可是在汤显祖的笔下，这段交合的文字，却是唯美唯幻、顺理成章，不这样发生简直就是不符合人之常情，叫人心生羡慕。这里也是"能入"和"能出"的问题。

能入而不能出，你的眼界是狭窄的，你看到的始终是你眼前的三寸之地，你能感

受到的也只是凡夫俗子的平常心态，患得患失，小恩小惠，妄自尊大，自卑自负。在你的内心，你若沉迷不出，这些情绪就会被无限放大，你最终也就灭亡于此。

人生本如戏，能入不能出，也好似入戏太深，被塑造成了一个角色后，便再也无法改变，深陷其中，便成囚徒。

比如一直教我怀念的影视明星张国荣，我不知道陈凯歌的《霸王别姬》对于张国荣的一生，到底是成就还是毁灭。

比如一直活在自己虚幻文字中的三毛。在她的文字中，她走南闯北，她恋爱结婚，她失去丈夫，她用自己的文字虚构自己的一生，最后沉迷于自己虚构的文字中，用一条丝袜结束了自己的才华与生命。

在此则里，王国维又一次请出了反面教材的典型——姜夔。

在这两方面，姜夔哪一方面都不具备，他既不能入也不能出。这个因为家境中落而自卑敏感的自闭症者，除了有天才的文采之外，便再无其他方式可以用来掩饰他自己真实的内心世界。他对整个宇宙万物永远秉持一种拒绝的方式，一种无所谓的潜在清高，实质上就是绷紧了脸面的投降。

能入亦能出，应如苏轼，以入世之心做事，以出世之心做人。诗词幻化，以孔子的儒家心怀承天下之责任，却又有庄子的神仙逍遥之道家缥缈，也无风雨也无晴般地归去，终是乐观与旷达。

061 花鸟共忧乐

诗人必有轻视外物之意，故能以奴仆命风月。又必有重视外物
之意，故能与花鸟共忧乐。

"诗人必有轻视外物之意"指的是诗人明白其中奥妙，懂得世事苍凉，阅尽风
月，在这样的基础之上，诗人才轻视外物。

因为诗人懂得。

张爱玲曾经说过，因为懂得，所以慈悲。

慈悲，说起来更具女性的柔美和母性的宽容。他包容一切，全因为他的理解。

诗人轻视外物，并非就是字面上的看不起。

用"看不起"来定义此则中的"轻视"是粗鄙的，甚至是毫不具备诗人之心的
粗野表现。

"轻视"虽还没有达到张爱玲慈悲的高度，却也是知晓参透之意。

只有看破参透，诗人才具备了放浪形骸的基础，他才能够"上九天揽明月，下
五洋捉鳖"。

只有看破参透，诗人才能够纵横五千年历史任意遨游，他才能够生出"浪淘尽，
千古风流人物"的感叹。

看破参透，才能够驱风唤月，人生之惬意，最终获得心灵的至高享受。

只有轻视外物，诗人才能建立自己的主体地位，不为外物所束缚，才能把外物
当作自己抒发情感的工具，不为外物所束缚，才能不因为外物的特征而改变自己的
性质状态。

轻视外物乃是超然于物之外。

"诗人又必有重视外物之意"，指的是诗人对于外物明白理解，用心体会，融入客观外物，只有感知到外物，熟悉外物，诗人才能够找到一种最贴切的方式去表达情感。

这个最贴切的方式就是以何种外物为寄托，诗人只有融入外物，与物共游共亲，其诗人之情乃出。

经由这样的过程，诗人之表达才具备大众的可读性，客观之外物才是诗人内在的情感表现。

也是这样，一切外物才能够皆为诗人所用，诗人才能够与花鸟共忧乐。

客观外物是诗人之内在情感的导火线，诗人之特殊情感是客观景物的客观抒发。

由此，文学乃成。

王国维在《人间词话·未刊手稿》第五十则中说："诗人视一切外物，皆游戏之材料也。然其游戏，则以热心为之。故诙谐与严肃二性质，亦不可缺一也。"王国维视文学创作之为游戏，只说其中之"诙谐"与"严肃"。"诙谐"乃是轻松之心，也就是"轻视外物之意"。"严肃"乃是重视之心，也就是"重视外物之意"。

"轻视外物之意"即是以我为主之情感，"重视外物之意"是重视其创作之真实。

062 空床难独守

"昔为倡家女，今为荡子妇。荡子行不归，空床难独守"，"何不策高足，先据要路津？无为守穷贱，坎坷长苦辛"，可为淫鄙之尤。然无视为淫词、鄙词者，以其真也。五代、北宋之大词人亦然。非无淫词，读之者但觉其亲切动人。非无鄙词，但觉其精力弥满。可知淫词与鄙词之病，非淫与鄙之病，而游词之病也。"岂不尔思，室是远而。"而子曰："未之思也，夫何远之有？"恶其游也。

王国维不喜欢游词，游词是虚浮之词，文字总是虚浮在情感之外，不真不诚。

比如："岂不尔思，室是远而。"这句话，一人说："不是我不想你啊，而是我住得太远了。所以没有来看你。"

孔子评价说："看来没有真想啊，真想的话，恨不得马上见面，哪里还会觉得路途远呢？"

这便是游词的言不由衷，情虚意假。

明明就是假惺惺的，却还要装作真诚满怀，叫人厌恶和恶心。

古诗十九首·其二

青青河畔草，郁郁园中柳。盈盈楼上女，皎皎当窗牖。娥娥红粉妆，纤纤出素手。昔为倡家女，今为荡子妇。荡子行不归，空床难独守。

这些句子，其实我们在前面已经分析过了。讲的是一个曾经为娼的女子从良后，丈夫久出未归，生出难守孤床之感慨。

这首诗曾被称为淫词，认为是淫词之人，恰是不能够正确面对自身情感之人，不能面对自身情感，也不能面对他人之美好情感。

丈夫久久不归，妻子孤枕难眠，对灯影共花烛之甜蜜生活难圆之遗憾，正是人之常情，人性情之表现，真情之凿凿，才言之凿凿。

古诗十九首·其四

今日良宴会，欢乐难具陈。弹筝奋逸响，新声妙入神。令德唱高言，识曲听其真。齐心同所愿，含意俱未申。人生寄一世，奄忽若飙尘。何不策高足，先据要路津？无为守穷贱，轗轲长苦辛。

这首诗写的是一个穷困潦倒之人，对于生活艰辛的抱怨。表面上看写的是这个人所想是钱，所图是利，是一个功利小人所感之言。

可是感言之真，"人生寄一世，奄忽若飙尘"。贫困生活之艰辛体验起来是着实辛苦的，杜甫也写过："艰难苦恨繁霜鬓，潦倒新停浊酒杯。"

而他的"无为守贫贱，轗轲长苦辛"更是切身体会的辛酸之言了。正是因为这些艰辛，才发出了不如追求功名利禄的牢骚，这也是符合人之常情的。

人的肉体总是不如意志坚强，有此牢骚，正常之极。如果捏紧裤腰带，只是一味地装高尚，就不真实

了，就缺乏人血肉之躯的真实感受。

苏轼被贬黄州之时在《赤壁赋》中还牢骚满怀，兀自开解呢，不生心灵之障碍，何得挣脱之彻底超然？

因为，此则讲的还是：情之所至，乃真动人。

【注】

金应圭《〈词选〉后序》："规模物类，依托歌舞。哀乐不衷其性，虑欢无与乎情。连章累篇，义不出乎花鸟。感物指事，理不外乎酬应。虽既雅而不艳，斯有句而无章。是谓游词。"

游词，浮而不实的话。唐刘知几《史通书志》："若乃前事以往，后来追证，课彼虚说，成此游词，多见其老生常谈，徒烦翰墨者矣。"

《论语·子罕》："唐棣之华，偏其反而。岂不尔思，室是远而。子曰：未之思也，夫何远之有？"

063 寥寥数语绝

"枯藤老树昏鸦。小桥流水人家。古道西风瘦马。夕阳西下。断肠人在天涯。"此元人马东篱《天净沙》小令也。寥寥数语,深得唐人绝句妙境。有元一代词家,皆不能办此也。

王国维《宋元戏曲考》:"《天净沙》小令,纯是天籁,仿佛唐人绝句。"

《天净沙》乃是曲之绝妙,此乃"有我之境",却胜似"无我之境",堪称意象排列之前无古人,后无来者。

"枯藤老树昏鸦,小桥流水人家。"前两句一读便是诗人身处异地之感。

"枯藤""老树""昏鸦"都是晦涩之意象,行游在外的清苦自然而现。

而紧接的句子,"小桥流水人家",小桥潺潺流水,余烟袅袅一人家,这里就是

另一番温情之景了，家乡如在眼前。

"枯藤老树昏鸦"是羁旅之景，"小桥流水人家"又是家乡之景。由羁旅之景想到家乡之景，对比明显，更显得对比之意象深刻，也更显得远游在外之凄苦。

"古道西风瘦马"这里的意象似乎完全是诗人形象的一种暗示了，古道之上，西风之中，瘦马一匹，在这黄昏之际，却不知何去何从。瘦马之形象，正是诗人漂泊迷茫中形销枯槁之貌。

"夕阳西下，断肠人在天涯。"正是诗人有我之境的明晰表白，天涯之际，本就是伤心之人，面对此景，顿生断肠之情。

这首曲可谓是意象和情感融合的绝佳之作。

王国维说其曲寥寥数语，深得唐人绝句妙境。元代的词人再难达到如此高度。

王国维在《人间词话》五十九则就说："小令如绝句。"

小令似乎更容易驾驭，更能集中诗人强烈之情感，犹如素描，没有颜色，只有线条和浓淡，读起来却又极其立体。

【注】

此曲见诸元刊本《乐府新声》卷中、元刊本周德清《中原音韵定格》、明刊本蒋仲舒《尧山堂外纪》卷六十八、明刊本张禄《词林摘艳》及《知不足斋丛书》本、盛如梓《庶斋老学丛谈》等书者，"平沙"均作"人家"，即观堂《宋元戏曲史》所引亦同。惟《历代诗余》则作"平沙"，又"西风"作"凄风"，盖欲避去复字耳。观堂此处所引，殆即本《诗余》也。

马致远，号东篱，元曲名家。

064 各有能不能

白仁甫《秋夜梧桐雨》剧，沈雄悲壮，为元曲冠冕，然所作
《天籁词》，粗浅之甚，不足为稼轩奴隶。岂创者易工，而因者难
巧欤？抑人各有能与不能也？读者观欧、秦之诗远不如词，足透此
中消息。

此处将白仁甫的戏剧和词作对比，觉得
白仁甫的戏剧是元曲的第一，而他的词和
辛弃疾的词比起来，还不如辛弃疾的一根
脚指头。

于是，王国维得出结论，一个人有能和
不能，好的创作者并不是所有文体都能够写
得很好的，"创者易工因者难巧"而已。

不过，这似乎是一个很浅显的道理，也
并非就只是王国维发现的真理。

对于欧阳修和秦观的词写得甚好，而诗
却不尽如人意的问题，王国维也终于从"各
有所能"中找到了答案。

这样的理由有道理，但实质上是一个不
争的事实。一个不争的事实，还要被人如此
大肆地摆上案桌细细讲解，有啰唆之意。

人无完人，肯定是不能尽善尽美的。

这是很明显的，犹如中国人学习汉语明显就比外国人容易一样。

并且王国维还把元代的创作者拿去和宋代的创作者比词，这不是拿元代的弱项去比宋代的强项嘛。

后面的将宋代之词人拿去与唐代之诗人比诗，这也是不符合情理的。

虽说文体并无贵贱，但是这样的比较明显就是不公平的。

不能将个人之成就，抛开大环境去作比较，尽管个人之成就在大环境大主流中还是有标新立异的清新表现，有反主流文体的佳作出现，比如清代的纳兰容若的词就写得可以媲美词发展之巅峰期。但不能将个别现象当作普遍之现象，再放在普遍之现象中进行比较。

【注】

白朴，字仁甫，元曲名家。代表作《唐明皇秋夜梧桐雨》等，另有词集《天籁集》。

下篇

这些词则是《人间词话》中被王国维亲手删除的部分，读这些被删除的文字，依旧可以把王国维拉回到我们的身边。

001 白石之慈悲

白石之词，余所最爱者，亦仅二语，曰："淮南皓月冷千山，冥冥归去无人管。"

这一次是姜夔唯一受到王国维表扬的一次。

踏莎行
姜夔

自沔东来，丁未元日至金陵，江上感梦而作。

燕燕轻盈，莺莺娇软，分明又向华胥见。夜长争得薄情知，春初早被相思染。

别后书辞，别时针线，离魂暗逐郎行远。淮南皓月冷千山，冥冥归去无人管。

这句"淮南皓月冷千山，冥冥归去无人管"，字面上依旧是清冷高绝，可是却是深情凄苦，强压悲伤故作镇静之无奈，读之更叫人心之不忍。

难舍之情，难割之爱，割舍不下，却又能如何呢？除却折磨自己之外，只能眼睁睁看着情人若时光般溜走，伸出双手却又挽留不住。

"离魂暗逐郎行远"，相思甚重，不觉魂魄已经随着他而去。人一入情，情深义重之时，就难以控制自己，仿佛魂魄离体，只是魂牵梦引，跟随自己的心而去，自己的心早已被这个人牵扯到不知何处去了。

这首词是姜夔为一歌女所写，心高气傲之人，对一歌女竟于人生中达到此种境界，也算是真心动情了。

在他的词中，有关此歌女的词就有十九首，可见这段情在姜夔心目中刻骨铭心之深重。

既然是与此歌女有关的词如此之多，为何王国维独独欣赏这首呢。

这首词读起来叫人懂得。

张爱玲有句话："因为懂得，所以慈悲。"

也正是因为懂得，所以文字入眼，情便入心，无须点拨，沁人心脾，惹人神伤。

"燕燕轻盈，莺莺娇软，分明又向华胥见。夜长争得薄情知，春初早被相思染。"陷入思念的女子，体态轻盈，又一次在梦中相见了。她在那寒暖不明的春夜，相思难眠。

尽管前面的文字，都是以女子的身份在思念，但是所写之真，女子之思念，正是姜夔之思念，女子之遗憾，正是姜夔之遗憾。

正是情之依依离别催。

"别后书辞，别时针线，离魂暗逐郎行远。"这里有一个很小的细节，往往是最细微的事情，最能流露出一个人的深情。从别后的书信里，想到了离别之时，女子的一针一线，满满情意密密织。其实，女人对男人的情意越深，她待他就越像是在待自己的孩子。这里的行为和"临行密密缝，意恐迟迟归"的母亲情意深重、宽容博大的心不是一样的吗？

情深到一定程度，尽管内心波潮涌动，但是更多的时候，它就是一种情不自禁的单纯。

正是因为已成为一种单纯的情意，正是因为已成为一种情不自禁的情意，才会魂化出窍，心境大开，哪怕是不得之悲凉，却也别有一番滋味。

"淮南皓月冷千山，冥冥归去无人管"是姜夔心境融于词中，最真实的句子了。这样的滋味，有悲凉，有无奈，俨然之意，却是万千愁苦，而万千愁苦却又是迷茫的，这迷茫恰是人生之虚无，这悲伤介于生死之间，生之困惑，死之畏惧。这里的愁苦已经不仅仅再是相思之愁了，人生无常，命运难握，生之疾苦，死之悲哀等等，别时容易见时难，时光消逝，万千难留，这一个受难的心灵，尽管是清冷之表面，却是满含人生之凄凉无奈之悲苦，这悲苦却又难以言说。

所以，姜夔的爱情被赋予了更大的寄托和难以言明的意义，而或许，爱情又是能够承载人生中虚无和苦难最多的一种情感。

⑩ 张狂之微笑

双声叠韵之论，盛于六朝，唐人犹多用之。至宋以后，则渐不讲，并不知二者为何物。乾嘉间，吾乡周松霭先生著《杜诗双声叠韵谱括略》，正千余年之误，可谓有功文苑者矣。其言曰："两字同母，谓之双声，两字同韵，谓之叠韵。"余按：用今日各国文法通用之语表之，则两字同一子音者，谓之双声。（如《南史·羊元保传》之："官家恨狭，更广八分"，官、家、更、广四字，皆从K得声。《洛阳伽蓝记》之"狞奴慢骂"，狞、奴两字，皆从N得声。慢、骂两字，皆从M得声是也。）两字同一母音者，谓之叠韵。（如梁武帝"后牖有朽柳"，后、牖、有三字，双声而兼叠韵。有、朽、柳三字，其母音皆为ou。刘孝绰之"梁皇长康强"，梁、长、强三字，其母音皆为ang也。）自李淑《诗苑》伪造沈约之说，以双声叠韵为诗中八病之二，后是诗家多废而不讲，亦不复用之于词。余谓：苟于词之荡漾处多用叠韵，促结处用双声，则其铿锵可诵，必有过于前人者。惜世之专讲音律者，尚未悟此也。

有时候读《人间词话》，会发觉王国维，这个固执的老文人有着非常可爱的一面。

喜弄文字之人，专注于此，其心就如孩子一样天真。从最末两句便可觉出王国维在读词后发现这样的道理，沾沾自喜的小儿之情就像一个大孩子。

专注某一个事情，认真的态度，往往会叫人显得天真单纯。

王国维在这则里，前面将双声和叠韵讲得甚多。但是前面所讲的东西都是铺垫，好像一个孩子在大人面前强调自己的功劳之大，不直接告诉你他的成就，要将成就的由来——道出，由此这成就也就显得更是成就。

他在前面引经据典，不惜大费笔墨，非要使你明白何为"双声"和"叠韵"。

此则中提到，乾嘉间，吾乡周松霭先生著《杜诗双声叠韵谱括略》，正千余年之误，可谓有功文苑者矣。其言曰："两字同母，谓之双声，两字同韵，谓之叠韵。"

那么双声，就是词的两个字中，声母相同便是双声，比如"学习"，"学习"的声母都是"x"。

那么叠韵，就是词的两个字中，韵母相同便是叠韵，比如"窈窕"，"窈窕"的韵母都是"ao"。

古人在写诗词的时候，讲究音韵，旨在叫诗词读起来如歌般更上口，具有音乐之美。

把双声和叠韵费了一大通笔墨讲清楚之后，王国维才压抑住得意之情，溢于言表地说："余谓苟于词之荡漾处多用叠韵，促结处用双声，则其铿锵可诵，必有过于前人者。惜世之专讲音律者，尚未悟此也。"

就是说，他研究词发现了一个用"双声"和"叠韵"来加强情感表达的方法。

在词的荡漾之处，用叠韵。荡漾之处，总是情感缠绵温柔的，用叠韵更显得情意深沉，叠韵强调在韵母上，两个韵母相同就有着加重情感之意，而两个韵母相同，发音的时候也将尾音强调拖长，吐出来的语言更绵长，也更显得情深义重。这样的方式，在现代诗人徐志摩的《再别康桥》里面都有体现。

在词的促结之处，用双声。促结之处，总是情感紧凑不张的，用双声更显得收

紧难驰，声母的发生都是极其短的，两个声母相同，强调之意，紧张之意，便在读音中彰显出来。

连这样细致的地方，都被王国维发现了。

其实，真正该发现这方法的人，应该是研究音律之人。

一个读词之人，连这些细微的地方都能精致成文，不得不佩服他读词之细，做事之投入和认真。

那么他天真的略带张狂的欣喜，更是叫人为他而微笑。

【注】

周春，字屯兮，号松霭，清代学者。

梁武帝，名萧衍，南朝梁代诗人。

刘孝绰，名冉，南朝梁代诗人。

李淑，字献忠，北宋文学家，著有《诗苑类格》。

沈约，字休文，南朝梁代文学家。

葛立方《韵语阳秋·卷四》引陆龟蒙诗序："叠韵起自如梁武帝，云'后牖有朽柳'，当时侍从之臣皆倡和。刘孝绰云'梁王长康强'，沈少文云'偏眠船弦边'，庾肩吾云'载碓每碍埭'，自后用此体作为小诗者多矣。"

⓿⓿③ 叠韵不平仄

昔人但知双声之不拘四声，不知叠韵亦不拘平、上、去三声。凡字之同母者，虽平仄有殊，皆叠韵也。

一般人只知道双声不拘于平上去入四声，但是不知道叠韵也不拘执于平上去三声。凡是字的韵母相同，虽然平仄不同，但也是属于叠韵。

笔者对声韵知识不甚了解，不敢妄加言说，在此不表。

⑩ 诗词之盛衰

诗至唐中叶以后，殆为羔雁之具矣。故五代、北宋之诗，佳者绝少，而词则为其极盛时代。即诗词兼擅如永叔、少游者，词胜于诗远甚。以其写之于诗者，不若写之于词者之真也。至南宋以后，词亦为羔雁之具，而词亦替矣。此亦文学升降之一关键也。

诗词之盛衰，直接反映了文人对它们的热情的高低程度。

唐中叶以后，诗为羔雁之具，也就是应酬之作。所以在五代、北宋的诗歌，优秀的很少，就是因为这个时候处于词的鼎盛时代，一种已经不被重视的文体，一种已经随着大唐之盛世渐渐衰落的文体，在宋朝之柔风媚骨的吹拂下，自然很难再有优秀作品了。

到南宋之后，词为羔雁之具，也成为应酬之作。昔日的壮志难酬与征路漫漫，充沛的风花雪月与清歌慢唱，在金人的铁骑蹂躏下只剩下亡国之无限悲恨，元朝建立者的粗犷，使得词失去了时代滋长的土壤，也渐渐衰亡。

所以，总的来说，文学总是时代之特征，文学是时代特征的反映。

【注】

羔雁，小羊和大雁。古代卿大夫相见时所执的礼品，后泛指应酬礼物。

005 天乐殊笑人

曾纯甫中秋应制，作《壶中天慢》词，自注云："是夜，西兴亦闻天乐。"谓宫中乐声，闻于隔岸也。毛子晋谓："天神亦不以人废言。"近冯梦华复辨其诬。不解"天乐"两字文义，殊笑人也。

曾纯甫的这首《壶中天慢》是在中秋之夜，为讨好皇帝的应酬之作。

壶中天慢
曾纯甫

素飙漾碧，看天衢稳送，一轮明月。翠水瀛壶人不到，比似世间秋别。玉手瑶笙，一时同色，小按霓裳叠。天津桥上，有人偷记新阕。

当日谁幻银桥，阿瞒儿戏，一笑成痴绝。肯信群仙高宴处，移下水晶宫阙。云海尘清，山河影满，桂冷吹香雪。何劳玉斧，金瓯千古无缺。

皇帝听后，尤其喜欢最后一句："何劳玉斧，金瓯千古无缺。"皇帝说，将月亮比作金瓦，在词作者中，曾纯甫恐怕还是第一个，真是新奇极了。

应酬之作，绞尽脑汁地为了讨一个人的欢心，那么在词的真情实意上也就有所限制了。情感是最怕虚伪的，诗词的所指已经偏离了正轨，情感只能是附庸。

从曾纯甫在此诗的注释上所写的内容，就能够感受到他受到了皇帝表扬后暗自窃喜的心情。

此进御月词也。皇上大喜曰："从来月词不曾用'金瓯'事，可谓新奇。"赐金束带、紫番罗、水晶碗和宝盏。至一更五点回宫。"是夜，西兴亦闻天乐焉。"

皇帝读了他写的词，异常高兴，为了奖赏他的才华，赐了他金束带、紫番罗、水晶碗。这些皇帝奖赏的富贵玩意，在他看来，都是可以标榜他身份的东西，于是一一列举，乐不可支。

我读曾纯甫的《壶中天慢》，并无皇帝的欣喜之感。其实，只要是鉴赏过一些词的人，对这首《壶中天慢》都不会认为有多少艺术感觉。这首词有的是文字感觉，并无艺术感觉。人在思想上已是纯粹的奴仆，不管在文字上如何精雕细琢，在艺术上又能有多大的造诣呢？

前面说了那么多，在这则里，王国维关注的也并不是这首词。他是想取笑一个人。

曾纯甫作《壶中天慢》词，自注："是夜，西兴亦闻天乐。"这里的意思就是说听到宫中的音乐声，好像就在隔岸啊。

毛子晋谓："天神亦不以人废言。"是在批判曾纯甫，说老天爷真是不知道人的好坏，像曾纯甫这样的人，还让

他听到天上的仙乐。

毛子晋对曾纯甫的注中"天乐"直接理解为"天上的仙乐",逗人笑话了。

冯熙《宋六十一家词选》序言:"曾纯甫赋进御月词,其自记云:'是夜,西兴亦闻天乐。'子晋遂谓天神亦不以人废言。不知宋人每好自神其说。"冯梦华也说,宋人喜好将自己称其为神仙,那么曾纯甫的"天乐"也就不言而喻了。

从此则,也可以看出,王国维喜好纠人之错,每每纠错之后,便会心生颇有成就之感。

【注】

毛晋(字子晋,明末藏书家)跋《海野词》:"进月词,一夕西兴,共闻天乐,岂天神亦不以人废言耶?"

冯熙《宋六十一家词选》序:"曾纯甫赋进御月词,其自记云:'是夜,西兴亦闻天乐。'子晋遂谓天神亦不以人废言。不知宋人每好自神其说。白石道人尚欲以巢湖风驶归功于平调《满江红》,于海野何讥焉?"

曾觌,字纯甫,南宋词人。

006　方回少真味

北宋名家以方回为最次。其词如历下、新城之诗，非不华瞻，惜少真味。

读到这一则的时候，王国维对贺铸的批评，叫我有些迷惑了。他觉得贺铸的词和明清的两个一般词人的水平一样，不过是玩弄些语言文字上的技巧，词在内容上缺乏真情实感。

在大学，读过贺铸最出名的《青玉案》，那时还怀揣着少女心事，读到"试问闲愁都几许？一川烟草，满城风絮，梅子黄时雨"这里，我是暗自欣喜，很为这个有一番温柔之心的人记挂几许。"试问闲愁都几许？一川烟草，满城风絮，梅子黄时雨"此句以闲愁试问，以不尽一川之烟草，满城漫天之风絮，梅子黄时的细雨作答。不答闲愁，所出之景，尽是无边之轻愁，这样的愁，恰似少女之愁、伤春之愁，也正是唯美之愁。

有着这样一颗善于捕捉细腻的温柔之心的人，到底是一个怎么样的人呢？

贺铸似乎和温庭筠有些相似之处，虽说怀着一颗温柔的才子心，却是相貌丑陋，有"贺鬼头"的外号，就是说贺铸的这个头丑得和鬼没什么分别。

而在文学史上，贺铸应该算得上是文学大家、北宋词人，按照王国维尊北贬南的观点，贺铸这个时候竟然落到了和明清词人相提并论的地位，我真是有点不理解王国维此时的想法。

王国维觉得贺铸的词缺少真情，恰恰相反，我觉得贺铸的词是情深义重，大概是性格的原因，贺铸外表粗犷，性格上颇有侠义之感，或许正是这外在的大大咧咧，导致词人有些细腻的情感只能含蓄表达，情真却不外露。

我们来欣赏他的名作《踏莎行》：

踏莎行
贺铸

杨柳回塘，鸳鸯别浦，绿萍涨断莲舟路。断无蜂蝶慕幽香，红衣脱尽芳心苦。

返照迎潮，行云带雨，依依似与骚人语。当年不肯嫁东风，无端却被秋风误。

真乃锦口绣心，能够将自己的心思写得如此含蓄，尽管是含蓄却又是如此的真实。这般真实的幽怨，即便面前是个丑姑娘，你也会不好意思去拒绝她的心意的。因为这里面的情感含蓄不造作，真诚倾吐的交谈怎会叫人心生反感呢？

这里实写是在歌咏荷花，口吻却似一个怨女。

"杨柳回塘，鸳鸯别浦，绿萍涨断莲舟路。"前三句写荷花的生长之地在杨柳之地，杨柳之地本就是离别伤心之地，后面的鸳鸯别浦也进一步加强了离别的伤心之意。"绿萍涨断莲舟路"再一次强调了这里不仅是离别的伤心之地，还说明到这个地方的来路也已经艰难了。更见其荷花的生长地之幽僻。"断无蜂蝶慕幽香，红衣脱尽芳心苦。"那么下文的荷花盛开不被人欣赏，也就是必然的了。狂蜂浪蝶自是不会欣赏荷花的幽香，那么荷花只有褪去红衣，芳华老去了，红衣脱尽，花后的莲子本身就是苦的。这里贺铸非常巧妙地将外物本身和情感结合得天衣无缝。

"返照迎潮，行云带雨，依依似与骚人语。"荷花好像在和诗人倾诉自己的经历，这里其实想倾诉的恰恰是诗人自己，借荷花之口，将自己的心事阐述出来。

"当年不肯嫁东风，无端却被秋风误"的幽怨之意，借着荷花之口道出来。不愿意在争荣的时节去谋取，而自身的才华也被自己的这一种洁身自好而耽误了。只落得花残叶尽的凄凉。这一份被误解了的高洁，在这混沌浊世举步维艰。说到举步维艰，实质是还未行远，就已经被阻断步伐了。这样的幽怨是别样珍贵的，很多人会将贺铸的这份精神，联系到屈原的高洁。

还有一首贺铸的《鹧鸪天·重过阊门万事非》，同样是悼念亡妻的词，比起苏轼悼念亡妻的《江城子》毫不逊色：

鹧鸪天·重过阊门万事非

贺铸

重过阊门万事非，同来何事不同归？梧桐半死清霜后，头白鸳鸯失伴飞。

原上草，露初晞，旧栖新垄两依依。空床卧听南窗雨，谁复挑灯夜补衣？

全词用语也并非就如王国维所说的华瞻，反而用词是极其朴素的。

最打动人心的是最后一句："空床卧听南窗雨，谁复挑灯夜补衣？"在这样一个孤寂的雨夜，想起了妻子以前帮自己挑灯补衣的场景。文字丝毫没有华丽之感，但是一读起来，便觉得双泪流。

比起苏轼的"小轩窗，正梳妆"更具有浓烈的生活气息，苏轼的怀想更多的还是浪漫的性质，而贺铸的更多的是患难夫妻的恩爱之深。贺铸怀想的能够给予自己这样一份情意的那个人已经永远地不在了。

【注】

华瞻，言文学作品辞藻富丽多彩。

李攀龙，历城（今山东济南）人，明代诗人。

王士禛，新城（今山东桓台）人，清代诗人。

007 创作之难易

　　散文易学而难工，骈文难学而易工。近体诗易学而难工，古体诗难学而易工。小令易学而难工，长调难学而易工。

　　凡是规矩较多讲究很多的文体，都是易学的，因为它死板，容易按照它的模式去装填文字。那些规矩较少不讲究的文体，看起来容易，要写好它却是非常之难的，因为它飘逸空灵不易捕捉。

008 诗词鸣不平

古诗云："谁能思不歌？谁能饥不食？"诗词者，物之不得其平而鸣者也。故"欢愉之辞难工，愁苦之言易巧"。

谁能思不歌？谁能饥不食？《乐府诗集》中的句子，其实恰恰说明人之生活的欲求，如果一个人可以思不歌，那么他一定不能饥不食。

《乐府诗集·子夜歌》："谁能思不歌？谁能饥不食？日冥当户倚，惆怅底不忆？"

王国维提出的观点："诗词者，物之不得其平而鸣者也。"这句话是从韩愈的文章里来的。

王国维强调诗词的内容，往往是作者心中不平，愤愤难安，于是便在诗词之中表现出来。

不平则鸣，指的是人受了委屈，心中觉得不舒服，压抑，郁闷，那么就需要另外一种方式发泄出来。

人总是渴望交流和理解，并且在人群中实现自我的。这样一种强烈的表现自我、实现自我的渴求，如果遇到打击，遇到不平，想让他不鸣，就犹如让你饥渴了不要吃东西。

所以，古典诗词，其实也更多的是士大夫们的牢骚之作，怀才不遇、壮志未酬的不平之作。

人生不如意之事十之八九，人的一生中的不平太多了，所以文人们总是很容易就不平则鸣了。

人总是在乎自己的失去，对自己的获得总是缺乏珍惜。

人总是特别在乎自己个人情感的满足，所以总是觉得受到了伤害。

第一时间在乎的是自己的利益，不管是经济的，还是情感上的。人有这样的情绪，再多都是正常的。因为即使依靠群体取暖，实质上他的生活是他个人的。即便是群体再冗长，他也是存活于个人感觉中，那么在乎自己的个人感觉又怎么会是不正常的呢？

过多的在乎，导致了过多的不平。

欣喜暗自在心头，而不平是受损后一定要发出声音来的。

所以，王国维敏感地得到了这样一个结论："故欢愉之辞难工，愁苦之言易巧。"

描写愁苦的文字比描写欢愉的文字要简单得多。因为人总是不平而鸣，而不总是欢欣而鸣。

【注】

韩愈《送孟东野序》："大凡物不得其平则鸣。"

韩愈《荆谭唱和诗序》："夫和平之音淡薄，而愁思之声要妙，欢愉之辞难工，而穷苦之言易好也。"

⑨ 难觅之真我

社会上之习惯，杀许多之善人。文学上之习惯，杀许多之天才。

何为社会杀人呢？

其实，人的一生就是一段被社会渐渐杀死的过程，只是强弱不同而已。

我们从出生开始，就被社会所要求了。

按照社会所规定的方式去生活，道德、规则以及知识的充实。

道德、规则定义了我们生活的方式。

知识的学习是我们混入社会的培土。

从出生开始干净如水，到最后具备种种本领，生活在这个相处太近就生刺，相处太远就觉冷的社会。

社会不仅仅是杀善人，习惯也不仅仅是杀天才。

不管是善人，还是天才，归根结底，他都是符合了社会价值需求的。在这样一个被规定的大环境中，我们都被改变、塑造成社会"需求"的不同个体。

也就是，其实你并不是你，你以为你是，其实，你并不是。你的父母按照社会惯常的方式来培养你，你所拥有的一切都是按照这样的要求来努力寻求的。

原本真真实实的自我，其实是不存在的，现实中的你就是社会上各种生活习惯和思想时尚的综合体。

烦躁的生活，不管是谁，总会某天无端地心慌，这样的心慌其实也是一种迷茫，他不知道自己为何如此生活。

按部就班的生活，到底是为什么呢？

我为何又会成为我？

如今的我，又是如何成就的呢？

他者，对于现在的我，又有何意义？

焦虑、迷茫，有宗教总是好的，因为这样会给你信仰。你的眼神才不会因为不知如何而活变得空洞。

这是整个社会大环境对人的改变。

或许这样说更合适，社会大环境对人生成的规划。

人在这样一个总体的规则中生活，在这样的规则之内，出现了平庸者和出类拔萃者。

王国维在这里所说的："社会上之习惯，杀许多之善人。文学上之习惯，杀许多之天才。"就是处于这样的大环境中，在固定的规则中，多数人磨灭了自己的灵性。

其实，不管是大环境还是小环境，都难觅真我。

因为，这样一种绝对的真我是不存在的。

这则所写之内容似乎和王国维此则文字所谈的写作关系不大。他强调的是写作上，社会习惯对人的影响。

实质上，谁不是被社会所影响、塑造的呢？

人的哪一个方面又不是被社会所影响、塑造出来的呢？

万千河流归大海。

终归于同。

⑩ 景语皆情语

昔人论诗词，有景语、情语之别。不知一切景语，皆情语也。

一切景语皆情语。

当任何文字只要以表达的形式表现出来，它便有了情感。

也就是说，当文字承载了交流内容的时候，它便是感情的底蕴。

诗词自然是人之情感集中所发。诗文之中所写之字，自然是包含作者情感之言。

一些故作聪明者，将里面的写景写情的文字——划分开来，其实不知道，写景就是写情，一切景语都是情语，因情而生之语，吐之肺腑，便是情意。借景抒情，融情于景等，其实都是废话，一切景语皆情语。

不过，话又说回来，任何文字其实都是自身的一种表达，或隐蔽、或真实，隐蔽也是另外的一种真实的体现。

⑪ 尽君今日欢

词家多以景寓情。其专作情语而绝妙者，如牛峤之"须作一生拼，尽君今日欢"、顾琼之"换我心，为你心，始知相忆深"、欧阳修之"衣带渐宽终不悔，为伊消得人憔悴"、美成之"许多烦恼，只为当时，一饷留情"，此等词，求之古今曾不多见。余《乙稿》中颇于此方面有开拓之功。

东方式的表达向来是含蓄的，在古典诗词里面更是如此。

固定的意象总是能够营造一些固定的意境。王国维也说："词家多以景寓情。"

词家多以景寓情，也就是说，他们不喜欢直白地表达自己的情感。

中国当代受到西方影响，渐渐才有直白表达自己情感的方式。但是，中国人事复杂，国人言语一向是含蓄委婉，和国外直肠子的表达方式是迥然不同的。其实越是压抑的，越是需要表达和倾听。这个时候台湾作家琼瑶仿若横空出世，将爱情满满当当地放置在国人面前，国人在这样炽烈的爱情故事里大解了一把如何表达爱意的馋。正是因为对情感饥渴得太久，所以琼瑶的腻，正补了国人的缺。在琼瑶阿姨的爱情故事里，"我好爱好爱你"，"我好想好想你"，"我觉得我快要崩溃了"这些句子极其裸露地展示了主人公的情感，如果大张旗鼓、没羞没臊的表白在演员闷骚的眼神笼罩下，观众被他们的气场震得全身发冷，波涛汹涌的鸡皮疙瘩教人全身发麻，听着这样的台词，我觉得我也快要崩溃了。

其实，这样叫人瘆得慌的直白句子，全是因为它来得太陡，如此饥渴的表白，前面没有一个来源于真实生活的铺垫，一下子全出来了，叫人招架不住。

直抒胸臆的情感句子，能够打动人的，一定是应时应景、水到渠成的自然。读者读起来要有好像如果是自己在现场，不这样直抒胸臆就不甘心一样。

这才是所谓的情真意切。

也只有情真才能意切，否则就是轻佻和造作。

其中被王国维赞扬的："须作一生拼，尽君今日欢。"此句是女子所说，就是说，只要拥有过我们今天相处的快乐时光，哪怕舍弃我的一生都可以的。

读起来有些悲戚，这句话表面上看是奉献和付出，实质是贪婪的，人常常会为一时的欢愉和欲望的满足，献上自己的灵魂。

这里的女子已经完全地把自己交付了出去，下定了决心，要成就这一晌贪欢。

此刻的付出，如此无怨无悔，不知道实现了这片刻的理想之后，在以后的岁月是否就真能够在内心风轻云淡，拿得起放得下。可是这个时刻，女子对爱情的献身却是真真实实的，她如此浓烈若火般燃烧的爱情，足以焚烧此中男子的任何意志。

是的，人生苦短，恩情易逝。唯一能抓住的就是现在。

细读牛峤的《菩萨蛮》：

菩萨蛮
牛峤

玉炉冰簟鸳鸯锦，粉融香汗流山枕。帘外辘轳声，敛眉含笑惊。柳阴烟漠漠，低鬓蝉钗落。须作一生拼，尽君今日欢。

"玉炉冰簟鸳鸯锦"，玉炉生香烟。冰簟也就是凉席。冰簟上放着鸳鸯被。鸳鸯被，就是供给两个人盖的大被子。这里刻意以"鸳鸯"写被，暧昧的意味就暗生了。

好床好被，因有玉人，屋自生香。

而玉人是怎样的呢？"粉融香汗流山枕"，玉人香汗淋淋，脸上的脂粉都被冲淡了，流在两端高起的枕头上。这里又是很有意味的，为何枕头以山修饰呢？因为头枕在上面，中间松软部分被压下去，自然两边就是如山了。前面已经说过是鸳鸯被了，那么这枕头的形状，就暗示了玉人在床上的姿势是躺着的。玉人横躺，香汗淋淋，这里又是如何的浓艳和暧昧呢？

"帘外辘轳声，敛眉含笑惊。"前面写欢情之浓烈，帘外响起辘轳声，这辘轳声也就表明天快亮了。这外面早起之人活动的声音，惊扰了女子的笑意，眼角眉梢的快乐还没有褪去，马上皱起眉头，担心即将要来的离别了。

下阕首句写景"柳阴烟漠漠"，写到烟柳这个意象即是表明分别在即。

"低鬟蝉钗落"女子头上的发钗滑落下来，是因为女子低头的动作。女子低头是因为有话要告诉即将离去的人。

她说的是："须作一生拼，尽君今日欢。"

这句话的意思是：只要你今天尽兴，我这一辈子都无所谓了。

临别之际，这等自轻自贱的热烈表白，也正是说明了自古以来爱情都是女人的要害。

顾琼之："换我心，为你心，始知相忆深。"更多的其实还是在强调自己对爱情的珍惜。

欧阳修的"衣带渐宽终不悔，为伊消得人憔悴"的确写出了自己为了感情形消体瘦，但是细读其实还有一点炫耀和要挟之意，就是说我为你都成这样了，你看我对你的情感多深啊，那你又应该怎样对我呢？欧阳修的句子叫人觉得他在爱情面前尽管付出得自己已经憔悴了，却还是矜持的。说白了，也就是说欧阳修无论怎么坠入情网，他都是端着的，他放不开。

而美成的"许多烦恼，只为当时，一饷留情"，这句话的确应该看做是周邦彦的肺腑之言，处处留情，为情所困。经历的情事多了，自然就会悟出这些烦恼都是来源于当初自己的多情，如果没有情感，也就没有烦恼，正所谓无爱一身轻嘛。周邦彦的爱情直白之语里，少了情意，多了计较。谁爱谁多一些，谁就更受苦一些。唉，这个爱情的功利主义者，就是没觉悟，所以他不管怎么写，王国维都觉得他境界不高嘛！

【注】

　　牛峤，字松卿，五代前蜀词人，有《牛给事词》，词格类温庭筠。

　　顾琼之，五代后蜀词人。善填各种结构上迥然不同的词，词风绮丽却不浮靡，意象十分清新生动，情致极其悱恻缠绵。《花间集》收夐词五十五首，有《顾太尉》词。

　　柳永《凤栖梧》："衣带渐宽终不悔，为伊消得人憔悴。"词又误入《欧阳文忠公近体诗乐府》及《醉翁琴趣外编》。

012 境阔与言长

词之为体，要眇宜修。能言诗之所不能言，而不能尽言诗之所能言。诗之境阔，词之言长。

诗、词这两种文体，由于受到唐宋朝代的影响，一个端庄，一个柔媚。

很奇怪的两种文体，恰似一对情侣，它们的性格是互补的。

词能言诗所不能言的地方，却不能完全代替诗歌所有的一切。当然诗歌也一样，诗所说的剩下的，便是词所言说的。

诗歌的境界开阔，词的境界总是情深意长。

【注】

屈原《楚辞·九歌·湘君》："君不行兮夷犹，蹇谁留兮中洲，美要眇兮宜修。"

013 不如言境界

言气质，言神韵，不如言境界。境界为本也；气质、格律、神韵，末也。有境界，而三者随之矣。

王国维颇沾沾自喜自己拈出的"境界"一说。境界乃是最根本的东西，其他的一切都是附带的。只要诗词达到了一定的境界，那么神韵、气质也就随之而至了。

境界是豁达融贯的感觉，整首词的感觉都要从此而出，懂得了诗词的境界，基本上也就懂得了整首诗词。

气质和神韵都是次于境界的，境界于一首诗词来说是最重要的。

境界总是像一个盛大的悠远的阔达的整体。

但是仔细感觉，你却也并不觉得它若非是盛大悠远阔达，你就摸不着它了。它牵引你入境，犹如一条密密石子路，走过去之后就是眼界开阔。境界将你整体地带入诗词其中，你的感觉在诗词里面，好像是触摸得到一样。

所以，境界给人的感觉是融。

而气质和神韵的提法，尽管也是对诗词整体感觉上的概括，但是都没有说到实质。

气质，从对诗词的欣赏来说，尽管已经是在往诗词欣赏的内在里走，但是总觉得还是在其表面，没有真正融入。一个人的气质也是表面上给人的感觉，是模糊的，是一个大概的印象。

神韵，似乎比气质更深入一些，但是神韵，比起境界来说又太过于集中，有些过于执着之感。过于执着，就会忽略了欣赏途中的美景，也就是融入境界的一个过程。

境界是一个整体包容的过程，是一个读者融入诗词内里的探究，所以，只有领悟了境界，气质和神韵也就跟着清楚了。

014 借古人之境

"秋风吹渭水，落叶满长安。"美成以之入词，白仁甫以之入曲，此借古人之境界为我之境界者也。然非自有境界，古人亦不为我用。

这里其实再一次提到的是用典的问题。从王国维的"隔"与"不隔"的问题中，可以知道他是向来反对用典的，因为用典用得不好就是"隔"了。

这里被王国维点到名的周邦彦和白仁甫，在各自的词和曲中，都化用了贾岛《忆江上吴处士》中的名句"秋风吹渭水，落叶满长安"一句。

忆江上吴处士
贾岛

闽国扬帆去，蟾蜍亏复圆。秋风吹渭水，落叶满长安。
此夜聚会夕，当时雷雨寒。兰桡殊未返，消息海云端。

但是在周邦彦和白仁甫的所用之处，并无"隔"之感，反而是水到渠成的自然之感。

王国维说这里两人用典用得好的原因就是，周邦彦和白仁甫在用典的时候，已经用了自己独特的意境，所以典故便是对自己所营造意境的一个推波助澜，而不会喧宾夺主。

其实周邦彦是一直不被王国维所赞许的，这次的活用典故除外。

不过从贾岛的这句"秋风吹渭水，落叶满长安"诗句的本意来理解，就是讲的秋意凄楚之感。

若将它化用，其意只要是跟萧瑟、凄楚的秋天相关就可以了。

所以，在周邦彦和白仁甫的词曲里面，他们最开始营造的氛围就是秋天的萧瑟之意，那么再化用典故来相称，就是相得益彰了。

齐天乐 · 秋思
周邦彦

绿芜凋尽台城路，殊乡又逢秋晚。暮雨生寒，鸣蛩劝织，深阁时闻裁剪。云窗静掩。叹重拂罗裀，顿疏花簟。尚有綀囊，露萤清夜照书卷。

荆江留滞最久，故人相望处，离思何限？渭水西风，长安乱叶，空忆诗情宛转。凭高眺远。正玉液新篘，蟹螯初荐。醉倒山翁，但愁斜照敛。

双调 · 德胜乐
白朴

玉露冷，蛩吟砌。听落叶西风渭水。寒雁儿长空嘹唳。陶元亮醉在东篱。

梧桐雨 · 普天乐

恨无穷，愁无限。争奈仓促之际，避不得蓦岭登山。銮驾迁。成都盼。更哪堪泸水西飞雁，一声声送上雕鞍。伤心故园，西风渭水，落日长安。

⑮ 谁最工长调

长调自以周、柳、苏、辛为最工。美成《浪淘沙慢》二词，精壮顿挫，已开北曲之先声。若屯田之《八声甘州》，东坡之《水调歌头》"中秋寄子由"，则仁兴之作，格高千古，不能以常词论也。

此则中，王国维特意提到了长调。

王国维赞许周、柳、苏、辛四人的长调最为工整。

其中周邦彦的《浪淘沙慢》精壮顿挫，开了北曲之先声。

浪淘沙慢·其一

周邦彦

晓阴重，霜凋岸草，雾隐城堞。南陌脂车待发，东门帐饮乍阕。正拂面、垂杨堪揽结。掩红泪、玉手亲折。念汉浦离鸿去何许，经时信音绝。

情切。望中地远天阔。向露冷风清，无人处，耿耿寒漏咽。嗟万事难忘，唯是轻别。翠尊未竭，凭断云、留取西楼残月。

罗带光销纹衾叠。连环解、旧香顿歇。怨歌永、琼壶敲尽缺。恨春去、不与人期，弄夜色、空馀满地梨花雪。

浪淘沙慢·其二

周邦彦

万叶战，秋声露结，雁度沙碛。细草和烟尚绿，遥山向晚更碧。见隐隐、云边新月白。映落照、帘幕千家，听数声、何处倚楼笛？装点尽秋色。

脉脉。旅情暗自消释。念珠玉、临水犹悲感，何况天涯客？忆少年歌酒，当时踪迹。岁华易老，衣带宽、懊恼心肠终窄。

飞散后、风流人阻。兰桥约、怅恨路隔。马蹄过、犹嘶旧巷陌。叹往事、一一堪伤，旷望极。凝思又把阑干拍。

之后提到柳永的《八声甘州》：

八声甘州

柳永

对潇潇暮雨洒江天，一番洗清秋。渐霜风凄紧，关河冷落，残照当楼。是处红衰翠减，苒苒物华休。惟有长江水，无语东流。

不忍登高临远，望故乡渺邈，归思难收。叹年来踪迹，何事苦淹留。想佳人、妆楼颙望，误几回、天际识归舟。争知我、倚阑干处、正恁凝愁。

"对潇潇暮雨洒江天，一番洗清秋。"开头便是开阔之境，吟读之时是何等的壮美萧楚，潇潇暮雨一洒江天，将清秋洗尽。

"渐霜风凄紧，关河冷落，残照当楼。是处红衰翠减，苒苒物华休。惟有长江水，无语东流。"壮阔之后便是一番轻愁，这番愁恰似万古文人都会有的感叹，感叹时光荏苒，唯一能安慰自己的便是这无语东流之长江。

《八声甘州》的下阕太失意，比不上上阕的风度气魄，上阕气魄轩昂，落落低回，叫人吟之壮怀胸鬐，一思泪流。

而苏轼的《水调歌头》一扫悲怀婉转，只是温柔以待。醉酒通宵，心最柔时，情才真时。

水调歌头

苏轼

丙辰中秋，欢饮达旦，大醉，作此篇，兼怀子由。

明月几时有？把酒问青天。不知天上宫阙，今夕是何年？我欲乘风归去，又恐琼楼玉宇，高处不胜寒。起舞弄清影，何似在人间！

转朱阁，低绮户，照无眠。不应有恨，何事长向别时圆？人有悲欢离合，月有阴晴圆缺，此事古难全。但愿人长久，千里共婵娟。

"明月几时有？把酒问青天。不知天上宫阙，今夕是何年？我欲乘风归去，又恐琼楼玉宇，高处不胜寒。起舞弄清影，何似在人间！"

上阕同样是感叹时光，却是如神仙般的飘飘然，这人间已然是仙境了。

"转朱阁，低绮户，照无眠。不应有恨，何事长向别时圆？人有悲欢离合，月有阴晴圆缺，此事古难全。但愿人长久，千里共婵娟。"

下阕的辗转回首，这人生之悲欢离合，恰如这月的阴晴圆缺，这似乎已经成为了普遍的一条人生定理。既然人生已是如此，遗憾从来是不可能被改变的。只有期盼着人生长久、千里共婵娟了。

所以苏轼《水调歌头》的这颗温柔之心，被王国维称为格高千古，不能当作一般长调看待。

【注】

柳永，字耆卿，官至屯田员外郎，世称柳屯田，北宋词人，有《乐章集》。

016 后人不能学

稼轩《贺新郎》词"别茂嘉十二弟",章法绝妙。且语语有境界,此能品而几于神者。然非有意为之,故后人不能学也。

贺新郎·别茂嘉十二弟
辛弃疾

绿树听鹈鴂。更那堪、鹧鸪声住,杜鹃声切。啼到春归无寻处,苦恨芳菲都歇。算未抵、人间离别。马上琵琶关塞黑,更长门、翠辇辞金阙。看燕燕,送归妾。

将军百战身名裂。向河梁、回头万里,故人长绝。易水萧萧西风冷,满座衣冠似雪。正壮士、悲歌未彻。啼鸟还知如许恨,料不啼清泪长啼血。谁共我,醉明月?

辛弃疾的这首《贺新郎·别茂嘉十二弟》,被王国维称为是神品,后人是如何都学不来的。

"绿树听鹈鴂。更那堪、鹧鸪声住,杜鹃声切。啼到春归无寻处,苦恨芳菲都歇。算未抵、人间离别。马上琵琶关塞黑,更长门翠辇辞金阙。看燕燕,送归妾。"上阕用典颇多,我一向比较害怕读用典较多的词,一是自己才疏学浅,识典不多;二是一读典便是要将这意思再换转一次,委实有些觉得已不再有最初之真的感觉。

但是读辛弃疾的词,你在读的时候,即便是你不知道这些典故,但是你依旧能够一气呵成般的顺畅而下,这便是辛弃疾用典的神奇之处,也是他写词的

自然之气。

"绿树听鹈鴃。更那堪、鹧鸪声住，杜鹃声切。"前面几句写到了三种鸟儿的叫声，这些鸟儿的叫声都是凄凉的，你方叫罢它响起，三种声音轮番响起，叫人心中更是不忍。

"啼到春归无寻处，苦恨芳菲都歇。"这些凄楚的叫声，即便是春天似乎也寻觅不到明媚，遗憾这凄楚叫这芳菲歇尽。此句化用的典故是《离骚》："恐鹈鴃之先鸣兮，使夫百草为之不芳。"此句的意思依旧是鸟儿的凄楚之声，叫百花不再芬芳了。和辛弃疾此时此词的心境是如出一辙的，虽说辛弃疾身为武夫，但他的才华并不逊色于他的武艺，他的内心也对这千秋之家国充满了凝愁重恨。

"马上琵琶关塞黑"所用典故是王昭君出塞;"更长门翠辇辞金阙"所用典故是陈后被黜于长门宫辞别汉武帝刘彻之事;"看燕燕,送归妾"所用典故即是载卫庄姜送戴妫陈事。这些所用典故,都是美人失意,表面上是写美人失意,实质是暗喻自己不被重视,一腔忠心都被付诸东流之恨。

"将军百战身名裂。向河梁、回头万里,故人长绝。易水萧萧西风冷,满座衣冠似雪。正壮士、悲歌未彻。啼鸟还知如许恨,料不啼清泪长啼血。谁共我,醉明月?"

"将军百战身名裂"其中"将军"是指汉将军李陵,本是一心为了国家的将军,在战败之时为了保住全部将士投降匈奴,这一举动导致将军身败名裂。"向河梁、回头万里,故人长绝。"这里的故人是苏武,苏武牧羊不忘故里。"易水萧萧西风冷,满座衣冠似雪。正壮士、悲歌未彻。"荆轲刺秦之义举,悲歌啸西风。这四个典故所引之人都是忠肝义胆却无好下场之壮士,万古英雄,一腔悲歌。和辛弃疾恰似如出一辙的,他在了解别人,替他人倾诉的同时,也是在倾诉自己。

"啼鸟还知如许恨,料不啼清泪长啼血。"从这么多的壮怀激烈的英雄悲歌中由人及己,听到这鸟啼之声,想到如果鸟儿也能够了解这些许家仇国恨的话,那么恐怕所啼的就不再是清泪,而是血泪了吧。这里很自然地又引入了另一个典故:杜鹃啼血。开篇便闻鸟啼之声,此时随着词的层层推进,杜鹃啼血更显思想之深刻。

"谁共我,醉明月?"词到这里才表明其意,其词是一首送别之词,十二弟与我的分别,正是我这前面的愁情之来由。英雄人间知己少,十二弟一走,我还能和谁诉衷肠,醉明月呢?

全词用典颇多,但是却自然流畅,毫无"隔"之感,反而加深了词中感情的表达。这样的功力,正是王国维欣赏的地方。

017 开通押之祖

稼轩《贺新郎》词："柳暗凌波路。送春归、猛风暴雨，一番新绿。"又《定风波》词："从此酒酣明月夜，耳热。""绿""热"二字，皆作上去用。与韩玉《东浦词·贺新郎》以"玉""曲"叶"注""女"，《卜算子》以"夜""谢"叶"节""月"，已开北曲四声通押之祖。

这里又讲到了押韵。

以往的北方方言讲平、上、去、入。而我们现在的普通话虽说是从北方方言发展而来的，却没有入声。

在宋代最开始的时候，压仄声韵的词，通押的只有其同韵部的上声韵和去声韵。

在南宋时候，北曲流行，平、上、去、入四声都可以通押了。

我们看到被王国维提及的四首词，就可以举出例子：

贺新郎
辛弃疾

柳暗凌波路。送春归、猛风暴雨，一番新绿。千里潇湘葡萄涨，人解扁舟欲去。又樯燕、留人相语。艇子飞来生尘步，睡花寒、唱我新番句。波似箭，催鸣橹。

黄陵祠下山无数。听湘娥、泠泠曲罢，为谁情苦。行到东吴春已暮，正江阔、潮平稳渡。望金雀、觚棱翔舞。前度刘郎今重到，问玄都、千树花存否？愁为倩，幺弦诉。

定风波

辛弃疾

金印累累佩陆离，河梁更赋断肠诗。莫拥旌旗真个去。何处？玉堂元自要论思。

且约风流三学士，同醉。春风看试几枪旗。从此酒酣明月夜。耳热。那边应是说侬时。

贺新郎·咏水仙

韩玉

绰约人如玉。试新妆、娇黄半绿，汉宫匀注。倚傍小阑闲凝伫，翠带风前似舞。记洛浦、当年侣侣。罗袜生尘香冉冉，料征鸿、微步凌波女。惊梦断，楚江曲。

春工若见应为主。忍教都、闲亭邃馆，冷风凄雨。待把此花都折取，和泪连香寄与。须信到、离情如许。烟水茫茫斜照里，是骚人、九辨招魂处。千古恨，与谁语？

卜算子

韩玉

杨柳绿成荫，初过寒食节。门掩金铺独自眠，哪更逢寒夜。

强起立东风，惨惨梨花谢。何事王孙不早归？寂寞秋千月。

辛弃疾的《贺新郎》和《定风波》中，"绿"和"热"应为入声，在这里按照押韵的规则，就不再读成入声，只是读成上声或是去声。

韩玉的《贺新郎（咏水仙）》中以"玉""曲"读为入声与"注""女"押韵。《卜算子》中的"夜""谢"读去声，与"节""月"读入声押韵。

这便是王国维所说开四声押韵之祖。

018 不足比容若

谭复堂《箧中词选》谓："蒋鹿潭《水云楼词》与成容若、项莲生，二百年间，分鼎三足。"然《水云楼词》小令颇有境界，长调惟存气格。《忆云词》精实有余，超逸不足，皆不足与容若比。然视皋文、止庵辈，则倜乎远矣。

谭复堂称蒋春霖、项鸿祚和纳兰容若在这二百年间在词的造诣中分鼎三足。

在王国维看来，蒋项二人难以和纳兰容若媲美。像张惠言、周济之辈，差纳兰容若就更远了。

纳兰容若的词向来是行云流水，自述个人之性情，在上篇对纳兰容若的词已有分析。

王国维指出的是：《水云楼词》小令颇有境界，长调唯存气格。但是一和纳兰容若的相比起来，便是精实有余，超逸不足。

何为超逸不足？也就是在气度上，是怎么样都赶不上纳兰容若的，少了潇洒之气，只剩下解不开的郁结之心，这样心境作出来的词，自然也就境界不开阔了。

【注】

倜，远离的样子。

谭献，号复堂，近代词人，选辑清人词为《箧中词选》，另著有《复堂词》。

蒋春霖，字鹿潭，清代词人，有《水云楼词》。

项鸿祚，字莲生，清代词人，有《忆云词甲乙丙丁稿》。

⑲ 清尊北宋词

词家时代之说，盛于国初。竹垞谓："词至北宋而大，至南宋而深。"后此词人，群奉其说。然其中亦非无具眼者。周保绪曰："南宋下不犯北宋拙率之病，高不到北宋浑涵之诣。"又曰："北宋词多就景叙情，故珠圆玉润，四照玲珑。至稼轩、白石，一变而为即事叙景，故深者反浅，曲者反直。"潘四农德舆曰："词滥觞于唐，畅于五代，而意格之闳深曲挚，则莫盛于北宋。词之有北宋，犹诗之有盛唐。至南宋则稍衰矣。"刘融斋熙载曰："北宋词用密亦疏，用隐亦亮，用沈亦快，用细亦阔，用精亦浑。南宋只是掉转过来。"可知此事自有公论。虽止庵词颇浅薄，潘刘尤甚。然其推尊北宋，则与明季云间诸公，同一卓识也。

云间诸公，指明末词人陈子龙、宋徵舆、李雯，三人皆为松江华亭（今上海松江，云间为松江别称）人，时称"云间三子"。

　　此则列举了很多清代评论家对宋词的评价，不管其理论粗浅，都一致推崇北宋的词。

　　这里对北宋之词的推崇，和王国维的论点是一致的。其中王国维推崇北宋词，在上篇已有详细说明。

【注】

　　朱彝尊，号竹垞，清代词人，其《词综·发凡》："世人言词，必称北宋。然词至南宋始极其工，至宋季而始极其变。"

　　保绪语见周济《介存斋论词杂著》。

　　潘德舆，号四农，清代诗人，其语见《养一斋集》卷二十二"与叶生名澧书"。

　　刘融斋语见刘熙载《艺概》卷四《词曲概》。

⓪20 子龙彩花耳

唐五代、北宋之词，何谓"生香真色"。若云间诸公，则采花耳。湘真且然，况其次也者乎？

"生香真色"是从王士禛《花草蒙拾》中拾掇出来的四个字，被王国维用来形容唐、五代、北宋词的特色，王国维用词乃真情之作，最初的观点再一次地肯定了唐、五代、北宋的词。

"云间诸公，则采花耳。"这里是王国维揶揄陈子龙的作品，说他的作品不过如同彩花。作品如同彩花，就是徒有其表，实质上并没有生命力。

【注】

"生香真色"语出王士禛《花草蒙拾》。湘真指陈子龙词集《湘真阁》。

㉑ 浅论《衍波词》

《衍波词》之佳者，颇似贺方回。虽不及容若，要在浙中诸子之上。

《衍波词》中的佳作，和贺铸的作品相似，虽然比不上纳兰容若的词，但是和朱彝尊、陈维崧这些人比起来，王士禛就很厉害了。

一直都佩服王国维思维上的跳跃性，他往往能够随意拈出两人就做比较，不管这两个人是否有几千岁、几百岁之差别。

在读到《人间词话》下篇的时候，我觉得王国维在将这些被他挑选出来的人进行比较的行为中，似乎模糊了进行比较的一个标准，或许文学的感觉是无法用标准来衡量的，王国维在这几则中给我们的似乎更多的，还是他个人纯粹的感觉。

明末清初的诗人王士禛，在诗歌上主张要有"神韵"，推崇清幽淡远、含蓄深蕴，言有尽而意无穷。但是历来的评论家对他擅长的小令的评价是含蓄之味多，沉厚之旨少，和朱彝尊、陈维崧比起来，也未必比得上。

不管他人如何言说，我们还是自己先来品鉴一番。

浣溪沙
王士禛

北郭青溪一带流，红桥风物眼中秋，绿杨城郭是扬州。
西望雷塘何处是？香魂零落使人愁，澹烟芳草旧迷楼。
白鸟朱荷引画桡，垂杨影里见红桥，欲寻往事已魂消。
遥指平山山外路，断鸿无数水迢迢，新愁分付广陵潮。

只要读过唐诗之后，再读其他人的诗歌，自然而然便会觉得其诗底气不足，似乎好诗都被唐朝人写尽了。读王士禛的这首《浣溪沙》，我才真是有只是文字的堆砌，情感犹如鸡肋。情感在文字的游走中明显地有力不从心之感。

这首《浣溪沙》将清溪、枫叶、芳草等等意象组织起来，情感抒发不过就是"使人愁""已魂消""新愁"等词语贯穿其中，便称其为诗了，实质上很有老生常谈之感，也并不能感觉到神韵之类的。

再读朱彝尊：

卖花声·雨花台
朱彝尊

衰柳白门湾，潮打城还。小长干接大长干，歌板酒旗零落尽，剩有渔竿。

秋草六朝寒，花雨空坛。更无人处一凭栏。燕子斜阳来又去，如此江山。

文人悲苦多，感叹江山几何。读这首词，依旧是文人对家园河山的感叹，不过在气势上颇为委婉，欲说还休，几番唱回，借凋残的意象来加以衬托，昔盛今衰，一句"如此江山"将满腔悲哀以如此含蓄的方式表达出来，更是摧人心肝。

再欣赏陈维崧：

醉落魄·咏鹰
陈维崧

寒山几堵，风低削碎中原路。秋空一碧无今古。醉袒貂裘，略记寻呼处。

男儿身手和谁赌？老来猛气还轩举。人间多少闲狐兔？月黑沙黄，此际偏思汝。

此词为咏物词，咏物多是借物抒怀。

上阕开篇写鹰在高空所俯之景，但是"堵""削"等用字极为精练，写出鹰之英

雄气度。

下阕"男儿"起句，豪迈气势已是将己比鹰，所写豪迈之气中，语言中不乏天下不识英雄，英雄无用武之地的悲愤之意。

读陈维崧的词，能够识得他的勇猛之气，却又从他的勇猛之气中看得他的天真，有些初生牛犊不怕虎的冲动。

三人的诗词，偶择其一读之，我不能仅仅从自己所读的一两篇作品去评价诗人的风格。只是这一路读出，我最喜欢的还是陈维崧的《咏鹰》，此篇亦是天真可爱的文字。

【注】

浙中诸子，指清代词人朱彝尊、陈维崧诸人。

022 论近人之词

近人词，如《复堂词》之深婉，《疆村词》之隐秀，皆在吾家半塘翁上。疆村学梦窗而情味较梦窗反胜。盖有临川、庐陵之高华，而济以白石之疏越者。学人之词，斯为极则。然古人自然神妙处，尚未梦见。

这则的意思是，近代词人，比如谭献的《复堂词》的深宏婉约之处，朱孝臧的《疆村词》中隐利闺秀之处，都在王鹏运之上。朱孝臧学习吴文英，在情味上反而比他高明，并且句子具有王安石和欧阳修的精妙，而又兼备了姜夔的俊朗，学习古人写词句子能写到这等高妙地步，已经是到极点了。可是朱孝臧只是学习句子的写法，自然之情感和诗歌之神韵，没有办法从他的诗文中领略到。

这则提到了近代的很多诗人，王国维本就处于清末时代，把近代诗人所写之词拿来评价一番，也是人之常情。看起来好像比较了很多诗人的风格，具体点评不过是朱孝臧的词。

朱孝臧在近代词人中是比较有名的，与王鹏运、况周颐和郑文焯合称"清季四大词人"，这样的封号颇有才子的意味了。

王国维最欣赏北宋之词，他一直认为北宋的词比南宋的词要精妙。离开两宋，王国维欣赏的词人只有纳兰容若，从塞外而入的纳兰容若，丝毫没有背负宋词遗留下来的辉煌，反而在词的创作上写出了后主之风。而深受宋词成就之影响，对宋词的优秀作品反复临摹，对其个人风格反复揣摩，好似邯郸学步，忘却了自己对词真正的感觉，所以王国维对其他只知道遣词造句的词人的评价都很低，基本上都认为他们不过是填词匠。

读了朱孝臧的词，觉得王国维这样的感觉一点都没错。

看到此人所作之词二首：

浣溪沙·其一

朱孝臧

独鸟冲波去意闲，瑰霞如赭水如笺。为谁无尽写江天。

并舫风弦弹月上，当窗山髻挽云还。独经行处未荒寒。

浣溪沙·其二

朱孝臧

翠阜红厓夹岸迎，阻风滋味暂时生，水窗官烛泪纵横。

禅悦新耽如有会，酒悲突起总无名。长川孤月向谁明？

有些人对这两首词的评价是看不懂，也就是不明其意。我读了之后也是一头雾水。第一首，起句"独鸟冲波去意闲"有着孤寂清闲之感，但是后句便觉晦涩了，"瑰霞如赭水如笺"，霞光好似玫瑰之色，但是和前句所营造的孤寂清闲之感有何关系呢？"水如笺"怎么突然又生了水如信纸的意思呢？后面一句"为谁无尽写江天"，有着叹惋时光流逝之感，但是这样的感觉似乎也很牵强，好似只是故意为了情感而情感，那么也就是为了文字而文字了。

"疆村学梦窗，而情味较梦窗反胜。盖有临川、庐陵之高华，而济以白石之疏越者。"读这两首词，确实有此感，但是词无真情，纯粹遣字，文字再精美，也不过是一朵绣屏上的鲜花罢了。

【注】

朱孝臧，一名祖谋，号疆村，近代词人，有《疆村词》。

王鹏运，号半塘老人，又号鹜翁，近代词人，有《半塘定稿》《鹜翁词》等。

王安石，临川人，北宋文学家。

欧阳修，庐陵人，北宋文学家。

023 两首《蝶恋花》

宋直方《蝶恋花》："新样罗衣浑弃却，犹寻旧日春衫著。"谭复堂《蝶恋花》："连理枝头侬与汝，千花百草从渠许。"可谓寄兴深微。

王国维在这两首词中，分别拈出两句，发出"寄兴深微"之叹。

先看第一首：

蝶恋花
宋直方

宝枕轻风秋梦薄，红敛双蛾，颠倒垂金雀。新样罗衣浑弃却，犹寻旧日春衫著。

偏是断肠花不落，人苦伤心，镜里颜非昨。曾误当初青女约，至今霜夜思量著。

被拈出之句："新样罗衣浑弃却，犹寻旧日春衫著。"从此刻穿在身的新衣服上，却还想嗅到旧衣服的味道，生活在明末清初时代的宋直方，暗含着对前朝的怀念。

再看第二首：

蝶恋花
谭献

帐里迷离香似雾，不烬炉灰，酒醒闻馀语。连理枝头侬与汝，千花百草从渠许。

　　莲子青青心独苦，一唱将离，日日风兼雨。豆蔻香残杨柳暮，当时人面无寻处。

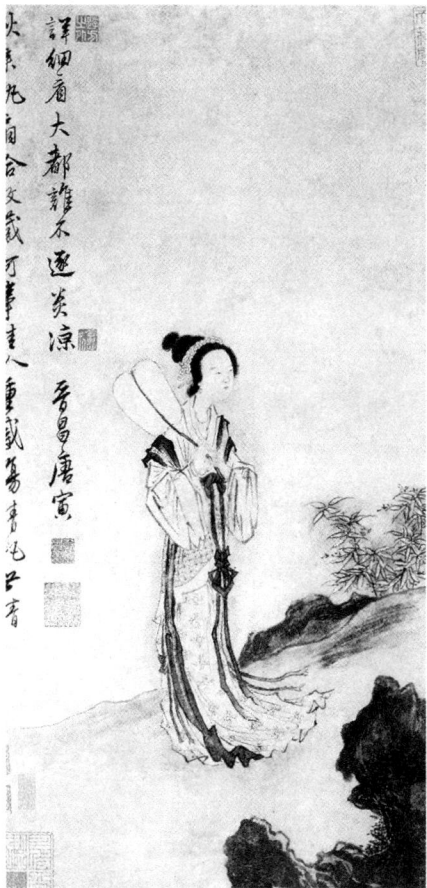

　　被拈出之句："连理枝头侬与汝，千花百草从渠许。"暗含不会舍弃以前的东西，以前的东西都是千丝万缕，已经和现在的自己息息相关了。

　　下阕似乎更悲戚，情感也更明显。莲子表面看起来青青的，实质上它的内心却是苦的。歌罢将离别，离去自是匆匆，一天天的路程风雨相交。只剩下这豆蔻残香，日暮之柳，而昔日的人早已无处追寻，抱怨、不满之意溢满全词。

　　谭献和宋直方一样都是生活在改朝换代的时代。谭献生活在清末，所寄托的，也就是不会忘记前朝，眷恋清朝时代的辉煌。

　　而王国维独独欣赏这两句，或许跟词里面寄托的情绪有关，要知道王国维生活的时代更是乱世，这样的世界和他的理想之国是相差甚远的。他在欣赏两位词人的这两句词的时候，对于他自己此时的心境，何尝又不是一种寄兴深微呢。

Ⓞ24 令人不能怀

《半塘丁稿》中和冯正中《鹊踏枝》十阕，乃《鹜翁词》之最精者。"望远愁多休纵目"等阕，郁伊惝恍，令人不能为怀。《定稿》只存六阕，殊为未允也。

王鹏远《半塘丁稿》中的《鹜翁词》有十阕和的是冯正中《鹊踏枝》，这所和冯词的十阕，正是《鹜翁词》中最精者。

这精妙的十阕，在《定稿》里存在六阕。

我们可以略略读一下这被称为最精的十阕：

鹊踏枝
王鹏运

冯正中《鹊踏枝》十四阕，郁伊惝恍，义兼比兴，蒙者诵焉。春日端居，依次属和。就均成词，无关寄托，而章句尤为凌杂。忆云生云："不为无益之事，何以遣有涯之生？"三复前言，我怀如揭矣。时光绪丙申三月二十八日。录十。

其一

落蕊残阳红片片，懊恨比邻，尽日流莺转。似雪杨花吹又散，东风无力将春限。

慵把香罗裁便面，换到轻衫，欢意垂垂浅。襟上泪痕犹隐见，笛声催按梁州遍。

其二

斜日危阑凝伫久，问讯花枝，可是年时旧？浓睡朝朝如中酒，谁怜梦里人消瘦。

香阁帘栊烟阁柳，片霎氤氲，不信寻常有。休遣歌筵回舞袖，好怀珍重春三后。

其三

谱到阳关声欲裂，亭短亭长，杨柳那堪折。挑菜渐裙春事歇，带罗羞指同心结。

千里孤光同皓月，画角吹残，风外还呜咽。有限坠欢真忍说，伤生第一生离别。

其四

风荡春云罗衫薄，难得轻阴，芳事休闲却。几日啼鹃花又落，绿笺莫忘深深约。

老去吟情浑寂寞，细雨檐花，空忆灯前酌。隔院玉箫声乍作，眼前何物供哀乐？

其五

漫说目成心便许，无据杨花，风里频来去。怅望朱楼难寄语，伤春谁念司勋误？

枉把游丝牵弱缕，几片闲云，迷却相思路。锦帐珠帘歌舞处，旧欢新恨思量否？

其六

昼日恹恹惊夜短，片霎欢娱，那惜千金换。燕睨莺鬓春不管，敢辞弦索为君断？

隐隐轻雷闻隔岸，暮雨朝霞，咫尺迷云汉。独对舞衣思旧伴，龙山极目烟尘满。

其七

望远愁多休纵目，步绕珍丛，看笋将成竹。晓露暗垂珠簏簌，芳林一带如新浴。

檐外春山森碧玉，梦里骖鸾，记过清湘曲。自定新弦移雁足，弦声未抵归心促。

其八

谁遣春韶随水去？醉倒芳尊，望却朝和暮。换尽大堤芳草路，倡条都是相思树。

蜡烛有心灯解语，泪尽唇焦，此恨消沈否？坐对东风怜弱絮，萍飘后日知何处？

其九

对酒肯教欢意尽？醉醒恹恹，无那伤春困。锦字双行笺别恨，泪珠界破残妆粉。

轻燕受风飞远近，消息谁传，盼断乌衣信。曲几无憀闲自隐，镜奁心事孤鸾鬓。

其十

几见花飞能上树，难系流光，枉费垂杨缕。筝雁斜飞排锦柱，只伊不解将春去。

漫诩心情黏地絮，容易飘飏，那不惊风雨。倚遍阑干谁与语？思量有恨无人处。

在王鹏运晚年自删的《半塘定稿·鹜翁集》中存《鹊踏枝》六首，删除了第三、第六、第七、第九等四首。

王国维所欣赏的"望远愁多休纵目"这一首，他引用王鹏运自己所作之序中对冯延巳词的评价"郁伊惝恍"来形容王鹏运的词。王国维一向喜欢用作者自己的话来评价作者的词，这次也不例外，但是在后面，他还加了一句"令人不能为怀"。

下面我们来具体分析这被王鹏运所删除的第七首，在什么地方令人不能为怀。

其七

望远愁多休纵目，步绕珍丛，看笋将成竹。晓露暗垂珠簌簌，芳林一带如新浴。

檐外春山森碧玉，梦里骖鸾，记过清湘曲。自定新弦移雁足，弦声未抵归心促。

上阕："望远愁多休纵目"，行人远望，却早已是双目含愁，尽管双眼含愁却还"休纵目"。那么这样一个已是伤心之人，为何还要频频地望远，做出伤心之事呢？"步绕珍丛"正是紧接上阕的伤心之意，本已是伤心之人，看花丛之明媚，更增内心之忧伤，于是绕过花丛。"看笋将成竹"即便是绕过花丛，尽管双目所见之景是春天刚刚破土而出的竹笋，但是一看到这竹笋便想到在过往的岁月中，它即将长成茂密的修竹，更是感叹时光之飞逝。

"晓露暗垂珠簌簌，芳林一带如新浴。"再看这清晨之中的芳林，美得好似刚刚出浴，但是这垂挂的露珠恰似暗自垂泪啊。所见美景却暗自垂泪，正是这一路的愁心使然。

下阕："檐外春山森碧玉，梦里骖鸾，记过清湘曲。"春山恰似碧玉，梦中好似仙人驾鸾，自在之云游，只记得听闻了湘水之曲。"清湘曲"暗含过湘水就能回到家乡，词人的家乡就在漓江边，灵渠连接了湘水和漓江。

"自定新弦移雁足，弦声未抵归心促。"上句已经写到了梦中都渴求回到家乡，下句紧接的更是对这心思的直接表露，归心似弦声，声声催归急。

整首词给人思归之感浓烈，词中之意是归家，但从词意中表现得更深的是内心的焦急和此时处在现实中的不安。所以，这里的归家，更强调的是年岁已过，却无法寻找到内心的安处。

整首词感情真挚，其中的抑郁惆怅迷茫和冯延巳之词浑然天成。对比阅读一下，可能对王鹏运的词感触更深。

㊟ 陷深文罗织

固哉，皋文之为词也！飞卿《菩萨蛮》、永叔《蝶恋花》、子瞻《卜算子》，皆兴到之作，有何命意？皆被皋文深文罗织。阮亭《花草蒙拾》谓："坡公命宫磨蝎，生前为王珪、舒亶辈所苦，身后又硬受此差排。"由今观之，受差排者，独一坡公已耶？

皋文就是张惠言，他在自己的著作《词选》中评价飞卿《菩萨蛮》、永叔《蝶恋花》、子瞻《卜算子》，都是抒发怀才不遇的作品。王国维批评张惠言读诗读词读成了死脑筋，受到屈原香草美人喻君王，自己是不受美人待见，喻自己失意于朝廷这一典型比喻的影响，只要在词中一见到描写美人的内容，就认为该作者怀才不遇。

菩萨蛮
温庭筠

小山重叠金明灭，鬓云欲度香腮雪。懒起画蛾眉，弄妆梳洗迟。 照花前后镜，花面交相映。新帖绣罗襦，双双金鹧鸪。

这首词读完很明显，词里写的是女子化妆的诸多细节，词里也没有流露出失意之情。在张惠言的《词选》中评论："此感士不遇也，篇法仿佛《长门赋》。'照花四句'，《离骚》初服之意。"读到美人之词，便把屈原、《离骚》搬了出来，不知道张惠言为何如此生搬硬套，乱作解释，真是毫无道理，读书读傻了的书呆子。

再看欧阳修的《蝶恋花》，后来有人考证说这首词也可能是冯延巳的作品：

蝶恋花

欧阳修

庭院深深深几许？杨柳堆烟，帘幕无重数。玉勒雕鞍游冶处，楼高不见章台路。

雨横风狂三月暮，门掩黄昏，无计留春住。泪眼问花花不语，乱红飞过秋千去。

张惠言在《词选》中是这么评的："庭院深深，闺中既以邃远也。楼高不见，哲王又不寤也。章台游冶，小人之径。雨横风狂，政令暴急也。乱红飞去，斥逐者非一人而已，殆为韩范作乎？"

本词也是写的女子伤春悲春。张惠言提到："乱红飞去，斥逐者非一人而已，殆为韩范作乎。"暗指韩琦和范仲淹都是曾经遭受到贬谪的人，这里将欧阳修与二人相提并论，也是说欧阳修此词乃是借女子伤春悲春表达官场失意，教人觉得此人固执迂腐得不可理喻。

卜算子

苏轼

黄州定慧院寓居作

缺月挂梧桐，漏断人初静。谁见幽人独往来，缥缈孤鸿影。惊起却回头，有恨无人省。拣尽寒枝不肯栖，寂寞沙洲冷。

张惠言也在《词选》中评："此东坡在黄州作。鲔阳居士云（《唐宋诸贤绝妙好词选》卷二）：缺月，刺明微也。漏断，暗时也。幽人，不得志也。独往来，无助也。惊鸿，贤人不安也。回头，爱君不忘也。无人省，君不察也。拣尽寒枝不肯栖，不偷安于高位也。寂寞沙洲冷，非所安也。此词与《考槃》诗极相似。"

苏东坡曾遭贬谪于黄州，按照张惠言的逻辑，只要是苏东坡在被贬谪的地方所写之词，一定是与官场失意有关的。

果然，这人就开始断章取义，并且按照自己的逻辑，在苏东坡的词中找证据，并且还搬出了《唐宋诸贤绝妙好词选》来佐证。按照《唐宋诸贤绝妙好词选》卷二里面的解释，将"缺月"理解为刺明微也。将"漏断"理解为暗时也。前面两个已经叫人觉得好笑了。但是后面的理解，更加令人捧腹，"幽人"理解为不得志也，"独往来"理解为无助也。连"惊鸿"都要理解为贤人不安也。"回头"自然就是念念不忘国君，恰似对美人的相思之意了。"无人省"自然就是国君不理解自己的一片苦心和忠心了。"拣尽寒枝不肯栖"理解为苏轼即使身居重臣高位，可并没有沉迷于物质上的满足。"寂寞沙洲冷"也就是内心困顿不安。

仔细看来，觉得这是一个读书读得异常迂腐的混蛋，很像《牡丹亭》里的陈最良。

张惠言评论总是喜欢掉书袋，这不又掉了一次，最后，他把《考槃》拿出来，说苏东坡写的这首词就和《考槃》是一个意思。《考槃》源于《诗经·卫风》，乃是隐逸诗之宗祖。但是诗中的隐逸之情和苏轼词中的情感也是不一致的，一个乐观，一个清幽，不知道张惠言怎么会把三个并无太大关系的事情全部扯到一起呢？

王士禛在《花草蒙拾》中揶揄道："仆尝戏谓：坡公命宫磨蝎，湖州诗案，生前为王珪、舒亶辈所苦，身后又硬受此差排耶？"

"命宫磨蝎"就是命运多舛的意思。苏轼生前反对王安石变法，被王珪、舒亶等辈陷害而被贬黄州，这就是湖州诗案。苏轼受到政治牵连，已经是很不幸的事情了，但是自己的词还要被别人因为这样的事情胡乱理解，这些人真是无聊啊！

显然王国维找出王士禛的这段话是来支持自己的观点的。用如此牵强附会的方式来理解词，而不从诗词的真性情好意境中去领会，实在是暴殄天物、蠢笨之极。

【注】

张惠言曾辑唐、五代、宋词四十四家共一百一十六首为《词选》，但对前人词作索隐过甚，而且多有迂腐的所谓"微言大义"的评注，实为其弊。

命宫磨蝎，命运不佳，倍遭磨难。

王珪、舒亶，北宋词人、翰林学士。

026 画工化工殊

贺黄公谓："姜论史词，不称其'软语商量'，而称其'柳暗花
暝'，固知不免项羽学兵法之恨。"然"柳暗花暝"，自是欧、秦辈
从属，前后有画工化工之殊。吾从白石，不能附和黄公矣。

贺裳和姜夔在不同的时代，都欣赏了史达祖的词《双双燕》。姜夔说此词的妙句
在"柳暗花暝"。贺裳后来读了这首词，也看到了姜夔的评价，就嘲笑姜夔说，这个
姜夔就跟项羽这个莽夫学习兵法一样，无法体会其真，词的感觉并不是在"柳暗花
暝"上，而是在写燕子的"软语商量"上。

有时候觉得王国维这个小老头实在可爱，他就这样静静地观望这个年代差距甚
远的不同朝代的两个人的争论，然后很冷静地说，从词的境界来讲的话，我更赞同
姜夔的观点，不同意贺裳的观点。

我们一起来读读史达祖的代表作，这首咏燕的名词：

双双燕·咏燕

史达祖

过春社了，度帘幕中间，去年尘冷。差池欲住，试入旧巢相并。还相
雕梁藻井，又软语商量不定。飘然快拂花梢，翠尾分开红影。

芳径，芹泥雨润，爱贴地争飞，竞夸轻俊。红楼归晚，看足柳昏花
暝。应自栖香正稳，便忘了、天涯芳信。愁损翠黛双蛾，日日画栏独凭。

"过春社了"，"社"是土地之神，"春社"就是春季祭祀土地神的日子，指的是在

春光绚烂之时，正是燕子回归之际。"度帘幕中间，去年尘冷。"燕子飞回，巢里是去年冷尘。"帘幕无重数"燕子的主人家里帘幕重重，似乎春天的脚步还没有走近。所以下句"差池欲住，试入旧巢相并"，燕子才会犹豫是否进屋。"还相雕梁藻井，又软语商量不定。"见主人凄清孤冷，疑是春天未至，燕子绕梁而飞，商量不定。这里是拟人的写法，写出燕子的叫声是"软语"。吴侬软语，多么温柔轻巧的声音，正是以女子之态写燕子，更见生动。燕子之间的对话是如此的温柔委婉，更显出主人的落寞。"飘然快拂花梢，翠尾分开红影。""飘然"写出燕子飞得轻盈，不仅轻而且还快，燕子轻拂在花梢。"红影"与"翠尾"，怡红快绿。"分开"还是在写燕子的轻巧灵动。

"芳径，芹泥雨润，爱贴地争飞，竞夸轻俊。"此句紧接上意而来，燕子在春光中追逐。"爱贴地争飞，竞夸轻俊"是燕子灵巧的进一步展现，这样的惬意的追逐中，还有燕子在春光中欢快。"红楼归晚，看足

柳昏花暝。"燕子在外玩得太久，才回到"红楼"，这里的"红楼"就是前面提到的"帘幕中间"。"柳昏花暝"乃是春天的傍晚，清爽悠远之景。"应自栖香正稳，便忘了、天涯芳信。"玩累了，便酣然入梦，竟然忘记了回来的真正任务，就是为帘幕中间的人送信。这抱怨的口吻，使得帘幕中间的人之后便"愁损翠黛双蛾，日日画栏独凭"。读到这里，我们便恍然大悟，原来这思妇独守空闺已经等待了许久。

全词大部分的篇幅都是在写燕子之间软语亲热，在春天里更是恩爱异常。运用反衬手法，最后几句才点明女子触景伤心，思已成怨。

如果此词从侧重咏物的方面来评的话，"软语商量"准确地抓住了燕子的特征，"软语"不仅仅是抓住了燕子的叫声动听委婉，"商量"还更准确地表现了燕子之间的恩爱。

但是咏物词，往往是借物抒情，所以，王国维称"软语商量"是"画工"，"画工"就好像画师绘画，以形传神。

对"柳暗花暝"，王国维称其是"化工"，这里有以景传情之意，"柳暗花暝"暗指的是这一天的春光已到日暮，柳色花艳都隐入了昏暗，这里也恰恰是闺中女子看着燕子的归巢，心情的一个转换，之后便是本词借咏燕子，实质上衬托女子的思怨之情。

此则，王国维对此词中的"软语商量""柳暗花暝"两个句子，作出"画工"和"化工"精细区别的点评，真乃天赋已极高，心细亦如发也。

【注】

贺裳，字黄公，清代词人，语见《皱水轩词荃》。

姜夔论史词，见《中兴以来绝妙词选》卷七所引。

027 不乐闻此语

"池塘春草谢家春，万古千秋五字新。传语闭门陈正字，可怜无补费精神。"此遗山《论诗绝句》也。梦窗、玉田辈，当不乐闻此语。

王国维善于在古典诗词名家里面找寻自己的知己。

元好问《论诗三十首》中的第二十九首里的观点，王国维颇为赞同。

不过他只是赞成元好问的观点，元好问是讽刺陈师道。大概像陈师道那般迂腐呆痴的人是入不了王国维的法眼的。他借元好问的话批评梦窗和玉田的词风。

不管是元好问所嘲笑的陈师道，还是被王国维点了名的梦窗和玉田，他们的词都是在词的创作上仅仅局限于词句上的锻造，而缺乏诗词的真情实意。

梦窗就是吴文英，字君特，号梦窗，晚年又号觉翁。玉田就是张玉田，即词人张炎。两人诗词上的特色已经在上篇介绍过了。

先把元好问的四句评论看懂："池塘春草"在他《登池上楼》中，原句是这样的："池塘生春草，园柳变鸣禽"，登上楼台，望见一片青青秀草，便顿时觉得园子里的鸟叫声都动听了起来，又发现这柳枝抽嫩绿，给人带来更多春天的惊喜。"池塘春草谢家春"是说谢灵运的诗歌中描写的春天，叫人如沐春风，身临其境。正是因为谢灵运描写春天随性而发，读起来才清新自然。所以元好问才以"谢家春"来赞美谢灵运对春天描写的特色。

"万古千秋五字新"，进一步赞美谢灵运所写的五言诗，不管是什么时候读起来都是自然真实的，给人春天的清新之意。

"传语闭门陈正字，可怜无补费精神。"前面这句话是对谢灵运的赞美，赞美的目的主要是为嘲笑陈师道，因为陈师道写诗词有个特色，就是喜欢把自己关在屋子里，闭门造句。这里元好问又引用了黄庭坚、王安石的诗句，语含讽刺，就是说快把我的话转告给陈师道，不要再一门心思地闭门苦吟了。这样下去，不仅没有好的诗词出来，反而是耗费自己的精力！

从元好问的讽刺中，我们已经可以看出陈师道的迂腐，诗词是个人感觉和灵动的东西，怎么能像挖地一样地埋头苦作呢？

不过从元好问的这四句诗里，了解到了陈师道这个人，觉得此人很有意思。

他实质上是一个对待生活非常认真的人，不管对什么都是一板一眼的认真。

他很崇拜苏东坡。苏东坡知道了陈师道对他的仰慕之意后，便打算收他为徒，但是陈师道说："向来一瓣香，敬为曾南丰（即曾巩）。"就是说我早就已经是曾巩的弟子了，不好再拜在您的门下。这里的原因有两个，一个是陈师道不愿意对不起曾巩，曾巩对他也是多番照顾，曾经要破格提拔他，但也是被有道德洁癖的陈师道拒绝了。另外一个原因是陈师道爱惜名誉，正是因为苏轼名气太大，怕别人说自己要靠苏东坡的名气来炒作自己。

如果和陈师道交往的话，你就会发现他是一个非常忠贞的有正义感的朋友。苏轼被贬的时候，他特意去送苏轼，后来被当作苏轼余党贬官归田，穷困潦倒。

陈师道立志在诗词的创作上一定要有所建树，于是便成了元好问嘲笑的对象，太过于固执的人，心眼是死的，死心眼怎么会写出有灵性的活东西呢？他长期闭门写诗，只要他写诗的热情一发作，他的家人就自动静音，如果有小孩吵闹的话，便马上抱到邻居家去玩耍，以免打断陈师道的灵感。陈师道写好诗词之后，自己觉得不满意的就立马烧掉。尽管他对自己如此苛刻严格，也没能写出脍炙人口的名作。

还有他的死因也叫人觉得悲哀。天冷的时候，陈师道没有衣服穿，妻子就向妹夫赵挺之借了一件皮袄，赵挺之是李清照的公公。但是陈师道觉得赵挺之是个没有素质的人，就不愿意穿这件衣服。结果冷病了，第二年春天就病死了。

唉！这个固执的、有道德洁癖的人，这样的人要是做了大官，应该会是清廉的官员，只是这样死板的清廉，到底又能有什么作为呢？

也怪不得，王国维根本就不提陈师道，只是笑着将元好问这些话送给吴文英和张炎。

吴文英和张炎也是追求字词的新奇，但至少也成就了一朵艳丽的却毫无生命的塑料花，而陈师道却是因词成痴，却又因痴化石。

【注】

陈师道（1053—1102），北宋诗人。字履常，一字无己，号后山。汉族，彭城（今江苏徐州）人。

元好问，号遗山，金代文学家，著有《论诗三十首》。

028 有词却无句

朱子《清邃阁论诗》谓："古人有句，今人诗更无句，只是一直说将去。这般一日作百首也得。"余谓北宋之词有句，南宋以后便无句。如玉田、草窗之词，所谓"一日作百首也得"者也。

朱熹在《清邃阁论诗》中讲道："古人有句，今人诗更无句，只是一直说将去。这般一日作百首也得。"

王国维把朱熹的话引用在对北宋词和南宋词的评价上，说北宋词中有佳句，而南宋词只具备了词的形式，却没有了词的灵魂，全是一些华丽的死句子。比如像玉田、草窗这样靠雕琢句子写出来的词，一天就可以写一百首的。

被写死了的南宋词，犹如一种充满张力和无穷想象的文体被写成了公文，按照格式一板一眼去写去套，自然是一日百篇的。

【注】

朱熹，号晦庵，南宋理学家，有《清邃阁论诗》。

王国维在词上尊北宋抑南宋。

㉙ 草窗玉田词

朱子谓："梅圣俞诗，不是平淡，乃是枯槁。"余谓草窗、玉田之词亦然。

"草窗玉田枯槁词"，这里，王国维揪住那些靠雕琢文字的人不放了。再一次用朱熹的话批评草窗、玉田的词毫无生气，干枯无聊。

030 不值许费力

"自怜诗酒瘦，难应接许多春色""能几番游，看花又是明年"，此等语亦算警句耶？乃值如许费力！

此则的意思是："自怜诗酒瘦，难应接许多春色""能几番游，看花又是明年"这两句算是佳句吗？需要如此劳神费力地将此句雕琢出来吗？

凡是情感不真，只局限于卖弄文采而读起来生涩做作的诗词，都会被王国维狠狠地羞辱和鄙视。

"自怜诗酒瘦，难应接许多春色"此句来自史达祖《喜迁莺》。

喜迁莺
史达祖

月波凝滴，望玉壶天近，了无尘隔。翠眼圈花，冰丝织练，黄道宝光相直。自怜诗酒瘦，难应接、许多春色。最无赖，是随香趁烛，曾伴狂客。

踪迹。漫记忆。老了杜郎，忍听东风笛。柳院灯疏，梅厅雪在，谁与细倾春碧。旧情拘未定，犹自学、当年游历。怕万一，误玉人夜寒帘隙。

月色如玉被词人写得很经典的案例很多，而史达祖的词里好似有一种故意要写得与众不同的意思。

比如开句的"月波凝滴"，"凝滴"月色浓得好像快要滴落下来，意境上并不如月色温柔，这样的月色是凝重，"凝滴"好似面粉稀汤，这样来修饰月色并没有起到剑走偏锋的效果，反而给人感觉极不自然。而后句："望玉壶天近，了无尘隔。"却又说是自己离月亮非常近，好像绝了尘世。既然是绝了尘世，正是逍遥洒落之境，和前面的凝成滴的厚重月色，形成不一致的感觉。

整首词的气韵不够，缺乏自然情感。好像一个装扮异常艳丽的妇人，却丝毫没有气质和内涵。读起来就如同钻进了化妆间，满鼻子的香气，却只是脂粉味，而不是清新的体香。

"能几番游，看花又是明年"出自张炎《高阳台·西湖春感》。

高阳台·西湖春感
张炎

接叶巢莺，平波卷絮，断桥斜日归船。能几番游，看花又是明年。东风且伴蔷薇住，到蔷薇、春已堪怜。更凄然，万绿西泠，一抹荒烟。

当年燕子知何处？但苔深韦曲，草暗斜川。见说新愁，如今也到鸥边。无心再续笙歌梦，掩重门、浅醉闲眠。莫开帘，怕见飞花，怕听啼鹃。

如果说上一首史达祖的词太过雕琢，那么这一首词又太过于平庸。读张炎词，读后便会觉得此人是个无才之人，在作词上面缺乏天赋，和名家相差的距离不是凭借一己的努力就能够拉拢的。放在今天来说的话，就好比是一个勉强能用汉语完成一篇合格的高考作文的学生。

"能几番游，看花又是明年""莫开帘，怕见飞花，怕听啼鹃"这样的句子，读起来都缺乏词的诗情画意，干瘪得很，好像张炎不能完全地用文字来表达自己的内心一样，他缺乏对生活和春天的感觉，缺乏对心灵感觉的灵性表达。

整首词伤春惜春的感觉，还不如一句"年年岁岁花相似，岁岁年年人不同"来得逼真和伤感，哪里还需张炎在此饶舌。

㉛ 文山之风骨

文文山词，风骨甚高，亦有境界，远在圣与、叔夏、公谨诸公之上。亦如明初诚意伯词，非季迪、孟载诸人所敢望也。

此则，王国维先将文天祥和南宋词人王沂孙、张炎、周密相比，称文天祥在他们之上；再将文天祥和明初词人刘基、高起、杨基相比，称这三人就算踮起脚都望不到文天祥的高度。

王国维肯定的是文天祥词的风骨甚高，并且词中更有境界可观。

风骨是文风，文如其人，骨格风高，文章才至真至诚，方能不隔；境界是作词者的功力，两者都居，那便是名篇佳句了。

其实，最应该和文天祥作对比的，应该是辛弃疾。

"国家不幸诗家幸"，两人都生于乱世怀才不遇，空生这忧国忧民之心，辛弃疾的词更倾向于英雄之豪，而文天祥的词更多的倾向于文人之秀。

文天祥写得比较好的是诗歌，他前

期的作品比较平庸，在宋末抗元时期，从戎的命运叫他备尝坎坷，他的诗歌里也有了动人心魄的力量。

他出使元营直至慷慨就义，在《过零丁洋》里悲怆激奋，格高千古：

过零丁洋

文天祥

　　辛苦遭逢起一经，干戈寥落四周星。山河破碎风飘絮，身世浮沉雨打萍。

　　惶恐滩头说惶恐，零丁洋里叹零丁。人生自古谁无死？留取丹心照汗青。

"人生自古谁无死，留取丹心照汗青！"高风亮节千古绝唱，刚毅正大的人性风华！

山河如柳絮般在狂风肆虐中支离破碎，身世如浮萍般在冷雨摧残下颠沛流离。昔日兵败时的惶恐依旧，人生孤苦，固有一死，若能用我的赤胆忠心照耀青史则死而无憾。

沁园春·至元间留燕山作

文天祥

　　为子死孝，为臣死忠，死又何妨。自光岳气分，士无全节，君臣义缺，谁负刚肠。骂贼睢阳，爱君许远，留得声名万古香。后来者，无二公之操，百炼之钢。

　　人生翕欻云亡。好烈烈轰轰做一场。使当时卖国，甘心降房，受人唾骂，安得留芳。古庙幽沉，仪容俨雅，枯木寒鸦几夕阳。邮亭下，有奸雄过此，仔细思量。

"好烈烈轰轰做一场"便是开阔意境，高格风骨。

"古庙幽沉，仪容俨雅"指的是宋亡后，亡国之臣也要保持自己的尊严。"枯木寒鸦几夕阳"，这一句更是不胜悲凄之意，本就是枯木，只有寒鸦相伴，可是这样的枯木连夕阳都不能再享受多时了，真是国之垂垂朽矣。

"邮亭下，有奸雄过此，仔细思量。"最后一句更显得词人的爱国之深。国破家亡，自己之命尚不保，却还一腔悲愤地谴责导致国家如此下场的奸臣贼子！爱国如斯，却是心痛如何，下场又如何？

【注】

文天祥（1236年6月6日至1283年1月9日），汉族，吉州庐陵（今江西吉安县）人，民族英雄，初名云孙，字天祥。选中贡士后，换以天祥为名，改字履善。宝祐四年（1256年）中状元后再改字宋瑞，后因住过文山，而号文山，又号浮休道人。文天祥以忠烈名传后世，受俘期间，元世祖以高官厚禄劝降，文天祥宁死不屈，从容赴义，生平事迹被后世称许，与陆秀夫、张世杰并称为"宋末三杰"。圣与、叔夏、公谨，分别指南宋词人王沂孙、张炎、周密。

⓪³² 和凝《长命女》

　　和凝《长命女》词："天欲晓。宫漏穿花声缭绕，窗里星光少。冷霞寒侵帐额，残月光沈树杪。梦断锦闱空悄悄，强起愁眉小。"此词前半，不减夏英公《喜迁莺》也。此词见《乐府雅词》，《历代诗余》选之。

　　夏竦的《喜迁莺》上篇已经提过，尽管是应景之作，词中之奇思妙语仍讨得龙颜大悦。

　　王国维很喜欢将词作分人别类，这里借夏竦的作品来评和凝的作品。和凝的《长命女》和夏竦的作品一样，也不过是应景之作，并且上半阕并不逊色于夏竦的《喜迁莺》。

　　夏竦的《喜迁莺》其词平平，唯一的惊喜之句："三千珠翠拥宸游，水殿按凉州。"也是有气势，却无实质。奏响了凉州舞曲，美人歌舞在月色之下，好似水晶月宫，人间仙境。用极其漂亮的文笔写出了皇帝欢娱的奢华之美。如此弄臣，难怪皇帝要龙颜大悦了。

　　和凝的《长命女》上阕中的"宫漏穿

花声缭绕",妙语天成不减夏竦的《喜迁莺》,而情感上却更胜一筹。

"天欲晓。宫漏穿花声缭绕,窗里星光少。"宫里的更漏之声穿过花丛,萦绕而来,敲破了欲晓黎明的轻悄。窗外欲明,窗内星光少。宫女的寂寞和辛苦,如同那清冷的早晨,细碎的更漏声似乎敲打的更多的是宫女年华的落寞。

【注】

和凝,字成绩,五代后晋词人,有词集《红叶稿》。著作甚多,有《演纶》《游艺》《孝悌》《疑狱》《香奁》《籝金》等集,今多不传。现存有《宫词》百首等。作品流传和影响颇广,故契丹称他为"曲子相公"。

033 若梅溪以降

宋李希声《诗话》曰："古人作诗，正以风调高古为主。虽意远语疏，皆为佳作。后人有切近的当、气格凡下者，终使人可憎。"余谓北宋词亦不妨疏远。若梅溪以降，正所谓："切近的当、气格凡下"者也。

引用《诗话》的论点以及史达祖的作品，王国维进一步地深译了："切近的当、气格凡下。"

"切近的当、气格凡下"指的是写东西写得很真实，但是却无灵性、无美感。

王国维提倡行文乃真，写文章要真实不要矫情做作。

这里的"真"，不是复制得毫无差错，复制这个功能，复印机就可以做到。

"真"更多的是真诚之心、挚诚之情，这样的文字方有血有肉，读起来生动灵性，而不是硬套，虚有其表。

"切近的当、气格凡下"只有说明文似的真实，而不注重内在，没有灵性的文字，仅靠其外在的东西，是无法打动人内心的。

因为心灵都是靠真诚的情感来交流的。只有充满了真实、真诚、灵性的文字，才能够给人以阅读的快感、心灵的启迪。

所以说："切近的当、气格凡下。"王国维说这是使人可憎的文字。

王国维曾在上篇引用周济《介存斋论词杂著》中的话："毛嫱、西施，天下美妇人也。严妆佳，淡妆亦佳，粗服乱头，不掩国色。飞卿，严妆也。端己，淡妆也。后主，则粗服乱头矣。"虽说在引用中，王国维误解了周济的话，但是最终王国维的意思和周济的观点是一致的。

李后主的文字最能打动人心的原因是情感真挚、文字质朴。所以说粗服乱头，不掩国色。

所谓的粗服乱头，并非就是邋遢，而是不去刻意地装扮和修饰。但是真正的美丽，充满了灵性的美丽，往往是不会被朴素所掩盖，朴素反而把本真的美衬托得更真实动人。

此则的"切近的当、气格凡下"中的"真"，是粗鄙之真、丑陋之真、不知廉耻礼仪之真、毫无气质内涵之真、缺乏天赋灵气之真。

【注】

李锌，字希声，北宋诗人。

"唐人"语见魏庆之《诗人玉屑》卷十引。

034 后人群附和

　　自竹垞痛贬《草堂诗余》而推《绝妙好词》，后人群附和之。不知《草堂》虽有亵诨之作，然佳词恒得十之六七。《绝妙好词》则除张、范、辛、刘诸家外，十之八九，皆极无聊赖之词。古人云：小好小惭，大好大惭，洵非虚语。

　　《草堂诗余》一书当成于庆元（南宋宁宗年号，1195—1200）以前，南宋何士信所编之词选，词作多宋词，兼得小部分唐、五代词。据《四库全书总目提要》考证："王茂《野客丛书》作于庆元间，已引《草堂诗余》张仲宗《满江红》词证蝶粉蜂黄之语。"

　　《绝妙好词》为词总集，南宋词人周密编。

　　竹垞就是朱彝尊，清代著名词人、学者，字锡鬯，号竹垞，晚年号小长芦钓鱼师，又号金风亭长，浙江秀水（今浙江嘉兴市）人。

　　所谓"自竹垞痛贬《草堂诗余》而推《绝妙好词》"，就是朱

彝尊《书〈绝妙好词〉后》："词人之作，自《草堂诗余》盛行，屏去《激楚》《阳阿》，而《巴人》之唱齐进矣。周公谨《绝妙好词》选本虽未尽醇，然中多俊语，方诸《草堂》所录，雅俗殊分。"

朱彝尊贬低《草堂诗余》，推崇《绝妙好词》，众人都以他的观点作为对两本书的看法。

而实质上，在王国维看来："不知《草堂》虽有亵诨之作，然佳词恒得十之六七。《绝妙好词》则除张、范、辛、刘诸家外，十之八九，皆极无聊赖之词。"

王国维在此则生气的并不是众人对这两本书的看法和朱彝尊的看法一致，而是生气读者人云亦云，自己没有真正去鉴赏词本身，而不明白词真正的妙处。

词的真味不能被读者理解玩味，好词也就失去了真正的价值。

王国维引用韩愈《与冯宿论文书》中的话："时时应事作俗下文字，下笔令人惭。及示人，则以为好。小惭者亦蒙谓之小好，大惭者则必以为大好矣。"

也就是说，人们对好的作品，往往没有自己的见解，时下流行什么样的文风，人们就觉得什么样的词就是好的，总是迷信别人的说法，而不相信自己所读的感受。

【注】

洵，诚然，确实。

张、范、辛、刘指张孝祥、范成大、辛弃疾、刘过。

035 词失之肤浅

　　梅溪、梦窗、玉田、草窗、西麓诸家，词虽不同，然同失之肤浅。虽时代使然，亦其才分有限也。近人弃周鼎而宝康瓠，实难索解。

　　顺上则的意思，依旧是对人们品鉴词好坏的不解。

　　在王国维的眼中，梅溪、梦窗、玉田、草窗、西麓等人词的风格虽然不同，但都是属于工于字词，辞藻浮华，缺乏真情的词。虽说和行文浮华功利的时代风气有关，然而更多的还主要是词作者缺乏才情所致。

　　而往往文辞华丽、花哨的词为人所喜爱，那些文字质朴、真正具有境界的词却得不到人的认同。这样的欣赏方式就犹如丢弃真正的宝贝，而去捡拾糟糠，太让人费解了。

　　读到此则，我不由得会心微笑，王国维品词真是痴了。他以自己品鉴诗词的标准去要求世人也这样品鉴诗词，为那些肤浅之词被人喜欢而折磨自己。

　　喜好品肤浅之词的人，正是肤浅之人。

　　和任何一个朝代一样，品词亦如品人生，王国维鉴词之"真"，正是世人弃之如敝屣的东西。浮华如是，熙熙往往，皆为利也，说"真"阅"诚"，才是如寻珍宝。

【注】

　　周鼎，指周代传国宝器，比喻高贵的人和物。

　　康瓠，已经破裂的空瓦壶，比喻庸才。语见《史记·屈原贾生列传》。

036 友人沈昕伯

　　余友沈昕伯自巴黎寄余蝶恋花一阕云："帘外东风随燕到。春色东来，循我来时道。一霎围场生绿草，归迟却怨春来早。锦绣一城春水绕。庭院笙歌，行乐多年少。著意来开孤客抱，不知名字闲花鸟。"此词当在晏氏父子间，南宋人不能道也。

这一则叫人实在不能理解王国维所举之词的妙处。

友人所寄给王国维的词，实在叫人品读不出它高明的地方。

这则里的记录，更像是王国维对友人情谊的爱惜，而过分地拔高了这首词的分量。

【注】

沈纮，字昕伯，王国维就读于东文学社时同学。

晏氏父子，指北宋词人晏殊及其子晏几道。

037 用诗人之眼

"君王枉把平陈业,换得雷塘数亩田",政治家之言也。"长陵亦是闲邱陇,异日谁知与仲多",诗人之言也。政治家之眼,域于一人一事。诗人之眼,则通古今而观之。词人观物,须用诗人之眼,不可用政治家之眼。故感事、怀古等作,当与寿词同为词家所禁也。

举例之目的依旧是讲求诗人行文之真。

诗人行文必须用诗人之眼,而杜绝政治家之眼。

政治家的眼中看到的总是利与弊,所见受到限制,所写也缺乏浑成大气。

政治家是求实际现实功利的,文学家是纯粹审美超越功利的。

王国维在自我精神的文学王国试图建立一个纯粹的文学世界,反对功利主义对文学的侵蚀,把文学上升为精神上给人指引的信仰。他曾说:"生百政治家,不如生一大文学家。"

眼睛直通内心,眼睛是内心的显现。王国维对诗人要求极高,诗人必须具备一颗干净得不染人间烟火的心,有这样的心,生出的才是一双清澈的眼,哪怕是诗人经历了人生坎坷,人生的坎坷正是磨炼诗人心灵的必经之路。

只有眼睛清澈悲悯的诗人，才能以奴仆命风月，与花鸟共忧乐。

诗人的眼必须悲悯众生，才能通观今古，发慷慨之歌，抒人生之阔。

文学家摆脱了社会的功利，尝遍了世间百态，拥有一颗宁静的心，就得到一双平和安静的观察世界的眼睛。那么诗人就具有了叔本华所说的"卓越的静观能力"，内心平静方能将世间外物复杂之牵绊，用文字细细分理清楚，再用文学的优美形式表现。心中所见，笔下所写，无一不是文学真诚的艺术境界。

所谓的"诗人之眼"也就是"诗人之心"，就是诗人的一颗对俗世能入能出、毫无功利的赤子之心。

那么，"诗人之眼"就是强调摈弃功利、超脱俗世的审美观了。

【注】

罗隐，唐代诗人，有诗集《甲乙集》传世，其《炀帝陵》："入郭登桥出郭船，红楼日日柳年年。君王忍把平陈业，换雷塘数亩田。"

唐彦谦，唐代诗人，其《仲山》（高祖兄仲山隐居之所）："千载遗踪寄薜萝，沛中乡里汉山河。长陵亦是闲丘垄，异日谁知与仲多？"

038 小说不足信

宋人小说，多不足信。如《雪舟脞语》谓：台州知府唐仲友眷官
妓严蕊奴。朱晦庵系治之。及晦庵移去，提刑岳霖行部至台，蕊乞自
便。岳问曰："去将安归？"蕊赋《卜算子》词云："住也如何住"
云云。案此词系仲友戚高宣教作，使蕊歌以侑觞者，见朱子《纠唐仲
友奏牍》。则《齐东野语》所纪朱、唐公案，恐亦未可信也。

宋人所写的传记、传说或者笔记之类的，多数不值得相信。

王国维得出这样的结论，来自一首乌龙词，其词的作者在此则第一个故事里与
南宋歌妓严蕊有关。

卜算子
严蕊

不是爱风尘，似被前身误。花落花开自有时，总赖东君主。

去也终须去，住也如何住，若得山花插满头，莫问奴归处。

陶宗仪《说郛》卷五十七引《雪舟脞语》："唐悦斋仲友字与正，知台州。朱晦
庵为浙东提举，数不相得，至于互申。寿皇问宰执二人曲直。对曰：秀才争闲气耳。
悦斋眷官妓严蕊奴，晦庵捕送囹圄。提刑岳商卿霖行部疏决，蕊奴乞自便。宪使问
去将安归？蕊奴赋《卜算子》，末云：'住也如何住，去又终须去。若得山花插满头，
莫问奴归处。'宪笑而释之。"

资料所含的意思就是：

据《雪舟脞语》记载，朱熹和唐仲友不合，此事还被皇帝宋孝宗知道了，就问宰执这两人怎么回事，宰执就说："文人相轻是常事，这是他们在正闲气罢了。"后来两人矛盾的受害者，变成了唐仲友所喜欢的歌妓严蕊。朱熹把严蕊抓进了大牢，当朱熹被调往他地之后，严蕊就祈求新来巡查的官吏放她出来。新来的官吏岳霖问："我放你出来可以啊，但是你出来后要去哪里呢？"

严蕊就作词一首："不是爱风尘，似被前身误。花落花开自有时，总赖东君主。去也终须去，住也如何住，若得山花插满头，莫问奴归处。"

区区一官妓以极其智慧的方式在官员面前展示了自己的才华，讨得了官吏的欢心，于是严蕊就被释放了。

而在朱熹的《朱子大全》卷十九"按唐仲友第四状"中记载此词的作者却又不是严蕊，原文见下："五月十六日筵会，仲友亲戚高宣教撰曲一首，名《卜算子》，后一段云'去又如何去，住又如何住。待得山花插满头，休问奴归处。'"

这是朱熹在皇帝面前告唐仲友不知检点，和官妓严蕊私通的第四状。但按此状文中记载此词乃是高宣教所作。

而周密《齐东野语》书中考证古义颇多，记南宋旧事尤多，其卷十七《朱唐交奏本末》中又是另外一种详尽的说法。说的先是唐仲友和陈亮不和，陈亮和唐仲友长期在情场争风吃醋。陈亮还以才疏学浅被唐仲友嘲笑。怀恨在心的陈亮便在朱熹面前说唐仲友的坏话，这便是朱熹对唐仲友不喜的来由。原文见下："朱晦庵按唐仲友事，或言吕伯恭尝与仲友同书会有隙，朱主吕，故抑唐，是不然也。盖唐平时恃才轻晦庵，而陈同父颇为朱所进，与唐每不相下。同父游台，尝狎籍妓，嘱唐为脱籍，许之。偶郡集，唐语妓曰：'汝果欲从陈官人耶？'妓谢。唐云：'汝须能忍饥受冻仍可。'妓闻大恚。自是陈至妓家，无复前之奉承矣。陈知为唐所卖，亟往见朱。朱问：'近日小唐云何？'答曰：'唐谓公尚不识字，如何作监司？'朱衔之，遂以部内有冤案，乞再巡按。既至台，适唐出迎少稽，朱益以陈言为信。立索郡印，付以次官。乃摭唐罪具奏，而唐亦以奏驰上。时唐乡相王淮当轴。既进呈，上问王。王奏：'此秀才争闲气耳。'遂两平其事。详见周平园《王季海日记》。而朱门诸贤所作《年谱道统录》，乃以季海右唐而并斥之，非公论也。其说闻之陈伯玉式卿，盖亲得之婺之诸吕云。"

由一首词难知其主，一向求真的王国维叹息宋人的笔记真是不值得相信，因为

一件事情的真相记载竟然有诸多版本。

王国维品词较真较得天真。

实质上人总是喜欢潜在地为自己辩护。任何文字在承载表达的同时，都是自己一种私人的表达，不信的话，请诸位自问其心，自己脱口而出的话语，是不是总是隐隐地含着自我维护或者自我辩护的意思。

【注】

此小说系指记述传说、轶闻之类的笔记，非指文学体裁的彼"小说"。

039 诗词之工拙

《沧浪》《凤兮》二歌，已开《楚辞》体格。然《楚辞》之最工者，推屈原、宋玉，而后此王褒、刘向之词不与焉。五古之最工者，实推阮嗣宗、左太冲、郭景纯、陶渊明，而前此曹、刘，后此陈子昂、李太白不与焉。词之最工者，实推后主、正中、永叔、少游、美成，而前此温、韦，后此姜、吴，皆不与焉。

这似乎是个很普遍的一般定律，尽管不乏特殊的情况。

王国维从各种文体中归纳出来，每种文体创作的优秀者，总是在文体自身发展的成熟时期走上前台。

【注】

《孟子·离娄上》有《孺子歌》曰："沧浪之水清兮，可以濯我缨。沧浪之水浊兮，可以濯我足。"

《论语·微子》："楚狂接舆歌而过孔子曰：'凤兮！凤兮！何德之衰？往者不可谏，来者犹可追。已而！已而！今之从政者殆而！'"

⓪⁴⁰ 词家有篇句

　　唐五代之词，有句而无篇。南宋名家之词，有篇而无句。有篇
有句，唯李后主降宋后之作，及永叔、子瞻、少游、美成、稼轩数
人而已。

　　此则的意思王国维在上篇也强调过，他觉得写得好的宋词，都集中在唐五代和
北宋，最好就是在北宋，具有明显的尊北抑南倾向。比如五代、北宋词中的大家有
李煜、苏轼、秦观、欧阳修、周邦彦等人。

　　唐、五代的词，仅有一些好的句子，真正的名篇很难找。而南宋，似乎词已经
写得泛滥了，只是有篇而无真正的词味了。

⑳ 南宋俗子词

> 唐五代、北宋之词家，倡优也。南宋后之词家，俗子也。二者其失相等。然词人之词，宁失之倡优，不失之俗子。以俗子之可厌，较倡优为甚故也。

倡优乃是台上戏子，俗子乃是庸俗之人。

将唐、五代、北宋的词家比作是台上戏子，将南宋的词家比作是凡夫俗子。

王国维在《人间词话》上篇尊北宋抑南宋，称冯延巳"开北宋一代风气"。"词至李后主而眼界始大、感慨遂深。"肯定秦观、苏轼、周邦彦等人。对南宋词，除了给辛弃疾很高的评价之外，对姜夔、吴文英、史达祖、张炎等人诸多批评，"白石有格却无情，剑南有气而乏韵""梅溪、梦窗诸家写景之病，皆在一隔字"。

如果按照大众对倡优和戏子的理解，似乎王国维在此则的说法里有些偏激，并且和上篇严谨庄重的批评态度有些矛盾。

俗语说戏子无情，因为戏子带着感情入戏，戏演完了，赚得观众的眼泪之后，戏子的情感也就结束了。明明王国维是极其欣赏北宋之词的，以倡优作比较，明显有不太尊重之意。

但是王国维向来就自视颇高，后来又受到西方哲学的影响，超越了哲学的玄思，厌弃人世的庸俗，文学成为他思想上安身立命的净土，他的文学世界是一个纯粹的、完全超越功利的、寄托高尚嗜好的、慰藉心灵的唯美世界。

词人之词虽好，但是在思想高度上很难达到王国维完全的超越功利的唯美要求。所以，王国维在欣赏的同时，对词的艺术境界要求甚高，那么五代、北宋词作者达不到王国维所要求的这样一个精神高度，王国维从骨子里泛出的轻蔑之意也就是人自然的性情流露。当然，这也是由于自身个性的局限性。

王国维所说的是唐、五代、北宋词，将其比作倡优，是对这些词的一个大的概括。唐、五代、北宋词注重词的真情实感，正是词从兴起到繁盛时期的一个被王国维所看重和欣赏的显著特色。

文体"始盛终衰"，古代的文学家们多与政治有染，在运用文体的时候，往往受到儒家功利主义的侵蚀，文体也渐渐变成美刺投赠、攀缘邀誉的工具。王国维曾经说诗至唐中叶以后殆为羔雁之具，至南宋以后，词亦为羔雁之具。"羔雁"，就是小羊和小雁，是古代卿大夫相见时赠送的礼物。诗歌成为作家之间礼物的时候，也就是诗歌沦落的时候，那么也是北宋词兴起的时候。到南宋，词又沦为文人之间的礼物，成为文人附庸风雅的方式，于是词这种文体又堕落了。

这样，也就很容易理解王国维将南宋之词称作"俗子之语"了。

王国维强调："然词人之词，宁失之倡优，不失之俗子。以俗子之可厌，较倡优为甚故也。"

北宋词和南宋词，何为宁失之倡优，不失之俗子。实质上虚情假意的戏子，庸愚势利的俗人，都是一样叫人厌恶的。但是倡优和俗子相比起来，还是倡优要好些。

此则说话方式明显欠文雅的态度，和王国维视自己为天才的高傲有关，其真实目的不过还是王国维在强调写词需要境界，而真正的境界是依靠真切之情来辅佐的。

在"工"和"真"之间，王国维更强调要在词中看见"真"，不计工拙只求真感情真景物。

其实，若已有真，何需工拙？

⓪₄₂ 六一《蝶恋花》

《蝶恋花》"独倚危楼"一阕，见《六一词》，亦见《乐章集》。余谓：屯田轻薄子，只能道"奶奶兰心蕙性"耳。

柳永仕途坎坷，考取功名颇费工夫，几次不中。一次通过考试，却因《鹤冲天》中有"忍把浮名，换了浅斟低唱"句得罪了皇帝老儿，在思想政治上存在严重的问题，北宋仁宗批评他："此人好去'浅斟低唱'，何要'浮名'？且填词去。"因此，柳永为官的名字被抹去。而柳永呢，也就自我解嘲便自称："奉旨填词。"举着这面皇帝所赐之大旗，混迹于妓院酒馆之间，却填出了千古绝唱的《雨霖铃》。

柳永所填之词，性情至真，儿女情长，凄婉缠绵却不庸俗下作靡靡。"教坊乐工，每得新腔，必求永为词，始行于世。"流行程度极其广泛，是北宋词人中的大家。

然而柳永在王国维眼中，却是属于不入流的词家。

此则，王国维说从柳永的词《玉女摇仙佩》中看出柳永是个轻薄之人，只能讨好歌妓，把歌妓喊成"姑奶奶"，并愿"奶奶兰心蕙性"。

玉女摇仙佩

柳永

飞琼伴侣，偶别珠宫，未返神仙行缀。取次梳妆，寻常言语，有得几多姝丽。拟把名花比。恐旁人笑我，谈何容易。细思算，奇葩艳卉，惟是深红浅白而已。争如这多情，占得人间，千娇百媚。

须信画堂绣阁，皓月清风，忍把光阴轻弃。自古及今，佳人才子，少得当年双美。且恁相偎倚。未消得、怜我多才多艺。愿奶奶、兰心蕙性，

枕前言下，表余深意。为盟誓，今生断不孤鸳被。

柳永自从被皇帝逐出仕途，他所谓的奉旨填词，不过也是他最后的生活出路。他混迹于妓院酒馆，为歌妓们填词的同时，也得到了歌妓的崇拜和救济。

柳永一生穷困潦倒，他死后是歌妓们出钱将其埋葬的。柳永在歌妓们心目中的地位极高，如果得到柳永的垂怜，哪怕是被皇帝召去宫里当妃子都是不愿意的。

比起官场的黑暗和虚情假意，柳永在妓院里得到的真情更多，这也是柳永与歌妓们情深意重的原因。而这真情，恰恰是《雨霖铃》之所以流传千古的原因。

既然是真情意切，柳永喊自己喜欢的歌妓一声"愿奶奶，兰心蕙性"，又如何呢？

在上篇，王国维曾赞美："昔为倡家女，今为荡子妇。荡子行不归，空床难独守""何不策高足，先据要路津？无为守穷贱，坎坷长苦辛"，因为里面所流露出的真情实感，而并不被人们认为是淫词和鄙词。

下篇都是王国维所删之稿，那么也可看出王国维后来也意识到并丢弃了一些不严谨的东西。

不过，在《人间词话》中，总会看见王国维对词中一些轻薄之语生出的不悦之意。

越是深入了解王国维，就越会发现此人除了身上的才学和悲天悯人的心性外，还是一个有道德洁癖的人。和他对文学唯美纯粹的要求一样，当柳永的词流露出风月之场的放荡，便是犯了王国维审美标准的大忌了。

"愿奶奶，兰心蕙性。"从这句话里可以想象，一个文人在妓院里拜倒在歌妓的石榴裙下，还要像孙子一样对着歌妓说着逗她开心的奉承话，在生活中和学术上一样干净的王国维面对柳永这样一句略有轻浮的词，那一定觉得柳永有辱读书人的斯文。

王国维是一个矛盾的人。他说："余之性质，欲为哲学家则感情苦多，而知力苦寡；欲为诗人则又苦感情寡而理性多。"他的睿智深刻是理性，然而他的理性还不足以让他去做纯粹的哲学，因为他觉得那样太枯燥。他的敏锐审美是感性，可他的感性又不能让他完全放纵自己的性情，他总是时刻地自律着，这一点从生活中毫无绯闻就可以看出。

　　王国维视文学为人生的永恒意义。他在《去毒篇》中说："感情上之疾病非以感情治之不可，必使闲暇之时心有所寄而后能得以自遣。夫人之心力不寄于此则寄于彼，不寄于高尚之嗜好则卑劣之嗜好所不能免矣。而雕刻、绘画、音乐、文学等，彼等果有解之之能力，则所以慰藉彼者世固无以过之……而美术之慰藉中尤以文学为尤大。"这段话的意思就是说，感情上的疾病必定是需要感情来医治的，那么一定要让你的心没有空闲时间去忧伤，如果把情感投入到另外的事情中，你也就能借这个事情来排遣自己的愁情了。所以人的心啊，不是投入在这个地方就是投入在那个地方。人的心啊，不是以高尚作为寄托，就是以卑劣作为嗜好。雕刻、绘画、音乐、文学等等，都是能够让心有高尚寄托的地方，可以慰藉你的心灵，一辈子都不会觉得空虚。艺术当中最能慰藉人心灵的就是文学。

　　王国维认为只有文学才能够担当慰藉心灵的重任，只有才文学才能够指引精神向上。如果以消遣娱乐的态度对待文学，那么王国维必定是反对的了。

【注】

　　柳永，（约987—约1053），字耆卿，汉族，崇安（今福建武夷山）人。北宋词人，婉约派最具代表性的人物之一，代表作《雨霖铃》。原名三变，字景庄。后改名永，字耆卿。排行第七，又称柳七。宋仁宗朝进士，官至屯田员外郎，故世称柳屯田。他自称"奉旨填词柳三变"，以毕生精力作词，并以"白衣卿相"自许。

ⓄⒶⒾ 不可儇薄语

读《会真记》者，恶张生之薄倖而恕其奸非。读《水浒传》者，恕宋江之横暴而责其深险。此人人之所同也。故艳词可作，唯万不可作儇薄语。龚定庵诗云："偶赋凌云偶倦飞，偶然闲慕遂初衣。偶逢锦瑟佳人问，便说寻春为汝归。"其人之凉薄无行，跃然纸墨间。余辈读耆卿、伯可词，亦有此感。视永叔、希文小词何如耶？

此则承接上篇而来，但是此则的意思却更加明显，王国维要求词人对待词的态度要严谨庄重，不可轻薄，以免失了自己的身份。

《会真记》就是《西厢记》的前身，《会真记》中张生考中状元之后并没有回来成就崔莺莺佳人才子的美梦，而是始乱终弃，为求富贵，抛弃了崔莺莺。面对这个故事，人们往往痛恨张生的薄情负心要多于张生的虚伪功利。

《水浒传》中的黑老大宋江，性格暴躁残忍，不信且看宋江杀阎婆惜那一段描写："宋江狠命只一搊，倒拽出那把压衣刀子在席上，宋江便抢在手里。那婆娘见宋江抢刀在手，叫'黑三郎杀人也！'只这一声，提起宋江这个念头来。那一肚皮气正没出处，婆惜却叫第二声时，宋江左手早按住那婆娘，右手却早刀落；去那婆惜颡子上只一勒，鲜血飞出，那妇人兀自吼哩。宋江怕他不死，再复一刀，那颗头伶伶仃仃落在枕头上，连忙取过招文袋，抽出那封书来，便就残灯下烧了；系上鸾带，走下楼来。"

不管这妇人如何对他宋江不起，作为一个男人，宋江也不该杀昔日的情妇阎婆惜杀得如此薄情寡义、酣畅淋漓，脸不变色心不跳的理所当然。

宋江不仅残暴，城府却极其深险，明明是造反，却只反官不反帝，被皇帝招安，害得自己的弟兄尸横遍野。面对宋江，人们最反感的就是他的深险，而不是他的残暴。

王国维从这两则故事中，告诉大家一个道理，人们记忆深刻的总是你做得最恶劣的事情。

从这个朴质的道理中，可以看出读者是极其善良和宽容的。王国维于是奉劝那些写艳词的词人，你们写艳词就写艳词吧，可是千万不要在词中写一些轻浮的言语，这样便会教词品格低劣。

比如龚定庵诗云："偶赋凌云偶倦飞，偶然闲慕遂初衣。偶逢锦瑟佳人问，便说寻春为汝归。"最后两句，诗人说他出去闲逛，遇到美人问他干什么去了，他就说我出去寻找春天，结果遇到了你这位美人，你比春天更风情万种，我是为了你而回来呀。

这两句读起来的确是有些不忍。遇见佳人便胡乱挑逗，感觉龚自珍不像个文人，而像是见美就起色心的流氓。怪不得王国维要说"其人之凉薄无行，跃然纸墨间"。

这也是柳永不被王国维所喜欢的原因。

"余辈读耆卿、伯可词，亦有此感。视永叔、希文小词何如耶？"王国维说他读柳永和康与之的词也是这样的感觉，并在此句中也列出了正面教材欧阳修、范仲淹作对比。

王国维在境界之说里面就强调情景须真。他说的真，不仅仅是自己一时的情感之真，比如此则龚自珍的诗，就是他遇到佳人一时性情所至的真情实感，不管怎么轻薄，都是此时他的感受。但是这样的真情实感和王国维境界说中的真情实感是有区别的。

王国维在境界说中所说的真，更多的还是"以赤子之心""以血书者"感情的崇高之真，是让文学上升为哲学的高度，以文学情感之真，对人生本质、人类命运的终极关怀，是用自己真实的情感和人类的痛苦相通相融，最终依靠文学的修为和表达，解决人类的思想问题，摈除所有人的人生烦恼和痛苦。

文学在王国维看来承载了伟大的力量，如圣女般高洁尊贵，是不可随意侮辱戏谑的。

【注】

僾薄，轻薄浮滑。

《会真记》，即传奇《莺莺传》，作者为唐人元稹（779—831），字微之，别字威明，河内（今河南洛阳）人。后世戏曲作者以其故事人物创作出许多戏曲，如金代董解元《西厢记诸宫调》和元代王实甫《西厢记》等。

龚自珍，字定庵，清代思想家、文学家，是近代思想家、文学家及改良主义的先驱者。他对清朝的思想统治不满，不愿和统治者合作，终于在鸦片战争前一年辞官回家。他的诗文主张"更法""改图"，揭露清统治者的腐朽，洋溢着爱国热情。此引为《己亥杂诗》第三百一十五首，见《定庵续集》。

康与之，字伯可，南宋词人。南渡后居嘉禾（今浙江嘉兴）。依附秦桧，为秦门下十客之一。其词多应制之作，歪曲现实，粉饰太平，但音律严整，讲求措词。代表作为《卜算子》《玉楼春令》《长相思》《金菊对芙蓉》《风流子》《减字木兰花》《满江红》《忆秦娥》《昨梦录》等。

044 词人须忠实

词人之忠实，不独对人事宜然。即对一草一木，亦须有忠实之意，否则所谓游词也。

笔下的文字，是人心灵世界最直接的反映。

往往分析文字，比看人的五官外貌更准确。一个人的文字里流淌的更多的是他的性格或者心情。

内心所想，正是文字所写，哪怕你再掩饰，犹如女子化妆，从修饰的方法去看，总能够寻到根源。妆容修饰之处，正是想要掩饰之处，刨开掩饰的外在，我们能够寻找到它真实的面目。

掩饰，哪怕是再漂亮、再完美，可是它终究是假的。女子化妆白天容光焕发、光彩照人，可是一卸下妆呢，便暴露殆尽，两下对比，唯一被证实的东西，就是化妆技术的高超。所以，朴素之美，莫与之争。清水出芙蓉的娇美更迷人，这样的美也更叫人尊重和欣赏。

文学诚然是来于生活、高于生活，所以，文字的真诚真实才是最高超的再造生活之手段。这样的再造本身就含有了修饰和虚构成分，所以文学的内容更多的不是真实。

文学的内容可以不真实，唯一能够真实的，就

是创作者在文字中的一颗真诚的心。这样的文学虚构和创作才能够永远地欺骗读者。

王国维对词人的要求很高。词人的真诚，不仅仅是对人和事情，对花草树木也是如此。

这里的忠实，实质就是词人的真诚。

以怎样的心去写作，那么我们就能够感受到一颗怎样的心。

如果没有真诚之心，内心被欲望所堆积，内心被欲望所控制，这样的话，就连自己都没有办法尊重了，所发之言尽是轻佻之语，比如花言巧语、毫无真情的游词。

王国维强调词人对人事花草都要以诚相待，实质上就暗含着我们每个人对万事万物都要有一颗悲悯的心。

王羲之说过："仰观宇宙之大，俯察品类之盛。"面对广阔的宇宙，繁盛的万物，顿觉人之渺小，人的妄自尊大，越是无知，越是狂妄，内心才会像吹气一样膨胀，面对时间之永恒，万物之博大，人宛如风中尘埃，转瞬即逝。

内心谦卑，眼界才能广阔。

眼界开阔了，人生的欲望才能够一一纯净，才能够享受有生之时光，真正地笑看云起。

045 词集之格调

读《花间》《尊前集》，令人回想徐陵《玉台新咏》。读《草堂诗余》，令人回想韦縠《才调集》。读朱竹垞《词综》，张皋文、董子远《词选》，令人回想沈德潜《三朝诗别裁集》。

《玉台新咏》是南朝徐陵所编选，收集了从先秦至南朝梁的宫体诗。是在《诗经》《楚辞》后出现的一部经典的诗歌总集。它保存了大量汉魏六朝的诗歌，像《古诗为焦仲卿作》《上山采蘼芜》《陌上桑》《羽林郎》《日出东南隅行》《皑如山上雪》《越人歌》这样的名篇都是出于此集，诗集多艳情闺情之作。

《花间》是后蜀人赵崇祚编辑的一部词集，集中收录了晚唐至五代18位词人的作品，温庭筠是花间派的始祖，他们刻意模仿温庭筠的艳丽词风，形成了花间词派。《尊前集》的歌都是供宴席歌唱的，辑唐、五代三十六家词260首，编者佚名。

《花间》、《尊前集》和《玉台新咏》的风格类似，词风香艳，所以王国维能够把他们联想到一起。

《才调集》收录的是唐代各时期诗作，共十卷，五代后蜀韦縠编。其诗风："韵高而桂魄争光，词丽而春色斗美。"

《草堂诗余》是南宋何士信编辑的词选，词作多为宋词，有一小部分唐、五代词，诗风情思深重。

王国维将这两部风格类似的作品联系在一起。

《词综》为前二十六卷为朱彝尊编，后十卷为同时人汪森增补，共选录唐、五代、宋、金、元词六百余家，一共收录2253首词。主张词风醇雅，不要多硬语、新腔。

　　《词选》为清代张惠言编选。张惠言（1761—1802），字皋文，江苏武进（今常州市）人。张惠言在选录时，认为"可谓安蔽乖方，迷不知门户"，对入选的作品偏且严，强调词要有比兴寄托，注意词作内容的现实意义，并要求词的地位应该"与诗赋之流同类而风诵"，选了苏轼、秦观、周邦彦、辛弃疾、张孝祥、王沂孙等人的词。张惠言死后，他的外孙董毅继续编了《续词选》。《续词选》相比起《词选》的风格有所变化，其入选风格要求作品"醇雅"，相比起《词选》，其更接近于《词综》。王国维所归类的应该是《续词选》和《词综》。

　　沈德潜，字确士，号归愚，谥文悫，清代诗人，强调诗为封建政治服务，在《说诗晬语》中开头就说："诗之为道，可以理性情，善伦物，感鬼神，设教邦国，应对诸侯，用如此其重也。"同时提倡"温柔敦厚，斯为极则"，鼓吹儒家传统"诗教"。他讲究词风要有"格调"，他的诗论被称为"格调说"。编选有《三朝诗别裁集》，分别是《唐诗别裁》《明诗别裁》《清诗别裁》。

　　《词综》《词选》《三朝诗别裁集》都有词风"醇雅"之说，更多的是儒家功利主义的审美标准。王国维将它们联系到一起。

046 明清人论词之失

　　明季国初诸老之论词，大似袁简斋之论诗，其失也，纤小而轻薄。竹垞以降之论词者，大似沈归愚，其失也，枯槁而庸陋。

　　明季国初之诸老就是指陈子龙、李雯、朱彝尊、汪森、宋征舆等。王国维说他们论词就如同袁枚论诗，失之于纤小轻薄。

　　袁枚（1716—1797），清代诗人、诗论家，字子才，号简斋，又称随园主人、随园老人。袁枚在诗学上倡导"性灵说"，主张文字要顺从人的自然本性，文字是人内心情感的真实流露，不是发自内心而言，就不能下笔成文，并认为："自三百篇至今日，凡诗之传者，都是性灵，不关堆垛。"但是袁枚的作品在突出人内心的神韵情趣的同时，忽略了社会现实，太过于张扬个性，题材的涉及面狭窄。

　　王国维对袁枚的评价："纤小而轻薄。"就是说袁枚太过于强调抒写人的内心情感，而忽略了诗词形式上的美感。

　　"竹垞以降"就是指张惠言、周济、谭献、冯煦等。竹垞就是朱彝尊，朱彝尊是清初浙西派的代表，他们奉姜夔、张炎为词坛正宗，主张词风"清空"。

　　浙西派和沈德潜都主张诗词要为封建政治服务，他们的词都好发空言，讲求形式，无真情实感，所以王国维说他们的词"枯槁而庸陋"。

047 白石旷在貌

东坡之旷在神，白石之旷在貌。白石如王衍口不言阿堵物，而暗中为营三窟之计，此其所以可鄙也。

都是对人生的洒脱。

都是面对人生态度的乐观和旷达。

王国维说苏轼的旷达在骨子，在神；而姜夔的旷达在面子，在貌。

苏轼有："大江东去，浪淘尽千古风流人物。"

姜夔有："酒祓清愁，花消英气。"

大江东去，是时间之流逝，生命之消亡更替，多少风流人物，也难敌时光之磨砺。

何等之悲壮，却又是何等之洒脱。

酒祓清愁，花消英气，酒和花都是消磨意志之物，姜夔告诉我们的是，纵情花和酒，他就解脱。

醉酒之后便忘忧愁，面对长江畅想历史，心境自然开阔。两个词人都在寻找叫自己解脱的方式，不同的是，姜夔的解脱是借助于外物醉酒和赏花，但赏花，似乎在才子的风流里还有另外的一层纵情声色的暧昧之意。

苏轼的解脱是心灵的，只有解决了自己内心的问题，才能够真正宽容博大。

姜夔的解脱是暂时的，醉酒只是短暂的忘却，赏花若无真诚怜悯之心，也就无法认识到花美之真谛。

心灵解脱，才能达到审美的天真，才能拥有一颗童心。所以说，苏轼的旷达是骨子里的，在他的文字里，有一颗宽广的心，可以感受到不凡的气质。

犹如与人接触，日久见人心，文字也是如此。

姜夔的文字，无一不是写自己的清高，人们向来觉得古今只有他格调最高，姜夔的确是格调最高，清冷高绝。

但是他永远在清冷高绝这样的一个位置上再也下不来了。

苏轼的文字，都是他心理的变化，《赤壁赋》就是活生生的例子，自己的不断认识和解脱。

人人皆为凡夫俗子，若是内心不成长的话，文字就会显得憋屈和生硬。

一个老是保持一个调子的人，一定是不愿意叫别人察觉出他的内心，不愿意敞开心扉说明不能够面对，不能够面对就是在逃避、在掩饰，逃避的同时，还要用清高、高绝的姿态，为自己讨一个好名声。

所以，王国维很鄙视地对姜夔说："白石如王衍口不言阿堵物，而暗中为营三窟之计，此其所以可鄙也。"

实质上，这就是装。

装，就是不真诚，字到情不到。

【注】

王衍，字夷甫，西晋政治家，以清谈老庄而闻名天下。

阿堵物，阿堵，即"这个"，后代称"钱"。

营三窟，指事先安排避祸求安的藏身之所，典出《战国策·齐策四》："冯谖客孟尝君"。

048 词尤重内美

"纷吾既有此内美兮，又重之以修能。"文字之事，于此二者，不可缺一。然词乃抒情之作，故尤重内美。无内美而但有修能，则白石耳。

"纷吾既有此内美兮，又重之以修能"本是屈原《离骚》中的一句话，被王国维直接地运用到了诗人所具备的修为上，这里强调的是诗人既要有内在的修为，又要有外在的修养。

如果词是抒情之作的话，那么就尤须注重内在的修养。诗言情，其品性不正，那么抒发出来的情感也必定是不正的。犹如一个人的眼神，内心是邪恶的，那么眼神所散发出来的光芒也不会有多纯洁。

没有内在的修为，而外在的修养却非常不错的，只有一个人，那就是姜夔。

对于姜夔，他的词和性格，我们在上篇已经分析得很多了，表面的清绝高冷，恰恰是为了掩饰自己内心的

放不开。所以，白石的词，你看到的就是一个穷酸秀才，为了遮掩自己的窘迫，而对你表现出面子上的彬彬有礼。

这样的彬彬有礼，其实是异常尴尬的。

从王国维对姜夔的要求，也可以看出王国维对内美的要求是非常高的。他眼中的内美，更像是一种高洁，这样的高洁还需要有文学天赋的人继承。在上篇中，他对李后主、纳兰性德给了很高的评价，说李后主是："词人者，不失其赤子之心者也。"说纳兰性德是："以自然之眼观物，以自然之舌言情。"一是才华高绝，二是因为他们都有内美。

内美是天生的，也就是天才之禀赋。王国维也在《叔本华与尼采》中说过："天才者，不失赤子之心者也。"就是说凡是天才，总是具备着赤子之心，也就是童心，童心就是天真无邪之心，不受世俗熏染之心。

而修能呢，就是指后天的修养了。诗人在后天的内在修养，要求"入乎其内"，去体验欲望带来的痛苦，"出乎其外"，就是能够摆脱折磨心灵精神之欲望，物我两忘，静观大人生，达到大境界。

【注】

内美，指高尚的人格。修能，指卓越的才能。

"纷吾"句出自屈原《离骚》。

049 诙谐与严重

诗人视一切外物，皆游戏之材料也。然其游戏，则以热心为之，故诙谐与严重二性质，亦不可缺一也。

如何才能成为一个诗人？

怎样才能进行完美的创作？

在《人间词话》中，王国维边品边谈，为我们讲解了关于创作者所应当具备的修养和态度。

诗人视一切外物，皆游戏之材料也。也就是说诗人必须怀着一颗童心，在创作的时候，必须怀着游戏之心去创作，那么创作出来的作品就会更加诙谐，给人欣赏感觉上的轻松和惬意。

但是这颗游戏之心，却必须是一颗真心。

那么游戏和真心之说，是不是有些矛盾？

所谓游戏，也就是说作品中要有轻松，但绝不是轻浮。有轻松的时刻，便有严肃的时刻。

正是因为有轻松，那么严肃的时刻才能正经。

在上篇第六十则的时候，王国维也说："诗人对宇宙人生，须入乎其内，又须出乎其外。入乎其内，故能写之。出乎其外，故能观之。入乎其内，故有生气。出乎其外，故有高致。"

能入和能出，轻松和庄重，似乎是相对应的。

诗人在创作的时候，有对生活的理想，却又不仅仅是只执着于自己的理想，他更多的时候，是在创作中圆满了自己的理想。

入乎其内才能写之，出乎其外尽情观之。观之是为了写之。观之时，诗人的态度应该是轻松的；写之时，诗人的态度却又是庄重严肃的。

西方文艺向来就有将艺术起源说成是游戏的起源之说，席勒将其理论加以组织，正式提出文学起源于游戏说。

文学的游戏说，和王国维的此则说法是相契合的。

诗人视其一切外物皆为游戏之材料也，正是王国维所说的能出。

然其游戏须以热心而为之，正是说的能入。

这样，诗人才能以奴仆命风月，与花鸟共忧乐。

王国维在《文学小言》中说："文学者，游戏的事业也。"这句话的意思就是，人生存于现实生活之中，现实有诸多牵绊，人无法真实表达自己的情感，而在文学中，以咏物写景将真感情寄托倾吐发泄出来，这就是文学。混迹于现实生活之中拥而有超脱之心，文字中显出撼人心魄之境，这便是文学的美和真。

【注】

严重，此处指严肃、庄重。